九冥

英雄的觉醒

小鬼扛刀 著

天津出版传媒集团
天津人民出版社

图书在版编目（CIP）数据

九冥．英雄的觉醒 / 小鬼扛刀著．-- 天津：天津人民出版社，2019.10
ISBN 978-7-201-15154-0

Ⅰ．①九… Ⅱ．①小… Ⅲ．①长篇小说－中国－当代
Ⅳ．① I247.5

中国版本图书馆 CIP 数据核字 (2019) 第 204414 号

九冥．英雄的觉醒
JIUMING . YINGXIONG DE JUEXING
小鬼扛刀 著

出　　版　天津人民出版社
出 版 人　刘　庆
地　　址　天津市和平区西康路 35 号康岳大厦
邮政编码　300051
邮购电话　（022）23332469
网　　址　http://www.tjrmcbs.com
电子信箱　reader@tjrmcbs.com

责任编辑　章　赪
封面设计　王　鑫

制版印刷　涿州汇美亿浓印刷有限公司
经　　销　新华书店
开　　本　787 × 1092 毫米　1/16
印　　张　15
字　　数　140 千字
版次印次　2019 年 10 月第 1 版　2019 年 10 月第 1 次印刷
定　　价　49.00 元

目录

英雄的觉醒

目录

英雄的觉醒

第一章 塔儿背

东洋之中有异灵，身如团须，腹藏螺壳中，其壳如岩累，乃以形名塔儿背。其须如植蕊，皆生利齿，碎裂坚石如斧剑，以之洞凿危崖，为日宿之穴。其夜下重洋，须掘沙螺，食肉窃居其壳。其须蕊强韧者乃以岁增，长大如荆藤，百岁增一，至八而终，为利器。其又须体生津，囊鼓壳中，遇敌则腕伸八手，群蕊含吐，鼓哺而发，坚石化为齑粉，化石裂土，皆在一哺。

——节选自《寺司百代·云林卷·风物篇》

两个人站在草地上看着远处巨大的瀑布，奔腾的水流从高处的山崖上飞泻下来，由宽阔的山体豁口上飞流而下，变成一道宽广的水幕挂在那里。在山崖下面，从高处落下的水流击穿了水流在崖底积聚而成的深潭，冰冷的水花从潭底翻滚上来，带着阵阵寒意拍打着四周的草木。

水流从那样高的石崖上落下来，拍打水面发出巨大的轰鸣声。两个人站的地方离那里尚远，巨大的声响到这里已经减弱了许多。紫瞳想要探听离皇的下落，便开口问那人；那人只是摆手，不肯开口相告。那人伸手指了指远处的瀑布，沿着前面的草坡快速走了下去。紫瞳紧跟在他后面。

两人从草坡上下来，又走了有一刻钟的工夫，绕过一片灌木丛，巨大的轰鸣声带着阵阵寒气扑面而来，声音突兀，寒气沁骨，紫瞳身子哆嗦了一下。两人来到灌木丛后面，巨大的瀑布横挂在他们面前。

紫瞳自小在苍穆的小屋里长大，虽然这几日在林子里行走也见识了许多非同一般的景象，但如此这般气势雄浑、非凡壮丽的景观她还是第一次见到，一时间心神震撼，说不出话来。

她站在瀑布前面正自发呆，另外一人却走到她身前，伸手指了指冲激而下的水帘。紫瞳顺着他的手指望过去，就见水流激起了层层浪花，全都击打在了岩边的石头上，紫瞳定睛细看那些岩石，吓了一跳。只见岸边的石头全都是一个个的石人，那些石人一个压一个，从崖底一个个堆砌上去，竟然形成了那样高大的山崖。再往上山崖被那道水幕遮挡住了，上面的岩石什么样子已经看不清，但想来也一定是一个个痛苦至极的石像堆叠在上面。

“这，这到底是怎么回事？这里怎么到处都是石像。”紫瞳吃惊地望着那人。

那人抬头看着水幕后面的石壁：“这些人都是被那些石尸化成了石头，运到这里来引导水流的，不过这些石壁中间并不都是人，有时候山林中的飞禽走兽也会被它们捕获到，危急时刻也会用来修补石墙。”

“那，那离皇哥哥他们也都被运到这里来了？他们在哪里？”

“这些石人与世间自然生成的石头是不一样的，它们在硬度上要差很多，经水浸泡极易崩烂，他们夜间捞来石像，多半用来修补那些崩坏的地方。你要找的人多半也是这样被它们用了。不过此刻却不急于将他们找出来，你如果要救他们，还要去找一样东西，没有这个东西石人是变不回来的，而且那件东西极难找寻，你敢去吗？”那人望着紫瞳道。

“离皇哥哥答应我要带我回家的，纵然是千难万难我也要去。离皇哥哥对我很好，我一定要将他救出来。”紫瞳看着那人说道。

那人点了点头道：“既然如此，我便告诉你个去处，这水幕后面的石潭里，有一个极深的洞穴，你须进到那个洞穴里找到塔儿背，有了塔儿背才能救你的离皇哥哥。”

“塔儿背，那是什么东西啊，到了洞穴里就能找得到吗？”

“这塔儿背乃是石尸的死对头，要想对付这些石尸也只有找到它才可以，不过这种东西极难得到。我虽然向你指明了去处，能不能找到还很难说。现在天色尚早，但是那个洞穴十分幽深，你要早些出发，天黑之前如果不能找到，你就休想再见到你的离皇哥哥了。”

紫瞳看了看那漆黑冰冷的潭水问道：“找到了塔儿背再到哪里去找离皇哥哥呢？”

那人笑了笑：“这你就不用担心了，你只要找到塔儿背，自然就能找到离皇他们。”

紫瞳探头朝水潭里看了看，潭水漆黑，一眼看不到底，她心里突然有些害怕。那人看她这样子，鬼魅地一笑道：“我来帮你吧！”

紫瞳疑惑地看了他一眼：“怎么帮？”

那人“嘿”笑一声，一脚把紫瞳踹到水潭里。紫瞳“哎呀”一声，身子已经扎进了水潭里；她挣扎着浮上来，抬头再看，那人已不见了踪影。

紫瞳伸手抓住岸边的岩石，潭水漆黑冰冷，使她浑身发抖，水流从上面冲击下来直达潭底，将潭底冰冷的水都翻滚上来。紫瞳所在的地方还在水潭的边际，瀑布的水流从她头顶落下，只是此时她处在深潭之中，巨大的轰鸣声就在耳畔，声波冲击着她的耳朵，让她脑袋有些发晕。

此时她也不愿在这里耽搁，手抓着岸边的石头便向那道水幕后面摸去，这里的石头还是天然生成的岩石，十分坚固，只是由于水流长时间冲刷，已经变得十分光滑，手掌在上面极难抓牢。走到接近那道水幕的地方，手里摸到的岩石已经渐渐变成了由那些石尸堆积起来的石头。这里的石头都十分粗糙，有些也已经损坏，它们原本是由人或物变化而来，此时被水流冲击，早已经没有了原先的样子，由此看来，那些石尸变化的岩石比不得天然的岩石。

紫瞳有些胆小，看到这些石头心里感到害怕，这些石头虽然是没有了人的样子，但想到他们原本是由真人变化而来，她的身子便抖得更加厉害了。

她闭着双眼，抓着那些石块游到了水幕后面，那人说这道水幕后面有一处石穴，是那个什么塔儿背的藏身之处，此刻看来，这里除了高大的岩石，哪里有什么洞穴。

紫瞳趴在水里仔细寻找，听见水潭底下传来一阵“咕噜”声，那声音十分沉闷，在瀑布的巨大轰鸣声中几乎听不出来，只是随那“咕噜”声传来的，还有规律性的振动。紫瞳突然感到有些恐惧，不敢发出一点儿声响。

这时候，在这个瀑布下面的水潭里，底下的水流已经开始搅动，一个很大的漩涡从水底下升了上来，上面的水流都涌到了漩涡中心，被吸了下去。紫瞳能够感觉到，身边的水流正向着水潭深处流去，她紧紧抓住岸边的岩石，心里非常害怕。极度的恐惧使她使不上一点儿力气，这时水流突然增强，一下将她带离了石岸。

紫瞳惊呼一声，感觉水流突然向下沉去，好像正流入到一个极深的洞里。冰冷的潭水一下子灌进了她的口鼻，紫瞳拼命挥动双手也无济于事。

紫瞳在水流中昏昏沉沉，她也不知道那水流要到哪里去。她感觉到，剧烈翻滚的水浪使她的身子不断晃动，她的身体撞到了水流周围的岩石上。这么来回碰撞几下，紫瞳感觉到自己似乎已随那水流进入了一处狭窄的石洞中，此时她在水下已经待了一段时间，先前水流湍急，她无法控制自己的身体，此刻被卷进了石洞之中，原本狂乱的水流已被束缚，不像原先那样猛烈。

她抓住石面，身子奋力跃起，头一下子浮出水面。她张大嘴猛吸几口气，还没能畅快喘息，就觉一股恶臭直入其五脏六腑，险些将她呛晕过去，她连忙紧闭嘴巴，再不敢大口呼吸。

她被卷到水流中虽然只有短短的一会儿，却又像过了很久一样，至于现在到了什么地方她也是一无所知。

此时身下的水流也平静下来。水不是很深，也就能到她胸口处，或许由于流动缓慢，水并不是太凉，紫瞳并未感到寒冷。

现在要到哪里去找塔儿背呢？她记得那人说过，天黑之前如果无法找到塔儿背，她就再也无法找到离皇了。

她顺着自己手里抓着的岩石摸上去，想要登上岸，可是，她摸到的不是河岸，而是洞顶。

手边的岩石延伸上去，直到她头顶上不过两尺来高的地方。那里的岩石十分粗糙，岩石上还有一个个恐怖至极的石像。紫瞳的手不小心碰到那些或狰狞，或痛苦，或阴鸷的石像，便如同触到火炭一样把手缩了回来，这一下把她吓得心都要跳出来了。

紫瞳无法忍受这样的恐惧，在水里狂奔起来，原本平静的水面被她搅起了巨大的水花。水花拍打在石壁上，发出“哗哗”的声响，那声响不断在石洞里回荡。

紫瞳在水里狂奔着，她的双眼被黑暗遮挡，什么也看不到，压抑的氛围让她只想快些逃离这个地方。她也不知道自己要跑到哪里去，只是觉得自己如果再待在原地，那些悬在头顶的石像随时会掉下来吃了她。

“哎哟！”紫瞳感觉自己的脚好像被什么东西给刺穿了，如针扎一样的疼痛从她的脚底传来。她把脚抬起来，伸手摸了摸，伤口并不深，只是摸上去就会有一股火辣辣的疼痛传来。

紫瞳把脚放下去，伸脚朝前面探了探，感觉水底下好像有一个细长的东西横在那里。她又伸手在上面摸了摸，那东西表面似乎又斜伸出一排排的刺，摸上去有些扎手。

紫瞳抓住那东西把它从水里提上来，一股臭味从那东西上传来，是鱼腥和血腥混杂的气味。

这是一根巨大的鱼骨，少说也有三四尺长。

她把手在水里洗了洗，这时，稍稍趋于平静的水面突然传来“啪”的一声巨响。

那声音听起来好像鱼尾拍打水面的声音，又或是什么东西从洞顶掉到了水里。这个突然响起的声音惊得紫瞳身子哆嗦了一下。她回头张望，想要从黑暗中看出些什么，但后面漆黑一片，她什么也看不到。

此时，身边的水流发出了丝丝的声响，有什么东西正快速从远处游了过来。那东西潜在水底，虽然移动迅速，但声音极小，常人很难听出这样细小的声音。只是这里太安静了，又是在石洞里，任何一点儿动静都会放大许多倍。

紫瞳听见那声音由远及近传过来，心早就跳到了嗓子眼儿。她的身子不自觉地就要后仰。这时候，就觉一股力量拉着她的身子向前走，她猛地后撤，就发现自己身上挎着的包袱被人扯住了。

那包袱是苍穆的，不知道为什么苍穆会把它弄丢。昨天夜里，那个河边的白衣女人将这个包袱给了紫瞳，紫瞳一直带着它。此刻在黑暗中她倒忘了自己身上还有这个包袱。想来那东西多半是冲紫瞳来的，只是这个包袱替她挡了一下。

虽然如此，这一下也把紫瞳吓得慌了神，她抓住包袱上的带子，用力一扯，将包袱夺了下来，接着转身狂奔。那东西发觉包袱被紫瞳扯了回去，身子在水底下摆动着便追了上来。

紫瞳感觉自己身后的水面都翻滚了起来，那东西在水里翻起了巨大的浪花。

这突如其来的变化把紫瞳吓得六神俱失，慌不择路，被那些水花驱赶着，她朝前面狂奔。抬头间，就见前面的黑暗中露出一抹光亮来，那光亮极其微弱，想来可能离得太远。

对于一个被黑暗与恐惧深深包围的人来说，这样的光亮足以给她活下去的希望。紫瞳蹚着水朝光亮跑去，水底的石面上散落了许多鱼骨，一些尖利的刺已透过鞋底扎进了紫瞳的脚掌。不过紫瞳此刻无暇顾及。

也不知道水里是什么东西，紫瞳在前面发足狂奔，身上的包袱被水流冲到了身后，有好几次那东西似乎已将包袱扯住，却又被紫瞳向前奔跑的巨大冲力给扯了回去。那东西每扯一次，都给紫瞳带来不小的惊吓。

前面的亮光虽然微弱，但紫瞳朝那里跑了片刻，原本漆黑的石洞却变得明亮起来，在黑暗中原本感觉十分狭窄的洞口也变得十分宽敞了。

亮光处的洞口十分奇怪，感觉那里像一个闸门一样，越是离那洞口越近，洞顶就越来越矮，等跑到亮光前面，紫瞳只能潜到水中，脑袋贴着洞顶冲了出去。

洞外是一个更加宽敞的天地，突然增强的亮光将紫瞳晃得睁不开眼。

那水中之物一路追来，临到洞口处便破浪而出，直接跃出洞来，紫瞳回头一望，就见一条大鱼从水中跃出。这条鱼身上鱼鳞甚厚，张着的嘴里还能看到尖牙利齿。紫瞳大呼不好，转身想跑，慌乱之中身子不稳就要在那水中仰倒，抬头却看见石洞上方，一个如绳索一般的东西快速探了下来。那绳索尾端生着一根根尖刺，疾如闪电地闪到大鱼上方，尾端尖刺猛地刺出，将大鱼身上厚厚的鱼鳞刺穿。

大鱼从洞下的水底蹿出，来势凶猛，被洞口上方伸下的绳索尾端尖刺扣住，身子直接从洞里倒甩出来。那绳索猛地收紧，将大鱼拉出水面，接着绳索向旁边用力一甩，将大鱼的身子砸在石壁上。

这一下力道很大，大鱼在重击之下直接晕死过去。紫瞳看着刚才还十分凶恶的大鱼，就这一会儿工夫便贴在石壁上一动不动了，一时间心里惊骇莫名。紫瞳呆呆地站在水里，看着眼前发生的一切，此刻她还没醒过神来。那根绳索将大鱼一击毙命，随即便缓缓上拉。直到此时，紫瞳才惊醒过来，她看着那条大鱼被拉上去，抬头往上一瞧，就见一个巨大的田螺插在石壁上。田螺所在的地方有两丈来高，那根类似绳索的东西就是从田螺里伸出来的。紫瞳看着那条大鱼被拉到田螺附近，紧接着，田螺里又伸出来一根绳索将大鱼钩住。

现在紫瞳知道那绳索是什么了，那明明就是两根巨大的触手。看着它们在上面伸展自如，尾端的尖刺不住地颤动，紫瞳感到不寒而栗，大气也不敢出一下。

两条触手钩着大鱼挪到田螺口处，就见螺口里又伸出一团绒毛，那团绒毛是一根根细须，这些细须的尾端上长着一排细小的牙齿，这些牙齿看不出有多锋利，却将那条大鱼的鱼鳞都撕碎了。

这是怎样的一个场景呢，两条粗壮的触手抓着那条鱼来回翻动，螺壳中伸出的无数细小须子将大鱼的鱼鳞刮掉，将里面的鱼肉咀嚼成了沫。紫瞳站在下面看到无数的肉屑从上面飘落下来，落在自己脸上，血腥味一下子包围了她。

紫瞳忍不住“哎唷”一声，连忙伸手捂住了嘴巴，抬眼瞧了瞧半空中那个怪物。那东西只顾着吃鱼，并没有注意到紫瞳的这一声叫喊。紫瞳见它毫无察觉才放下心来。

紫瞳伸手抹了抹脸上的血滴，又把手在水里洗干净了，再抬头，就看见那条大鱼已经被啃的只剩骨架了。两条触手在鱼骨上起伏缠绕，将上面剩余的肉屑全部弄净，然后舒展开来，将白森森的鱼骨甩了出去。

鱼骨在空中划了条弧线，落到了旁边的水岸上。紫瞳扭头看到，在她的右边，水流逐渐退去，露出了潮湿的地面，地面上长满了青苔，无数的白骨堆积在那里，竟然形成了一座小山。紫瞳惊讶地张大了嘴巴，那一座白骨堆成的小山有三丈多高，在地面上占了好大一片，如果再这样堆积下去，很快便会移到这水里来。那具刚刚被甩出去的鱼骨落到了这座骨山的顶端，滚了几下又顺着骨山的斜坡滑到了水岸边。

田螺的两根触手将鱼骨甩出去后，便回缩到了田螺壳中。螺口中探出来的那团绒毛，也抖了抖须子颤颤地缩了回去。一时间石壁上只有那个看似空空的田螺壳倒插在那里。如果不是刚才亲眼所见，谁也不会想到那壳子里住着一个恐怖的家伙。

紫瞳见那个壳子半天没有动静，便稍稍放下心来。她本来是要找塔儿背的，只有塔儿背可以救离皇哥哥，先前那人说塔儿背就在瀑布后面，她在那里找了半天没找到，却被潭底的水流吸进来，现在这个地方可危险多了，她得自己想办法从这里出去。

自从离开苍穆先生的小屋，她便是凭着自己的运气才能走到这一步。先前一个人的时候，还有个小猴子在她身边，如今那只猴子也不知道跑到哪里去了，能不能出去就全看她自己了。

紫瞳朝四周瞧了瞧，这石洞像是处在山腹里面，四周都是陡峭的石壁，除了紫瞳刚才跑进来的那个洞口，便只有洞顶上那个透光的地方能到外面，这两个地方一上一下，除此之外，再难找到能与外界相连的地方了。

紫瞳站在水里，一时间不知道往哪里去。下面的洞口离她不远，顺着水走过去就能出去，可是那里是紫瞳刚刚逃出来的地方，那里面好黑，而且会不会还有那些凶恶的鱼呢！紫瞳抬头看了看洞顶，四周都是陡峭的石壁，她可爬不上去。

紫瞳瞄了一眼上面那个螺壳，想来此时应该快到正午，上面照进来的光十分强烈，把螺壳照的有些发白。紫瞳见那个螺壳这一会儿没什么动静，便要蹑手蹑脚地走到岸上去。这个石洞十分空旷，稍有声响便会被放大数倍。紫瞳双脚蹚着水走，走得小心翼翼。

突然，水底伸出一根触手，触手缠上了她的脚腕，接着发力收紧，紫瞳就觉自己脚下不稳，大叫一声仰面摔倒在水里。

她这一下激起了无数的水花，就在这些水花中，一根细长的触手从水底的泥沙里伸了出来，紫瞳抬头一看，这不就是刚才从螺壳里伸出来的东西吗？不知什么时候又跑到了水底。紫瞳正惊骇于此，就见一道水线从水里显出来，接着“哗啦”一声，那根触手一下子绷直了。紫瞳看到这根触手直直地延伸到螺壳那里，也不知道这根触手什么时候伸下来的，定是刚才她一直在弄脚上的泥沙，才没注意到，被这触手搞了个突袭。

紫瞳倒在水里，还没等爬起来，缠着她脚腕的触手便突然发力，将她拖离了水面。这一下力道很大，紫瞳整个被抛了起来，触手松了她的脚腕又迅速缠在了她的腰上，在半空中将紫瞳稳定住。

紫瞳已经被吓呆了，一点儿声音也不敢发出来，她定定地看着对面的螺壳，心里暗想这家伙到底是什么东西。从螺壳里伸出的触手就缠在紫瞳腰间，紫瞳刚才看到，这触手的尾端可是生有许多尖刺，那条大鱼就是被它刺死的，现在紫瞳并没有感到疼痛，这又是怎么回事呢？还有，它的牙齿也很厉害，像一团锋利的小刀，此刻它们缩在螺壳里，保不准什么时候伸出来。它刚刚把那条大鱼吃了，现在应该很饱吧，也许会暂时放过紫瞳这个自己送上门来的小丫头。

紫瞳瞪大着眼睛一动不动地看着螺壳，大气也不敢出一下。触手看上去并不是太粗，没想到却十分有力气，抓着紫瞳的身子突地在半空中来回颠倒了几次，把紫瞳晃得七荤八素。

紫瞳正眼冒金星，就听螺壳里突然传出一个闷闷的声音：“原来不是鱼啊！”

紫瞳被它摇得头昏脑涨，脑袋有点儿迷糊，听了它这话，竟然抢着道：“我不是鱼，我不是鱼。”

“嗯？还会说话！”

伸出的触手甩了甩，把紫瞳又左右摇晃了一下，接着螺壳又发出了声音：“会说话的，是人吗？嗯，也好，天天吃鱼都吃腻了，也该换换口味了。”

“你，你要吃我？”紫瞳惊恐道。

“当然要吃你了，不然的话我怎么填饱肚子。”

“你，你怎么可以吃人呢？”紫瞳道。

“我怎么就不能吃人，哼，我在这里什么都吃，只要是肉，我都不会放过。那堆白骨你还没看见吗？不管是什么活物，到了这里，都会成为我嘴里的美食。”螺壳里的家伙得意地道，转而安慰紫瞳，“不过，你还可以多活一会儿，我刚吃饱还不是太饿，而且，这地方也很久没有人来，你可以陪我玩一会儿。”

紫瞳怒道：“我干吗和你玩？最后还不是被你吃掉。”

“那你是想现在就被吃掉，还是等一会儿被吃掉呢。”螺壳用戏谑的口气说着，触手上下晃动起来，完全当紫瞳为玩物。

“我不想被吃掉，你在吓我，这里面都没有人的骨头。”紫瞳刚才被它吓到了，盯着旁边的骨堆看了好一会儿，想看看自己死后的惨状，没想到，骨堆里连个人骨都没看到。

“你想看人骨？这还不好办，你把眼睛瞪大了。”说完这话，螺壳的触手便把紫瞳举了上去。

升到螺壳上方一丈多高的地方，紫瞳抬眼一瞧，就见眼前的石壁上，一条一尺多宽的裂隙横亘在那里。这条裂隙向两边延伸，直到从石壁边缘没入到山体之中，也不知道这条裂隙是怎么产生的，看上去倒像是山体里有什么东西在鼓动，把石壁撑裂了一样。

如果仅是这样的话倒还没什么，只是在这条裂隙里，竟然整整齐齐地摆着一排骷髅头。这些白森森的骷髅头在光照中透着阵阵寒意，还有那些黑洞洞的眼洞直视前方，像是在瞪视紫瞳一样。

紫瞳在这些骷髅注视之下，心中生出一种毛骨悚然之感。这么多脑袋在对面的石壁上看着她，她自然是害怕的。

“这，这些人都是你吃的？”紫瞳小声地问道。她的身子忍不住发抖了，待会儿说不准她的脑袋也要摆在那里。

“害怕了吧？”螺壳里那个闷闷的声音似是恐吓地说道，它把触手往下放了放，“还没问你呢，你是从上面的洞口掉下来的还是从下面那个洞口跑进来的？”

“下面那个洞口，我是被大鱼追着跑进来的。”

“那就要把你放在下面。”螺壳这么说着，触手伸下去，将紫瞳下放了有五六尺的距离。

紫瞳这才注意到，在这个位置，石壁上竟然也有一条那样的缝隙，而且这个缝隙里，也整齐地排列着一排骷髅头。原来这条缝隙离水面较近，有些苔藓已经蔓延了上来，那些骷髅已被苔藓覆盖，看上去和周围的岩石区别不是很明显。

“你吃了我，要把我的头放在下面吗？”

“那是，我是很讲规矩的，上面下来的人脑袋就放在上面，下面进来的人就只能待在下面。这是我定的规矩。”那个螺壳说起这些似乎十分得意。

“你放了我吧，我还要去救人呢！”

“自身都难保了还去救人，说说看，你要去救什么人啊？”螺壳把紫瞳拉近了些，把她举到离它不过三尺远的地方。

紫瞳到了这样近的距离，才能好好看看它的样子。这东西不会真的是个田螺吧，如果是这样，那这只田螺也太大了，外面的螺壳少说也有四尺来长。紫瞳的位置正对螺壳的头部，细长的触手就是从头部的开口伸出来的。这头部像一个大圆盘，从这个圆盘往后，螺壳螺旋的半径逐渐变小，尾部插在了石壁中，看不见样子，想来应该像普通的田螺一样是一个尖细的壳尖。

石壁上壳尖插入的地方裂开了几条缝隙，以壳尖插入的那一点向四周延伸，就好像这个巨大的田螺是被外力摁进去的一样。

紫瞳刚才被触手抓到螺壳前面，她眼睁睁地看着细长的触手从螺壳头部的开口回缩了一部分进去，还有刚才把一条大鱼啃得只剩白骨的那团牙齿，虽然现在看不到它们，可是紫瞳知道它们就缩在螺壳里，说不定一会儿它们就会伸出来把自己吃掉。

“我去救离皇哥哥他们，他们被石尸变成了石头，我得去把他们变回来。你快放了我，如果再晚点儿的话就变不回来了。”紫瞳晃了晃身子，口气里都是哀求。

“石尸？它们都是一群爱多管闲事的家伙。要将那些石人变回来，你得去找塔儿背。”

这家伙知道的还挺多，看来先前那人没有骗紫瞳，要想将石人复原，只有塔儿背能做到。紫瞳听它这样说，心里更是急，声音不觉提高了许多：“我正要去找塔儿背，可是刚到这儿就被你抓到了。我怎么去找啊，你快些放了我吧！”

螺壳没有说话，把壳子里的触手又伸了出来，将紫瞳举得高高的，半晌才传来那个闷闷的声音：“我不是在这儿吗？你还要到哪里去找？”

“你是塔儿背？”紫瞳惊诧地看着它，不敢相信地问道。

螺壳将紫瞳下放了有七尺多的距离：“是又怎么样，你一会儿就要被我吃掉了，还能去哪里。”

紫瞳没想到眼前这个家伙就是塔儿背，刚才她还在担心自己要到哪里去找塔儿背呢，现在这个问题一下子就解决了，虽然此刻身处险境，心里也是十分开心。她兴奋地抬起头，此刻她才注意到，在塔儿背的螺壳上有一个圆形的徽记。

第二章　八水浮龟

八水相拱，玄龟内升，符召江湖，水神共工，形数毕具，八识乃生，八门水照，四面龙应，纵断江洪，横绝刚峰，号征蜃洪，羽檄鳌腾，印结纬纲，阴阳不通。

——节选自《寺司百代·云林卷·符箓篇》

触手将紫瞳拉近了些，紫瞳从斜上方下来，才注意到塔儿背的螺壳上有一个圆形的徽记。

那个徽记被螺壳前部的圆盘形壳体挡住了，如果不是从上方往下看还真看不到。紫瞳只是粗粗地扫了一眼落到了螺壳的正前方，那个徽记并没有看清楚。

“你壳子上是什么东西啊？”紫瞳对那个徽记有些好奇。也许她可以一眼扫过便将那徽记忘记，可是就像是命中注定一样，她在此必有一问。

“壳子上吗？有什么东西，我怎么不知道。”塔儿背不知道自己壳子上有什么，紫瞳这一问让它也很奇怪。

“你把我举高一点儿，让我上去看看。”

塔儿背不记得自己壳子上有什么东西，况且，如果有什么东西落到壳子上它一定会知道的。不过它自己的脑袋也不好使，听紫瞳那样说，它也好奇自己壳子上会有什么东西。塔儿背把紫瞳往上举了举，紫瞳看见那个徽记慢慢出现在自己眼前，拍了拍腰间的触手：“好了，就到这儿吧。”

“看清楚没有，有没有东西啊！”

“嗯，好像是一幅画。”紫瞳眯起眼睛往塔儿背的螺壳上看了看，“不过距离还是太远，看不清楚，你把我放到壳子上面去，这样就能看清楚了。”

“到螺壳上面去？”塔儿背迟疑了一下，接着道，“这我可办不到，螺壳周围的这片区域，我的触手是无法接近的。”

紫瞳撇了撇嘴，有些不相信，开口道：“不让看就不让看呗！还骗我做什么。”

塔儿背辩解道：“你这小姑娘怎么胡说，你的性命都在我手中，我骗你做什么。的确是这片区域像是有什么禁制，我的触手无法接近。”

紫瞳想了一下，道：“那先试试，看能不能把我放到壳子上面。”

塔儿背没有说话，弯伸着触手将紫瞳向石壁方向拉近了有两尺的距离便停住了：“好了，就是这儿了。”

紫瞳听它这样说，便晃着双脚向前荡了荡，奈何只有她的手脚晃动，腰间的触手像是被什么东西挡住了，一动也不动。紫瞳有些泄气：“不行啊，还是看不到。”

“你看吧，我没骗你。”塔儿背道，“再往前我的触手就过不去了。”

“你就不能使些力气？”紫瞳道。

塔儿背有些怒了：“你还是不相信是不，那我就使些力气让你看看。”说完，它的触手就硬往螺壳上方挤。

紫瞳感觉得到，自己的手明明可以伸到螺壳上方，塔儿背的触手却无法到达，它的触手像是被某种力量挡住了，就好像有一道无形的墙，平行地立在离石壁四尺远的地方，将它的触手死死地挡住。塔儿背不断用力，由于前方那股力量的阻挡，两力相激，触手竟然贴着无形的墙面向上滑去。紫瞳被触手缠住，自然也跟着向上滑。虽然她无法直接体会到阻挡触手的那股力量，但她的眼睛看到触手由于被阻挡已经被挤得扁平了，而且由于两力相持形成的滑动，触手的表面已经有了磨损的痕迹。

紫瞳瞪大眼睛看着这些，这是她从来没有见过的奇观。这片林子怪事本来就很多，她从小就生活在这里，自然也见过不少怪事。可是，在树屋生活的十几年，她的活动范围一直都在树屋周围几里的地方。在这片巨大的森林里，无数新奇怪异的事她都没有接触过，当有朝一日她有机会亲身体验这些的时候，她像无数刚刚踏进这片森林的人一样瞪大了眼睛。

触手还在缓慢向上，紫瞳抬头往上看了看，她看到石壁上那条开裂的缝隙，骷髅头上黑洞洞的眼洞漠视着眼前的一切。紫瞳现在离石壁有四尺远，在这里，那面无形的墙挡住了塔儿背，使紫瞳随着触手只能贴着这面墙上下滑动。紫瞳想着那些骷髅的事，身子突然前冲，一下子朝对面的石壁扑去。她没想到与触手相抗的无形力道会突然消失，铆足了劲儿的触手猛地砸向石壁。灰色的岩壁迎面而来，紫瞳来不及躲，只能恐惧地闭上眼睛。

塔儿背觉察到了突然发生的变化，猛地回缩触手，触手上的力量带着紫瞳向后猛扯，奈何先前用的力太大，等把紫瞳前扑之势彻底止住，她离石壁的距离也只有两寸了，再晚片刻只怕紫瞳的脸都要被石壁压扁了。

紫瞳慢慢地睁开眼睛，一排白森森的牙齿出现在她眼前，她的额头正好处在那条石隙前面，她倒抽一口凉气，这一排骷髅头全都看着她，让她心里发毛。

“你快把我放下去，这些骷髅好吓人。”

塔儿背在螺壳里闷闷地道：“想要下来的话便自己爬下来，你不是想到我背上去吗？正好可以爬到那儿。”

紫瞳朝下面看了看，这地方离螺壳有一丈的距离，石壁上又没有攀爬的地方，想要爬下去实在困难。触手在这里可以接近石壁，再往下估计是不行了，看样子，那道无形的墙是以螺壳为中心存在的，目的就是限制塔儿背触手的活动范围，可是这一切都是谁做的呢？紫瞳看着正下方的螺壳，太高了，她可不敢跳下去，虽然心里对那徽记很好奇，但此刻还是恐惧占了上风。

“那，你把我放下去吧，我不想看那个徽记了。”紫瞳拍着腰间的触手说着，眼前是一排骷髅，她可不想在这儿多待。

塔儿背没有说话，缠着紫瞳的触手晃了晃，突然一下松开了，紫瞳大叫不好，伸手抓住了石壁上那条缝隙。触手撤了回去，紫瞳被挂在了石壁上，双手正抓在骷髅头下面的岩石上。塔儿背把触手缩到螺壳中，闷闷地道：“你不想看了，我还想知道那是什么东西呢。现在，你要么自己爬到我背上来，要么就挂在那里，不过最后还是会掉下去的。”

“我，我害怕，这儿，太高了，我不敢啊！”

“嘿嘿，还有更吓人的呢！”塔儿背怪笑着，细长的触手又从壳子里甩了出来，直接甩到上面那条石隙中，顺着石缝横扫，将那些骷髅头全都扫了下来，有两个落到紫瞳脸上，吓得她连忙伸手去拨打，这一下让她从上面掉了下来。

塔儿背的螺壳就在正下方，但相距也有一丈的距离，紫瞳落到螺壳上，身子没站稳一跤跌坐在那里。

“这下可以好好看看了。”塔儿背把触手甩了一圈收了回去。

紫瞳揉着脚坐在壳子上，眼里全是泪水，刚才这一下险些把她的脚扭伤，这螺壳虽大，最宽的地方也不过两尺，要是没有站稳，说不准会掉到下面去，那就不知道会是什么结果了。

紫瞳看了看自己的脚，虽然有些疼痛但并无大碍。她朝后动了动身子，将背部靠在石壁上，蹲在那儿看着塔儿背的螺壳，圆形的徽记就在眼前。先前离得比较远，紫瞳只是匆匆扫了一眼，还以为这徽记外围是一个圆圈，现在仔细一看才发现，这外围的圆圈并不连贯，而是分成了八段，每一段的两头又都向内形成了一个同向回弯，这样看起来，每一段倒像是形成了一个抽象的水波图案。八段连在一起，这一圈水纹似是动了起来。

八段水纹合成一圈动起来的水波，在这圈水波的圆心又有另一个图案，这个图案就没那么好懂了。紫瞳看着这图案皱了皱眉，这是什么东西呢？一个像椭图一样的图案上画了六条线，这六条线像是从椭圆中伸出来的，其中在椭圆弧度较小的两侧伸出的四条线也有一定程度的回弯。

紫瞳看不出这是什么，不过中间这个椭圆并不能说是一个规整的椭圆，因为它上窄下宽，看起来倒像是某个很眼熟的东西，但这一时半会儿可想不起是什么东西来。

她正看着徽记出神，塔儿背等得有些着急了，闷闷的声音又响了起来：

"小丫头，你看到了没有，那到底是个什么东西啊？"

"这是什么啊，我可看不出来。"

这东西还真不好说，紫瞳不知道如何向塔儿背描述这个图案，可它催得紧，便大体将徽记的形状给它说了。塔儿背听完之后半天没有说话。

过了一会儿，它才开口道："你把中间那个图案再详详细细给我说一下。"

紫瞳又将中间的图案描述了一遍，这次说得更加仔细，甚至连弧线上的每个拐角都说了。塔儿背听完之后又是半天没有说话。紫瞳蹲在那里，等着它再次开口。

这一次过了好久塔儿背才开口，它那闷闷的声音听起来分外阴沉："你没看出来，中间的图案像一只乌龟吗？"

"乌龟？"

紫瞳愣了一下，低头看了看那个徽记，这时她才醒悟过来，怪不得她觉得中间那个椭圆眼熟呢，经塔儿背一说她才发觉那明明就是一个龟壳嘛！紫瞳心里豁然开朗，再看那个图案发现是越看越像，两侧那四条回弯的线就是乌龟的四条腿，上下两条线不就是乌龟的头和尾巴吗？

"你知道这是什么了？"紫瞳敲了敲塔儿背的壳。

"嗯，这是八水浮龟，它出现在这里可不是好兆头。"塔儿背的声音有些迟疑，似是带着恐惧。

紫瞳又看了看那个徽记，奇怪地道："八水浮龟是什么？又是谁把它画在这里的？"

"还能有谁！"塔儿背的声音里带着隐隐的愤怒，这种愤怒被它有意压制着，不敢过分表达，"能画这个图案的只有一个人。"

“谁？”

“水神共工。这个八水浮龟的图案，是水神共工的徽记。除了他，别人可用不了。”

“水神共工的徽记，他把徽记画在这里做什么？”这一下紫瞳又好奇起来。

塔儿背又不说话了，这一次它好像是在思考紫瞳的问题，不过它的脑袋好像不好使：“不知道。就连这个徽记什么时候出现在这里我都不知道，不过这种徽记一般都有法阵的效果，就像刚才我的触手被阻挡一样，这个徽记也许就是阻挡我的法阵。”

“你不知道？”紫瞳皱了皱眉，有些奇怪地道，“这徽记就在你背上，你自己不知道吗？你好好想想，它是怎么画上去的。”

塔儿背伸出了它的触手，回弯着伸过来想要够到紫瞳，试了几次，还是被挡在了离石壁四尺远的地方。塔儿背似是泄气地道：“其实我早就发现在我周围有这么一股无形的力量，只是一直搞不明白是怎么回事，今天你说我的背上有个图案，我才想要你过去看看，没想到问题果真出在这里。这徽记是怎么画上去的，我真的不记得了，好像过去的很多事我都忘记了。”

“这么重要的事你都不记得了，你还真是笨啊！”这一会儿塔儿背陷进了困惑之中，倒不像先前那样可怕了。紫瞳慢慢放下心来，说话也轻松多了。

“是啊，我也感觉我的脑袋不好使，很多东西都记不住，我……我连我自己怎么会在这里都不知道。”塔儿背似是沮丧到了极点，听声音都有些有气无力了。

紫瞳一下被它吓到了："你不知道自己为什么会在这里，那你倒还记得住自己的名字。"

"说来也奇怪，有些东西却记得挺清楚。就像我背上这个徽记，你刚刚把它描述出来我就知道它是八水浮龟，可是有些事情真的是想不起来了。"塔儿背的声音里充满疑惑，这件事情把它自己都搞迷糊了，过了一会儿它似又想起了什么，说道，"也许这些和这个八水浮龟的徽记有关。"

紫瞳笑道："这和它有什么关系，明明是你脑袋笨，记不住，却赖这个徽记。"

"不不不，不是这样的。"塔儿背辩解道，"有些法阵不仅能隔断空间，时间也能隔断。水神的徽记肯定是很强大的，它除了能够阻挡我的触手接近这片区域，或许它也隐去了我的记忆，隐去了我知道的对他不利的东西。"

紫瞳虽然有些怀疑，但塔儿背的确无法接近眼前这片区域。这样看来塔儿背所说的多半是真的。紫瞳又敲了敲螺壳："那现在怎么办啊？"

塔儿背的螺壳也回响了两下，应该是它用触手在螺壳内敲了螺壳，只听它道："你把徽记擦掉。"

"这，这是水神的徽记，我能够擦掉吗？"紫瞳有些担心，这个徽记如果真如它所说威力强大的话，她一个普普通通的小丫头怎么能擦得掉呢？

"不知道，你试一试，也许能擦掉呢？"塔儿背急切地道。

紫瞳又看了看这个徽记，图形她已经看明白，现在她要看看八水浮龟是怎么画上去的。构成徽记的那些线条看上去十分粗糙，紫瞳伸手在徽记的边缘摸了摸，感觉有些硌手。那是一粒粒的沙子，散落在图案的线条中，牢牢地粘在螺壳上。它们是怎么粘上去的？

这是什么？紫瞳看到徽记外围那圈水波线条中，有一根细小如针的东西。她凑近看了看，这明明就是一根水草的叶子！这是池塘里再普通不过的水草了，这片叶子粘在了水波线条中，还有，在这片草叶上面还有两个沙粒，它被这两个沙粒紧紧地压在下面。

紫瞳伸手想要将叶子拈下来，但草叶紧贴在螺壳上，怎么用力也抠不下来。紫瞳想了想，只怕这片草叶是和这个徽记同时存在的，也许是水神当时画这个徽记时不小心粘上的。现在看来，紫瞳连这样一片草叶都弄不下来，要想擦掉这个徽记恐怕是不可能了。

紫瞳正想放弃，突然想到了什么，低头又看了看那个徽记、沙粒、水草的叶子，还有沙粒下面那层黑黑的东西，这些看起来就像是水底的淤泥啊！

难道水神当年在水底随手抓了块泥便画出了这个八水浮龟？时至今日，这个图案已经深深地刻在螺壳上，想要把它擦掉已经不可能了。

紫瞳把自己所看所想都给塔儿背说了。塔儿背过了好一会儿才说："是这样子啊，难道一点儿也擦不掉了吗？"

紫瞳摇了摇头："擦不掉了。水神肯定是用了法术在里面的。你还以为谁都可以擦掉啊，不过把你的壳子打破也许就可以破坏这个徽记。"

"那可不行。壳子要是坏了，我也活不了。这绝对不行。"塔儿背摇头道。

"这壳子是你的？我怎么看是田螺的壳，难道你是田螺成精了？"紫瞳有些奇怪，这么大的田螺她可没见过。

"我是塔儿背！"塔儿背从螺壳里吼道，"这壳子是我抢来的，但它已和我融为一体，想要打破这个壳子是万万不行的。”

紫瞳撇了撇嘴：“那你倒是自己从石头里拔出来啊，冲我吼干吗？”

塔儿背一时不知道怎么回答，过了一会儿又说：“早就说过了，我不知道怎么来到这里的。我更不知道自己如何被插进这坚硬的石壁里的。我如果能够自己从石壁里出来，也不至于是现在这样子了。”

“唉！”紫瞳叹了口气，有些泄气，“那现在怎么办啊？”

“还有一个办法。”塔儿背道，“在徽记上抹点儿新鲜的血液，这样的话，也许能够破掉这个八水浮龟。”

紫瞳朝四周看了看，这个地方是在半空中，自己刚才也算是侥幸落到这里，又要到哪里弄些鲜血呢？况且，她这么胆小，可不敢到林子里去杀生啊！

塔儿背见她长时间没有回话又开口道：“怎么了，不敢吗？”

紫瞳哼了一声，辩解道：“这有什么敢不敢的，只是我干吗要帮你？你自己在这儿待着好了。”

塔儿背“嘿嘿”笑了一下：“我没记错的话，你来找我是要去救人的。如果我被困在这里，怎么帮你？”

“哎呀！”紫瞳两手一拍，懊恼道，“我怎么把这事给忘了。”

她抬头看了看，洞顶还十分明亮，天还没有黑下来。在天黑之前，她可一定要把离皇他们救出来，不然的话，天黑以后那些石尸又该出动了。她开口道：“可是，我要去哪里弄鲜血呢？”

“你自然是有办法的。”塔儿背闷闷地笑了一下，接着道，“不多，只要一点儿就可以了。你只要往龟壳上滴上一滴，就知道能不能破了这个八水浮龟。”

紫瞳为难地看了看四周，这地方上下不着，要去弄鲜血实在是办不到，她低头看了看自己的手指，也只有放点儿自己的血了。她试着把手指放到嘴里，用力咬了咬，只试了试便拿了出来，实在是有些疼。

“怎么样，想到办法了吗？”塔儿背问道。

“我。”紫瞳迟疑了一下，“我怕疼。”

塔儿背气得把触手从螺壳弹了出来，猛地伸直又突地缩了回去，接着气恼地道：“这点儿疼都受不了，还想要救人？”

紫瞳有些恼怒地瞪了一眼塔儿背，伸手到嘴里，一狠心，一股钻心的疼痛从指尖传来；她忍着疼，把手指放到徽记上，用力挤了一滴；鲜红的血液落到图案上，绕着壳背上的沙粒向四周扩散。紫瞳盯着红色的地方，大气也不敢出一下。

这时，紫瞳就觉自己身下的螺壳松动了，石壁上螺壳所在位置的下方，那里的岩石开始“哗啦”往下掉。

“哈哈。”塔儿背大笑一声，螺口处突地伸出四条细长的触手，这些触手反伸过来，倒撑在紫瞳背后的石壁上。四条触手一齐发力，塔儿背的螺壳一下从石壁里拔了出来，将它自己从石壁里弹了出去。

紫瞳原本背靠石壁蹲坐在螺壳上，这一下未及反应，从螺壳上掉了下去，想要伸手攀住石壁，奈何石壁上毫无着手之处。塔儿背最后那一下弹射十分厉害，四条触手同时发力，瞬间就弹到了对面的石壁上，就在同时，一条触手反伸回来，在紫瞳离地只有三尺的地方缠住了她的腰，将紫瞳拉住了。

紫瞳早已吓得闭上眼睛，感到腰间拉扯，睁眼一瞧，塔儿背挂在对面的石壁上，四条触手贴在岩石上将它自己稳稳地固定住，每一条触手的尾端都伸出了许多尖利的刺，这些刺或伸入到细小的石缝中，或是破碎岩石，自造孔洞。缠住紫瞳的触手拉着她缓缩回去。紫瞳此时才注意到塔儿背一下伸出了五条触手，她可没想到它会有这么多触手。

缠着紫瞳的触手还剩四尺多留在外面便不再回缩，它举着紫瞳，余下的四条触手在石壁交替移动，带着她和塔儿背在石壁上爬。紫瞳看着四条触手轮番交替惊叹起来："原来你有这么多触手，我还以为你就四条呢！"

"四条？"塔儿背得意地道，"看好了。"

话音刚落，螺壳下方又伸出三条触手，一时间七条触手在石壁上翻动，带着他们平稳地爬上洞顶。紫瞳瞪大了眼睛，这种景象她还是第一次见到。

"怎么样，没见识过吧？"

紫瞳抬头往上看了看，又扭头看了看对面的石壁："你，你就这么出来了？"

塔儿背把刚伸出的三条触手缩了回去，只以四条触手在石壁上攀爬，它把紫瞳往上举了举："是啊，多亏了你，不然的话我还真出不来。现在好了，我总算想起八水浮龟是怎么回事了。咱们得快点儿从这儿出去，我还有重要的事情去办。"

"咱们去哪儿？"紫瞳问道。

"你去办你的事情，我去办我的事情。"

"可，可是，你要帮我去救人啊！"紫瞳着急地拍着塔儿背的触手，想用力揪它，没想到它的表面很硬，着不上手。

塔儿背想要恐吓她一下："别乱动，不然我可要扎你了。"说完，紫瞳腰间的触手外侧就生出一根尖刺。

紫瞳看见连忙收了手，她看着这个尖刺慢慢地变长，竟长至一尺多，这样一根尖刺如果生在内侧，非把紫瞳的肚皮刺透不可。紫瞳高举着双手不敢放下来，生怕这触手别的地方又生出刺来，她可不想体会那种疼痛。

“你，你快把刺收回去。”紫瞳的语气弱了下来，一根尖刺已足以把她吓倒。

塔儿背只是想吓一吓她，见效果已达到，便把那根刺收了回去，接着从螺壳里传出了它闷闷的声音：“我自然会帮你。你放我出来，这个人情我还是要还的，不过咱们得先从这里出去。”

说完话，塔儿背的四条触手便快速移动起来，它很快便攀上了洞顶。紫瞳扭头往下看了看，那个白森森的骨山就在自己的正下方。由于塔儿背每次都把吃完的骨头扔在那里，以致这个骨山堆得很高，堆顶离洞顶也不过七尺多远，加上洞顶那个透光的开口把外面的热量传进来，导致这个骨堆散发出一阵阵的腐臭。紫瞳此刻在其正上方，臭味熏得她头昏脑涨，她连忙伸手捏住了鼻子。

塔儿背很快爬到了那个透光的地方。这个洞口有五尺来宽，许多杂草叶子从外面垂进来。塔儿背的两条触手伸到杂草丛中，拨开乱糟糟的草叶伸出去，在外面攀住了牢固的岩石，接着两条触手发力，将塔儿背连同它的螺壳给拽了出去。等到四条触手都在外面稳住了，才将紫瞳拉上去。

在下面待得太久，紫瞳刚从洞口探出头来，便感到了刺眼的光芒，双眼竟有灼痛之感，连忙伸手捂住了眼睛，过了好一会儿才适应过来。她朝四周看了看，发现此地是半山腰中的一片缓坡，这片山坡上长满了一人来高的杂草。顺着这个山坡往上，山势变得陡了起来，而且都是岩石积成的山体，上面几乎不长什么草木。

此时，日已过午，离天黑还有些时候，塔儿背把自己的四条触手都伸直了，将自己从杂草中间举起来，转了转螺壳朝四周看了看，接着螺壳又落了下来，塔儿背道：“走，先去洗个澡。”说完，它的触手开始移动，沿着山坡向上走。

紫瞳拍着塔儿背的触手，急道：“先救人！”

塔儿背把紫瞳举到自己前头：“你自己看看，咱们要到哪里救人啊？”

紫瞳朝四周看了看，这一下还真犯了难，她以为只要找到塔儿背，离皇他们就能有救了，可是离皇哥哥他们又在哪里呢？她可不知道石尸把他们抓到什么地方去了。她急得都要哭出来了：“找不到他们了，怎么办？”

塔儿背笑了一下，把她放下来：“我当然要帮你的，不过现在还找不到他们，要等到天黑以后，等那些石尸出动了，我才好动手，现在着急也没用。我先去洗个澡，山洞里待了那么久，早就想到水里畅游一番了。”

紫瞳见它这样说便不再说话，心里也稍稍平静下来。现在塔儿背已爬上了后面的陡坡，塔儿背的四条触手攀着岩石稳步前行。紫瞳想起来，刚才这家伙似乎在草丛里四处张望，紫瞳都没有注意过这家伙的眼睛在什么地方。

“你刚才是用眼睛在看吗？”紫瞳问它。

塔儿背快速地向上移动着，好一会儿才说：“我的眼睛在壳子里面，露出来的话容易受伤，一般是待在里面不出来的。”

原来是这样子，紫瞳点了点头不再说话。塔儿背攀住了石质山体，接着沿着山体横向移动，等绕过了大半个山头来到山的另一面，紫瞳看到山坡下面有一条河横穿而过。

塔儿背扳着山岩顺着山坡向下爬。这里的山体和先前一样，上面陡下面缓。他们沿着缓坡很快来到河边。紫瞳看到，这里的河岸都是沙地，上面几乎没有什么杂草。

塔儿背将紫瞳放在河岸上，便伸着触手爬到水里去了。岸边的沙滩十分松软，它的触手在上面留下几道印迹。紫瞳看着那个螺壳慢慢沉到水中，过了一会儿，河水中央腾起了水花，螺壳一下冒了出来，它的四条触手轮番摆动，在河中央掀起了巨大的浪花。

紧接着，紫瞳看到，那个螺壳如箭一般在水中疾行起来，八条触手在后面摆动，掀起的水浪像是在推动着螺壳前行。塔儿背在水里这样胡乱弄了一通，原本清澈的河水顿时变得混浊起来。想来应该是塔儿背在那个山洞里被困得太久了，今日脱了困厄，到了这山野间自然要畅快一番。

八条触手在水里面翻腾，紫瞳就坐在岸上看着，这时就见河心的水面突然冒起泡来，一个一个的大水泡子从河底翻上来，河心的水面就像是煮开了一样。只过了片刻，一个漩涡从水泡处形成，接着由小变大，整个河面都为之沸腾起来。

紫瞳一下子站了起来，她看到巨大的漩涡几乎都要占据整个河面，而在漩涡的中心形成了一个向下的水洞，漩涡外侧的水流都顺着漩涡流进这个水洞里。刚才还在外面翻腾的塔儿背似乎没来得及躲闪也被吸到了漩涡中。紫瞳看着塔儿背的八条触手在水面上乱甩，想要在漩涡中把身子弹起来，却是无济于事，水流裹挟着它疾速地冲向漩涡中心。

紫瞳在岸上焦急地看着，那个看起来极其恐怖的涡心似是一个张开的血盆大口，要将塔儿背吞掉。塔儿背八条触手同时用力，但水急浪猛，它根本无法稳住身子。塔儿背随着水流盘旋着进入涡心，一点点消失在里面。塔儿背的螺壳刚从涡心消失，四周快速旋转的水流掀起了滔天的巨浪，涌起的浪头全都冲向涡心，瞬间便将涡心湮灭了。

这一下过后，水面很快平静下来，河水比先前更加混浊，而塔儿背早已不见了踪影。紫瞳一直观察着河水的变化，看着塔儿背被漩涡吸走她却束手无策。她正在岸边着急，就听水面下似乎传来一声闷响。她低头一看，河面并没有什么异常。但刚才那声响又是怎么回事？紫瞳正奇怪，水面上传来一声巨响，一个巨大的水柱从水面上炸起，直上苍穹。

水柱起到有十几丈高，待其势尽，塔儿背从水柱中蹿了出来，直直地往下落。整个河面好像沸腾了一样，到处都是水花。紫瞳眯着双眼看着河面，可是什么也看不清楚。

这时候，在四溅的水花中，一个巨大的脊背露出水面，紫瞳吓得捂住了嘴巴。这条大鱼少说也七八尺长，脊背上插着一排坚硬的鱼鳍，靠着这排鱼鳍分开混浊的河水，使它的身子慢慢显露出来。这条大鱼怎么会出现在这里，难道刚才的一切都是它弄出来的？

紫瞳正疑惑时，那条大鱼却一下从水里站了起来，这一下把紫瞳惊住了。那家伙直直地站在水里，露出了它的鱼腹。不，那不是鱼腹，厚重的鳞甲下面是人的身子。紫瞳这才看清楚，这个身背鱼鳍、身体巨大的家伙，是一个身披盔甲的鱼妖。

鱼妖从水里站了起来，抬头狠狠地看着正落下来的塔儿背，抬手间，两片银光闪闪的东西甩了出去，闪电般飞向半空中的塔儿背。塔儿背在空中看到那家伙从水里钻了出来，已然防备，又或许他们在水底下就交过手，塔儿背一直全神戒备着，看到两片银光闪闪的东西飞过来，塔儿背的八条触手同时回缩，片刻之间便都缩进了螺壳之中。

螺壳与银光相撞，就听“当当”两声响，那两片银光被弹开了。塔儿背直落入水中，落水即展开八条触手，挥动着将身子浮在水面上。

这一会儿河里没有大的水花，两个家伙都浮在水中，互相敌视着。到了此刻，紫瞳才看清了那个鱼妖的样子。他那一身盔甲银光闪闪，看上去如同鱼鳞一般，背部的鱼鳍沿着脊柱上行，从脑后又到了头顶，头盔两侧各有三根鱼须绷得笔直，看上去倒像是银质的。不只是这样，他身上那些银光闪闪的鱼鳞看上去也像是银质的。看到这身鱼鳞盔甲，紫瞳便晓得鱼妖刚才甩出去的那两片银光闪闪的东西是什么了，多半是他从身上拔下来的鳞片。

这人身穿鱼鳞盔甲，在肩、肘、腕等关节处都有鱼骨似的护甲，护甲外侧还生有如鱼鳍一样的东西，边缘锋利，如刀子一样。在这人胸前的鳞甲上，有一个张开大嘴的凶鱼图案，图像中的凶鱼大嘴张开着，嘴里都是尖利的牙齿，而鱼嘴两边，六根须子也是笔直地伸向四周。

他上半身看上去已是人形，但他的下半身还在水下，而且河水混浊，看不出什么样子，现在他出现在这里，不知道要干什么。

鱼鳞甲人看着塔儿背浮在水面上，甚是气恼地道："你是什么东西，到我的河里来撒泼，还把我的巢穴给捣翻了。你惹恼了我，今天休想走出这条河。"

塔儿背冷笑了一下，说道："就等你这句话呢，终于有机会大展身手了。"

此时塔儿背的螺壳开口在水面之下。紫瞳看到，它开口说话的时候，螺壳四周便不住地冒泡，但塔儿背并不以为意。塔儿背似乎有意要激怒鱼鳞甲人，说话的这会儿，它的触手伸到河底，捞了一把淤泥上来，突地朝鱼鳞甲人甩了出去，这一下又准又快，直接甩了一摊臭泥在鱼鳞甲人脸上。

鱼鳞甲人现在更加火大了，大叫一声，猛地扎进水里。他这下入水又快又猛，奇的是河面竟然不起一片水花，连一点儿微小的波动都看不到，能做到这样平滑入水，应该和他身上那件鳞甲有关。

水面上只有塔儿背了，鱼妖潜到水中不见了踪影。紫瞳在远处的河岸上仔细地看了看，河面宽广，一眼望去哪里还有鱼妖的影子。这时就听水下两声轻响，似有东西从水面下射来。那东西在水下疾行，临到塔儿背身前才射出水面。塔儿背看不清它的来路，只是仓促间躲开。那东西射出水面之后塔儿背看清是两片鱼鳞，就在此时，它的触手已深入水下，将尾端的尖刺探出来，猛地朝鱼鳞袭来的地方甩了过去。

只是，它未料到，鱼妖在这极短的时间内已游至它身后，两片鱼鳞从水面之下疾速地钻了过来。

第三章 鱼鳞甲人

东洋有鱼，鳍附坚甲，承识化妖，是为密甲。其世居东洋，当二汐之乱，欲藉龙尾攀上宫，事发而窃三鳞。遂致群凶毕至，攘争符鳞。时共工涵两东洋，密甲濯于风雨，遂至鱼骨岭。故其祖承青龙之识，阴受共工之召。

——节选自《寺司百代·云林卷·神魔列传》

塔儿背躲开了身前的两片鱼鳞，它没有想到，同样的袭击会迅速出现在自己身后，又有两片鱼鳞从水面之下朝它袭来。先前，鱼妖用鳞片打中了塔儿背的螺壳，螺壳上连一点儿划痕都没有留下。这一次，他从水下攻击塔儿背的触手。

塔儿背看不见鳞片的来路，只觉触手上突地两下刺痛。塔儿背把触手从水里举了起来，往上一瞧，两道并列的血口出现在上面，鲜血正顺着血口往下流。紫瞳摸过塔儿背的触手，那触手表皮十分坚硬，一般的刀剑是很难把它割破。鱼妖的鳞片肯定异常锋利，不然怎么能在上面留下伤口。塔儿背也没料到那两片鱼鳞会这么厉害，这下它只有把触手缩到螺壳里才安全，可那样的话，它只能龟缩起来，绝没有取胜的可能。

鱼妖靠着自己在水中的优势不断放出鳞片，但塔儿背听到水中声响便把触手缩回去，这样一来他们谁也奈何不了谁。这样来来回回打了几次，也不知道怎么回事，就见塔儿背的触手刚缩到壳子里，鱼鳞甲人就从螺壳旁钻了出来。

紫瞳看到，鱼鳞甲人抱住了塔儿背的螺壳，手腕处如鱼鳍一样的东西突地伸长，沿着手背峰到五根手指，在指尖变成了尖刃一样的东西。鱼妖扣住螺壳，十根手指同时发力，想要将螺壳洞穿。他没料到螺壳十分坚硬，一次发力竟是毫无用处。他还要再次发力，没想到塔儿背的八条触手一下从螺壳中涌出来，转瞬之间就将鱼妖紧紧缠住了。

紫瞳站在岸上，看着他们两个在水里厮斗。塔儿背八条触手缠在鱼妖身上，这些触手挤成一团，把鱼妖裹得跟肉球似的。

现在他们两个处于互制状态，谁也无法把对方弄死。鱼妖仗着自己在水里的优势，身子一下扎到水中。塔儿背虽然有力气，可在水中它的力气完全无法施展出来，它被鱼妖拉住一下扯到水下去了。这河水也不知有多深，它们两个也不知沉到什么地方去了。

水面茫茫，只有波涛在翻滚。紫瞳从河的上游望到下游，也没见到他们的踪迹。这时候，就听河面上一声巨响，一个冲天的水柱炸了起来，紧接着，塔儿背从水里钻出来，八条触手在水面上散开了。在它身后，一条大鱼跃出水面，高起的身躯直扑下来，一下将塔儿背砸进水里。

这一下水面上起了个大浪，接着又不见了他们的踪影。紫瞳眯着眼紧张地看着。此时太阳已经偏西，很快就要下山了。紫瞳暗想，塔儿背此时如果有了意外，那晚上是决计救不了离皇他们了，如果真是那样又该怎么办呢？

紫瞳正暗自犯愁，那边水面上又是一声响，那条大鱼抢先出水，后面三条触手探出水面，突地缠到了大鱼的鱼尾上，一下将它拉进水里，紧接着，塔儿背的螺壳浮了上来。大鱼一个翻身，又要下潜，塔儿背的两条触手突地甩到岸上，想要缠住岸边的一块巨岩，只是岸边都是沙滩，岩石离岸较远，塔儿背的触手够不着。大鱼被触手缠住了，便现出人身来，身子在水里不住地挣扎。

看到离巨石还有些距离，塔儿背甩出去的两条触手尾端长出了尖刺，那些刺直刺进岸边的沙地里，塔儿背想要借此将鱼妖拉上岸来。鱼妖在水中力量奇大，扭动着身子回撤。由于鱼妖用力地拉扯，塔儿背的两根触手绷得直直的，一点点被拉进河里，岸滩也被那些尖刺拉出两条深痕来。眼看塔儿背又要随鱼妖沉到水底，紫瞳连忙跑了过去，伸手拉住塔儿背的触手就往后拽。

鱼妖没料到塔儿背会跑出一个帮手来，他不确定这个帮手会有多厉害，只是死命地带着塔儿背向下沉。紫瞳紧紧抓住触手，被拖着在沙地上滑行，她两脚不住地蹬踹，身前已经积起了一堆泥沙，可身子前行之势仍然无法止住。

塔儿背见这样不行，壳子里的两条触手全都伸了出来，四条触手扒在岸上，想要凭此将鱼妖拉上岸去。只是塔儿背没料到，在水中，鱼妖的力气太大，四条触手加上紫瞳的帮助都无法阻止它的下沉之势。眼看紫瞳也要被拖下来，塔儿背急甩触手将紫瞳甩开，四条触手同时回缩，与此同时，缠在鱼妖身上的四条触手使出大力，慢慢地将鱼妖从水中举了起来。

塔儿背缩回去的四条触手在水里不住地翻腾，支撑它的身子不下沉，上面的四条触手还在用力地想要把鱼妖托出水面。随着塔儿背发力，鱼妖的下半身慢慢地露出了水面。紫瞳看到，自鱼妖的腰际以下，一个巨大的鱼尾露了出来。鱼妖的上身和鱼尾，全都披着银光闪闪的鳞片，在日光下都有些晃眼。塔儿背将鱼妖从水里举起来，那家伙的鱼尾尚完全脱离水面；他知道离了水便要束手就擒，所以死命挣扎。

鱼妖的尾鳍很大，不时在水面上下翻滚。塔儿背知道此刻如果不能把鱼妖拖离水面，自己便会被他拉到水底，到时候反要被他制住，所以上面的四根触手全都绷得紧紧的，丝毫不敢放松。这样相持了一会儿，塔儿背水中的四条触手翻动得越来越快，在塔儿背周围竟形成了一个小小的漩涡。漩涡附近的水面逐渐变低，鱼妖的鱼尾也慢慢从水里露了出来，这样想要触及河水便不可能了。

塔儿背抓住这个机会，四条触手同时用力，一下将鱼妖托举起来。紫瞳看到，那个银光闪闪的东西被一下抛上岸来，随之而来的河水浇了她一身。鱼妖被抛在了沙滩上。紫瞳看他那个样子有些吓人，便跑得远远的。

鱼妖身子离了水，他的鱼尾便使不上力道，一个劲儿地在岸上拍打，两手扒着地想要爬回河里。塔儿背翻动着八只触手也爬上岸来。它费了半天才将这鱼妖弄上岸来，怎么能让他爬回去。它甩过两条触手，将鱼妖的尾巴缠住，另六条触手扳着山石就要往山上走。这下把鱼妖吓到了，他是河中的恶煞，如果到了山上，便只能坐以待毙了。

鱼妖手指上如鱼鳍一样的东西扎进沙滩里，他想这样就把身子拖住，可他又怎么能做得到呢！紫瞳刚才拉不住塔儿背的触手，此刻鱼妖也只有被塔儿背拖着走了。塔儿背前面几条触手扳住山岩往上爬，后面两条触手拴住了鱼尾，将鱼妖慢慢地拖离了河滩。而这一切在紫瞳看来，明明就是一只八脚怪物拖着一条大鱼往山上爬。

鱼妖看见了站在旁边的紫瞳，抓了一把泥沙朝紫瞳扔过去，怒叫道："你是哪里来的东西，和这个怪物搞在一起，待在那里别动，等我过来吃了你。"

紫瞳听了他这番言语，连忙跑得远远的，惊恐道："你不要吃我，我不好吃的。"

"人肉哪有不好吃的，你到了这片地方，便被我盯上了，想跑也跑不掉。"鱼鳞甲人抓着地面，便要朝紫瞳爬过去。谁知塔儿背的触手猛地一收，将他往山上拉了近四尺的距离。

塔儿背用触手攀着山岩努力地爬着，嘴里气哼哼地道："你还想吃人，我找个窟窿把你扔进去，等我忙完了再回来吃你。"

鱼妖抓了块石头砸塔儿背的螺壳，大怒道："你是什么怪物，还想吃我，那得看看你牙口怎么样。"

塔儿背的触手缠住一块石头送到它的螺壳口，紫瞳先前见过的那团锋利的牙齿伸了出来，对着那块石头一阵乱咬，只片刻工夫，石头就碎成了石屑。

鱼妖看到这一幕吓呆了，惊道："你这怪物，快把我放开，让我回河里去。"

塔儿背不理他，任他喊叫，只是两根触手将他拴得紧紧的。它拖着鱼妖向山上走。先前从山上下来的时候它就看到山坡上有一个石坑，少说也有两丈多深，里面长满了杂草，把这家伙扔进去，他便休想再爬上来。塔儿背打算好了，先把这个家伙扔在坑里，它再去把紫瞳的人情还了，等回来的时候它就可以独自享用这条大鱼了。

塔儿背把鱼妖拖到石坑边上，用四条触手把他托举起来，用力把他扔进坑里。鱼妖直落到坑底，坑底有许多带着尖棱的石块，把鱼妖硌得生疼，鱼妖在坑底大叫，嘴里骂骂咧咧的，说等他爬上去要把塔儿背吃掉。

塔儿背卷了块石头，狠狠地砸了下去，然后伸着四条触手下山了。紫瞳站在河滩上看着它下来，又朝山上望了望："你把他扔哪儿了，他还能回来吗？"

"放心。"塔儿背甩了甩自己的螺壳，刚才灌进去的河水都从螺壳里流了出来，"不用管他了，他回不来了，咱们走吧！"

"去哪儿？"紫瞳问道。

"当然是去救人。"塔儿背伸出触手将紫瞳卷起来，"不去的话，我可就要走了。"

"对，对，去救人，再不去就晚了。"紫瞳拍着心口道。

塔儿背一条触手举着紫瞳，四条触手支撑在地上行进。此时太阳已半落西山，离黑夜已经不远了。

紫瞳看着塔儿背沿着河滩往上走，便奇怪道："咱们这是要去哪里啊？"

"去找你要救的人，很多年了，凭我的本事不知道还能不能找到，只能上去碰碰运气了。"塔儿背说道。

听它这样说，紫瞳皱了皱眉头，心下也担忧起来，她自己不知道那些石尸把离皇他们带到哪里去了，只能把全部希望寄托在塔儿背身上，眼看太阳就要下山，如果不快点儿找到离皇他们，那她就真的要变成孤身一人了。

这条河是从山里出来的。紫瞳他们此刻所在的地方山势已趋平缓，两边有较开阔的河滩，但在鱼骨岭中，像这样的河滩是极少的。鱼骨岭山势雄峻，地域广阔，其间山岭、险峰不下几百座。这些山峰虽然没有特别高的，但林密谷深，山势诡奇，与外面的山峰有很大的不同。人进到这里面，若不小心行事，便会被困在里面，想要走出来十分困难。

紫瞳他们往上走了有一里多，河边的浅滩便不见了，两边都是大石，这些大石把河道变窄了，水流也变得湍急起来。有些大石还突兀地立在河中间，水流拍在上面发出巨大的响声。

河道的两边是巨大的岩石，小的有一人来高，大的能有两丈多高，而且表面光滑，不易攀爬，在上面行走十分危险。这些大石一块挨一块，中间缝隙狭小，有的缝隙中还夹杂着一些碎石块，想要在下面的缝隙里穿行也是不能的。这片乱石滩十分宽广，它在河道的两侧铺展开，每侧少说也有一里来宽，在两侧乱石滩外侧，各有一条陡峭的山脉横在那里，将乱石滩和河道夹在中间。两侧的山体相对而立，看起来就像是一个喇叭形，石滩和河道都被夹在这个喇叭里面，河道就从这个喇叭形的窄口流入，从宽口流出。

塔儿背带着紫瞳沿着河道往上游走，岸边的大石被水流冲刷，表面已经很光滑，塔儿背的触手不好着力，开始的时候它的触手伸长了还能够到岩石的上沿，后来，岩石太过高大，它的触手实在攀不上去，便扳着石块远离了河岸，向一边的山体爬去。

塔儿背爬到一块较高的石头上面，紫瞳抬头朝四周看了看，只见石滩两侧的山体沿着河道向上延伸，没入上游连绵的群山中。看到这景象，紫瞳产生一种奇怪的感觉，她觉得，两侧的山体本应是一体的，或许是由于强大的外力作用，将原先的山体劈开了，河水才能从中间流过，中间石滩上的那些巨石都是原先山体裂开时遗留下的山石。不过要有多强大的外力才能造成这样的景象呢？或许地震才能带来山崩地裂的效果。紫瞳可想不出，世间会有什么样的神魔能有劈开大山的能力。

看到那些巨石光滑的表面，紫瞳又想，只有河水的长期冲刷才能造成这样的效果，可是那条河的水位很低，不可能冲刷到这些巨石，除非河水暴涨，才能把这里淹没。想到河水暴涨，紫瞳朝周围看了看，心里暗道，河水真能涨到那种程度的话，那么两边的山体便成了大河的河岸，而她现在所在的乱石滩应该是河底才对。

如果真是那样子，两山夹一江，这样宽广的大河可比得上紫瞳先前见过的莽河了。塔儿背带着紫瞳在石头上面走了好一会儿，来到了一侧的山体下面。和紫瞳刚才想的差不多，这边的山体险峻陡峭，嶙峋的岩壁就像是山体被撕裂的口子，这便是外力劈开山体的证明啊！紫瞳看到，岩壁下面堆积了好多淤泥，淤泥看上去十分黏稠，旁边的泥坑里积满了水，里面还有几条小鱼。塔儿背攀到了岩壁上，用触手扣住岩壁上凸出的石头，爬到离谷底有五丈高的距离。这样，刚才阻挡他们前进的大石都到了他们下方了。

此时太阳已经下山，天地间一下凉了起来，两山之间的河谷形成了一个风口，中间有风从山上冲下来。紫瞳身子单薄，这股冷风吹得她不住地发抖。下面的乱石有高、有低，中间的缝隙也是有宽、有窄，从上游下来的山风贴着谷底冲过去，被这些乱石阻挡，发出怪异的呼哨。这呼哨声听着让人头皮发麻。

听着这些声音，紫瞳心里害怕，加上此刻天空已经暗了下来，微光中只见下面模模糊糊的一堆黑影，而诡异的声音不断传来，怎能不让她心生恐惧。她赶紧伸手捂住了耳朵，盼望着早点儿通过这个地方。

石壁上有许多大小不一的岩石突起，塔儿背的触手在上面十分容易着力。它大张着四条触手，贴着岩面向前爬，从远处看的话有点儿像一只巨大的蜘蛛，只不过它只伸出四条腿。紫瞳被它的一条触手缠住，孤悬在半空，心里担惊受怕的。也不知走了多久，她发现岩壁的走势有了明显的弧度，她知道山体形成的喇叭口开始收窄了，而谷底的大石也开始减少了。

紫瞳抬头朝前面望了望，原本有两里多宽的山谷迅速收窄。她看见离喇叭口已经不远了，先前所见的河水便是从这峡谷中流出的。

走到这个地方，塔儿背没有走峡谷里面，而是攀到岩壁顶上，在岩壁顶上行进。这面岩壁有十几丈高，它爬上来可费了不少力气。紫瞳朝四周望了望，此时天色太暗，那山上什么情况看不太清，她只看到一个黑黢黢的影子。

此时他们已在崖顶的平地上，但由于天色太暗，塔儿背并未将紫瞳放下来。“塔儿背，咱们在这里做什么？”紫瞳开口问道。

“等人。”塔儿背说道。

“等人，等谁啊？”紫瞳奇怪地道。

“一会儿你就知道了。”塔儿背说，“好好看着，待会儿就会有人从对面爬下去。”

紫瞳道：“对面那么黑，我怎么看得清，你的眼睛能看清对面吗？”

“当然，我的眼睛在黑夜里、在地底下、在没有光亮的地方都可以看得到。”塔儿背说道。

“可是我看不到啊，待会儿真会有人从那里爬下去吗？”紫瞳道。

“你还是不看为好，因为对面的景象恐怖至极。”塔儿背“嘿嘿”笑了笑，吓唬紫瞳。

“对面什么景象？”紫瞳道，“还不是和这边一样。”

塔儿背“嘿嘿”一笑，缠着紫瞳的触手从崖顶伸了出去。紫瞳被它吓了一跳，惊恐道：“你要做什么，要把我扔下去吗？”

“下去看看。”塔儿背说了句，然后将触手往下放，将紫瞳下放到峡谷中。

紫瞳到了距崖顶一丈多的地方，眯着眼朝对面看了看，此刻在峡谷中，光线更暗，更是什么也看不到了。她暗自纳罕，明明什么也看不到，让她下来看什么。

她正在奇怪，扭过头来，就见身后的崖壁上，无数双眼睛直直地看着她，吓得她大叫一声，双手捂住眼睛再也不敢看了。

塔儿背诡计得逞，“嘿嘿”笑道：“这下信了吧，还不吓死你。”

紫瞳惊恐道：“他们是什么啊？吓死人了，你快把我拉上去！”

“你还不睁眼好好看看，他们也许就是你要找的人。你可看好了，救错了人我可不管。”塔儿背把触手又朝崖壁拉近了几分。

紫瞳听它这样说，便睁眼从指缝中瞅了瞅，定睛一看，原来眼前都是些石尸变成的石头。这些人形石头一个挨一个排列在那里。紫瞳发现这整面石壁几乎都是这些人形的石头垒成的，就算离皇他们在这些石人里面，她也不知道自己什么时候能把他们找出来。

她抬头朝上面看了看，塔儿背的螺壳看不到，只看到缠着自己的触手从崖边伸下来，紫瞳拍了拍触手朝上面喊道："这么多，要找到什么时候啊！"

塔儿背也不回话，它把紫瞳拉上去，四根触手扳着岩石又往上游走。紫瞳急了，拍着塔儿背的触手喊叫起来："不能走，离皇哥哥还没找到呢！"

塔儿背把她拉近了些，开口道："这里都是些老尸，新尸应该在前面。你的离皇哥哥如果是昨天晚上被抓走的，它们应该在新尸里面。"

"新尸？"紫瞳有些奇怪，"新尸在哪里，咱们还要走多久。如果不快点儿的话，那些石尸一旦出来，咱们还能救得了离皇哥哥他们吗？"

塔儿背没有回答，只是挥动着四条触手在黑暗里前行。紫瞳感觉耳边呼呼的风响，塔儿背的速度明显加快了，但在她自己眼里，全是一片黑暗。渐渐地，紫瞳的眼睛能够模模糊糊地看到周围的事物了。她抬头看了看，天边一轮弯月已经升了起来。刚才塔儿背在树林里爬行，月光都被树木的枝叶遮挡了，这会儿树木变的稀疏，紫瞳借着落下的月光才能勉强看清身周的事物。

原来这一路过来，塔儿背仍是在崖顶行进，身子离那个峡谷有三四尺的距离，谷下隐约传来河水的波涛声。塔儿背仍是向着上游走，只是速度慢了下来。这一路走来，山崖的高度不断增长，崖顶的坡度也不断变陡，身侧的峡谷也变得更深了。他们这是要去哪里呢，紫瞳一点儿也不知道，她只能跟着塔儿背走，要去救离皇他们的话，她自己可是一点儿办法也没有。她抬头朝前面看了看，在微弱的月光下，一个黑黝黝的山头立在前面，峡谷便是从那里延伸出来的。此刻坡度越来越陡，塔儿背明显是在朝那座山头前进。

紫瞳看着那座山，在黑暗与惊疑中又走了半个时辰。这半个时辰中，紫瞳看着那座山头愈加高大，无数的黑色树影幽幽地立在山上，又听到了山林里野兽巨大的吼叫声。直至走得足够近了，紫瞳才看到，在微光下，一面巨大的石壁挡住了他们的去路。这面石壁有几十丈高，像是从那个山头切出来一样。紫瞳此时抬头往上看，就见石壁上方有许多黑幽幽的树影伸出来，而这道石壁直插天空，却看不到山顶在什么地方了。

这面石壁挡住了他们的去路，将河道所在的峡谷一下截断了，峡谷至此而终。塔儿背爬向这面石壁，紫瞳却吓得身子往后缩了缩，她还以为这面石壁也是由那些石人一个一个垒起来的，那样的话她可不敢靠近。塔儿背爬到近前，紫瞳看清了石壁的样貌，石壁是由山体断裂形成的，上面都是凹凸不平的岩石凸起。这面突然出现的岩壁阻断了峡谷，可峡谷里的河流呢，它又是从哪里来的。紫瞳扭头看了看峡谷下面，下面漆黑一片，只隐隐地听到波涛声，而且还有一些稀奇古怪的声音，吓得她连忙把脑袋扭回来。河流声音仍然很大，这下面到底是什么情况。

“现在要去哪儿？”紫瞳问道。

“别出声。”塔儿背说着，把它的触手攀到了前面的石壁上，只是抓在那儿，并未上爬。过了好一会儿，它才又开口：“它们来了。”

“谁？”紫瞳有些惊讶，难道是那些石尸到这里来了，又或是别的什么东西，如果真有什么东西到这里来的话，那肯定是一些十分危险的家伙。

塔儿背没有回话，它的四条触手都攀上了前面的石壁，接着平移着爬向了峡谷中央。紫瞳感觉到光线更暗了，塔儿背正带着她攀着石壁往谷底爬。

紫瞳扭头往下看了看，峡谷里漆黑一片，只能感觉到有潮湿的水汽飘上来。紫瞳把头扭了回来，她不敢往下看了。黑暗中她的眼睛什么也看不到，说不好黑暗里会跳出什么怪物来。况且两侧的石壁上都是一个个紧密排列的石人，它们正睁着冷漠的双眼看着紫瞳。紫瞳想到这些就感到不寒而栗。

紫瞳已经完全进到峡谷的黑暗中了，原本就十分微弱的月光更是无法照到这里。紫瞳能够感觉到，下降速度变慢了，塔儿背的触手在石壁上爬动时也变轻缓了。它小心翼翼地躲避着某些东西。

也不知在黑暗中过了多久，紫瞳听到了流水声，还有潮湿的水汽飘到了她的脸上，难道他们已经快到谷底了。她有些害怕，峡谷里漆黑一片，河流里又不知道有什么怪物没有。

“咱们到哪儿了这是？”紫瞳开口问道。

“别出声，它们听得见。”塔儿背把紫瞳拉近了小声地说道。

“谁？谁听得见？”紫瞳有些惊讶。

塔儿背没有回话，它知道在这样的环境下紫瞳什么也看不到，现在它也不敢出声，只是看着峡谷另一侧的石壁上那两个移动的身影。现在，峡谷两侧的石壁相距较远，谷里又是漆黑一片，想看清那边的情况，一般人即使借着火光也无法办到，好在它的眼睛在黑夜里也可以看得很远。

在那面由无数石人堆叠起来的石壁上，两个移动的岩石与石壁浑然一体，就算在白天也很难将它们区分出来。那是两具石尸，它们正攀着石壁上的人像往下爬。塔儿背的判断没有错，这些石尸今晚果然会到这里来。在石洞底下的岁月并没有退化掉它的感知能力，现在，它仍然可以凭借着自己身体最直接的感觉来找到这些石尸。紫瞳这丫头胆子太小，平时又聒噪的厉害，如果把石壁上的景象告诉她，她又会闹出许多声响，到时把那些石尸惊走了可就难办了。

此时塔儿背就像一只虫子趴在石壁上，四只触手几乎直直地贴在石壁上，缠着紫瞳的触手也收了回来，收得离石壁很近。这样的话他们待在这里就不会太显眼。那些石尸可从来都不会惧怕黑暗，在黑夜里，它们的眼睛仍可以看得很远。

两具石尸步调一致地扳着石头往下爬，在它们的背上各背着一块石头，不，不是石头，是两个石人，两个被它们变成石头的人。塔儿背晓得它们到这里来做什么，不过它可不能惊动这两个鬼祟的家伙，今天还得靠着它们去救人。

今天这两个石尸来到这里，显然是为了完成昨天晚上没完成的工作，不过看样子这一段时间以来，它们一直在这里忙活，不然的话它们也不会频繁到此，只是它们没想到塔儿背今晚在此守株待兔。

两个石尸在石壁上爬行了一段时间，塔儿背时刻注视着它们的一举一动。石尸所在的地方离谷底的河流还有七八丈的距离，奔腾的河水拍打着水里的岩石，发出猛烈的咆哮声。这两个家伙是绝不敢下到谷底去的，因为石尸最怕水，遇水即死。到了这个位置，两个石尸便在石壁上横向爬动起来，它们攀着石壁向着河水流出的地方爬去。塔儿背知道，在自己的下方，会有一个七八丈宽的大洞，河水就是从大洞里流出来的，这些石尸今天的工作就在那个大洞里进行。

塔儿背见两个石尸爬进大洞里，便翻动触手往下走。它可不清楚石洞里面什么情况，如果离得太远，把这两个石尸跟丢了，它今天可要白跑一趟了。塔儿背来到了下面的洞口。不得不说，这个石洞实在大得厉害。

洞口的上缘离河面有七八丈高，在这里已经可以清楚地听到水流声。紫瞳听了塔儿背的话，一直没敢开口说话。听到这水流声，她惊了一下。

“咱们去哪儿啊？”紫瞳小声地问道。

“跟我走，别出声。”塔儿背晃了紫瞳一下，接着两根触手伸进了山洞里。

山洞里面才是真正的漆黑一片。塔儿背对黑暗并没有感到不适，它的眼睛不惧怕黑暗，现在，它仍然可以死死地盯着那两个石尸。

两个石尸现在倒挂在石洞顶上，它们身上还背着那两个沉重的石人，这就是石尸的能力，它们可以和普通的石头融为一体。身背沉重的石人，它们可以将石人粘在背上，又可以将自己粘在石洞顶上，或者将石人粘在石洞顶上。总之，它们是石头，是有生命的石头，对岩石，它们有绝对的控制力。

石尸正向石洞深处爬。这个洞穴是狭长形的，石洞下方就是那条大河。塔儿背朝前面望了望，这个石洞向里极深，一眼望去可以望到两里多远，在视线尽头，石洞拐了个弯，向左转了，之后又是什么样就看不到了。看到这个情况，塔儿背有些担心起来，这样深的洞穴，要找到紫瞳想救的人恐怕会费很长时间。

塔儿背看过了，洞顶是天然石壁，中间有些地方镶嵌了一些石人，石人所在地就是那两个石尸的目的地。两个石尸还没有停下来，看来它们要去的地方还在里面。塔儿背不敢跟得太近，只在远处盯着石尸。

塔儿背贴着洞顶往里爬，一声破空的疾响突然传来。此时身处石洞之中，极微小的声响也会被放大几倍。那声响突至耳畔，塔儿背尚未反应，就觉缠着紫瞳的触手一阵割裂般的疼痛，触手猛地一松，塔儿背立时回缩，紫瞳已经掉了下去。

紫瞳还没明白怎么回事，冰冷的河水已经灌进了她的口鼻。

她挣扎着浮到水面，正想开口说话，一双冰冷的手掌突然扣住了她的腰。这下可吓死紫瞳了，她的眼睛什么也看不见，危险隐藏在黑暗中，如果有个吃人的恶魔就在她眼前，她可是毫无还手之力的。

黑暗仿佛凝固了一切，也凝固了紫瞳的任何轻举妄动，她不知道该怎么办。身边一个巨大的水花炸开了，冰冷的水溅了紫瞳一脸，紧接着两根细长的东西突然缠到了她的身上。是塔儿背，紫瞳稍稍安了下心。

“塔儿背，这，这是怎么了？”紫瞳太害怕了，河水又太冷，她的声音都发颤了。

“不用怕，是咱们今天见到的那条大鱼。嘿嘿，正好我肚子饿了，他自己送上门来了，很好，很好。”塔儿背狠狠地说着，触手上的力道也在不断加大。

大鱼？紫瞳想了一会儿才明白过来塔儿背说的是那个鱼妖。这下紫瞳反而更害怕了，下午的时候鱼妖曾扬言要吃了她，原本以为塔儿背已经将他解决，没想到他又跑了出来。

塔儿背的四根触手缠上了鱼妖的身子，触手尾端的尖刺开始生长出来，想要刺穿鱼妖的鳞甲。这些鳞甲的硬度塔儿背也是领教过的，没那么容易被穿透。

“嘿嘿，今晚有肉吃了。”

鱼妖这句话把紫瞳吓得魂飞魄散。她想要挣扎，就觉鱼妖带着她往洞口游动。塔儿背的触手缠在了鱼妖身上，却无法控制住鱼尾的活动，鱼妖借此可以在水中游动。塔儿背能在水中游动全靠自己的触手，此刻有六条触手使了出去，能够用来游动的只有两条触手了，力量上无法与鱼妖相抗。

紫瞳想到自己将要被吃掉，眼泪就要流下来，正恍惚间，就看见远处有一点儿微光正从洞口的水流中浮上来。

第四章 鬼木黎

洪荒之时，玄武开识，传之四祖，广大妖宗，遂与神鬼争衡，得据辰星。妖识之传，入走兽，入禽鸟，入鱼鳌，未见有入草木者。鬼木黎，故山间之英木，尸潭之阴椁，偶有妖属栖居其侧，乃得应识，故可为妖。然其承妖识而六宗不纳，欲为神属而众神斥之。

——节选自《寺司百代·云林卷·神魔列传》

紫瞳被鱼妖抓住了。鱼妖借着自己尾巴力量要将紫瞳拖出石洞，在水中，他的力量十分强大，就算是塔儿背也无法阻止他了。

紫瞳受到了惊吓，一时间连尖叫也不会了。她马上就要命丧鱼口，在这性命难保之际，光明终于来到她的身边。

紫瞳、鱼妖、塔儿背都看到了洞口的亮光，在这个漆黑的洞穴里，再微弱的光亮也会有极强的穿透力。鱼妖甩动鱼尾，往一侧的石壁游了过去。

这一下塔儿背逮住了机会，两条触手猛甩上岸，尾端的尖刺深扎进石壁里，接着发力，拉住石壁就往上靠。

鱼妖就觉一股大力在后面拉扯，回头一瞧，塔儿背借着触手的拉力已贴在侧面的石壁上，此刻正全力要将他和紫瞳拉起来。这一下他可慌了神，扣着紫瞳的手掌收回去，上面的鳞甲变得又尖又利，回手直削塔儿背的触手。塔儿背反应也快，几乎在鱼妖放开紫瞳的同时，塔儿背的两条触手便将紫瞳拉了上去。鱼妖见到嘴的晚餐就要被夺走，连忙出手扣住了紫瞳脚腕。

紫瞳上身被塔儿背缠住了，一只脚又被鱼鳞甲人扣住，弄得不上不下。塔儿背将缠在鱼妖身上的触手收回来一根搭在石壁上，又将尖刺深扎进石壁，用力地回拉，只要出了水，这鱼妖便只能束手就擒。

“哎哟，好痛啊！”

紫瞳叫了一声，就觉脚踝处一阵割裂般的疼痛传来，使她忍不住叫出声来，她看不到自己身下是怎么回事。

塔儿背在黑暗里却看得清楚，鱼妖的手指内侧全都长出了尖利的鳞甲，锋利的尖儿已经刺进紫瞳娇嫩的皮肤，鲜血在她白皙的肌肤上渗出一片血红。

塔儿背有些恼了，紫瞳这样善良的小姑娘怎么可以受这样的苦，它可受不了这口气。这一天下来，塔儿背和紫瞳相处在一起，特别是八水浮龟的徽记被擦掉以后，塔儿背摆脱了禁制，它被隔断的记忆也恢复了，它想起了以前的事，以前的种种，同时也唤起了它内心深处曾经存在过的一些美好的东西，在过去，它可不是一个吃人的怪兽。因为这些，它对紫瞳有感恩之心，也有关爱之情；此刻看到这样善良的紫瞳被人欺负，内心的怒火已难以遏制。

缠在鱼妖身上的触手全都收紧了，触手尾端的尖刺也都露了出来，那一根根尖刺被用力从触手上顶出，铆着劲儿往鱼妖身体里钻。鱼妖那一身的鳞甲十分坚硬，在尖刺往里刺的时候，鳞片下的肌肤也都收紧，将鳞片紧密地缩在一起，以致鳞片与鳞片之间毫无缝隙。塔儿背的尖刺一时间无法刺穿鱼妖的鳞甲，他们两个便在那里相抗起来。这可苦了悬在半空中的紫瞳，上不得下不得，脚上的鲜血顺着鱼妖的手掌滴到了他身上。

鱼妖看着鲜红的血液从自己手腕处往下流，眼睛里突然凶光大盛，大叫一声，抓着紫瞳的脚就往下扯。塔儿背感受到了巨大的拉力，想要猛力上拉，只是紫瞳的身子如何承受得住。它听到了紫瞳的惨叫声，不敢用力，只得把她往下放。

鱼妖把另一只手伸过来抓住了紫瞳的脚踝，把那只沾满紫瞳鲜血的手掌放在嘴边舔了舔，舔完了又把这只手伸回去，换另外一只手。塔儿背抓住机会，触手猛地回拉。鱼妖的舌头都伸出来了，就觉紫瞳的脚踝似要滑脱，五指猛地一扣，尖利的鳞甲扎进紫瞳的脚掌，再加上塔儿背的拉扯，鳞甲在紫瞳的脚掌上拉出一道深深的口子。

火辣辣的疼痛刺激着紫瞳的神经，她忍不住哼叫起来，眼眶里立时充满了泪水。

虽然被鱼妖扯了一下，但塔儿背还是把紫瞳抢了出来。鱼妖眼看紫瞳就要走脱，一下从水里跃了出来，伸手抓住了缠住紫瞳的两根触手，手上鳞甲同时探出，锋利的尖儿直刺触手内侧。这一下动作极快，塔儿背猝不及防，触手猛地一松，紫瞳便落了下去。

紫瞳吓得一声大叫，慌乱间，就见下方火光闪现，一只小船漂了过来。

这船来得十分迅速，眼见紫瞳就要落水，迅速漂过来，正将紫瞳接住。

塔儿背随即将缠在紫瞳身上的两根触手也缠在鱼妖身上，将鱼妖彻底拉出水面。鱼妖离了水便不是塔儿背的对手了。塔儿背三条触手在石壁上抓牢了，五条触手缠住鱼妖，猛地向上甩，将他狠狠地砸在石壁上。这一下，鱼妖就觉体内五脏六腑全似错了位，腹内犹如翻江倒海一般，忍不住一口血就要吐出来。他身上鳞甲虽然坚硬，保护身体不受利器的攻击，可无法抵挡这样强大的外力冲击啊！

塔儿背一击奏效，又连着来了三四下。它这次要将鱼妖弄死，一是鱼妖刚才那样对待紫瞳，塔儿背心中气愤；二是塔儿背此时也饿了，正好吃了这条大鱼。眼见鱼妖性命不保，两条树藤突然从下面射出，直接缠住了鱼妖。树藤上的力量极强，生生地将鱼妖扯住了。塔儿背用尽全力仍无法将鱼妖甩出去。

塔儿背朝下面看了看，就见一片巨大的树叶浮在水面上，紫瞳刚才落下去正好被这片叶子接住。这叶子上还站着一个人，那家伙身披一件翠绿色的披风，披风上长满了叶子。在火光中看，每一片叶子似乎都是活的，是生长在披风上的。

紫瞳是见过这个人的，昨天夜里，她和白猿在一起的时候，就是这个人告诉紫瞳，要救离皇就得来找塔儿背。现在他就站在紫瞳面前，站在这片树叶上。紫瞳刚才一下子落下来也是惊魂一场，没想到绝处逢生，会有这片神奇的树叶将她接住。那人手里拿着一束火把将周围照亮。紫瞳看到，他身后的披风下伸出两根树藤，正是这两根树藤止住了塔儿背。

“塔儿背，饶他一命。”那人将火把晃了晃，让火光落到鱼妖身上。

“你知道我？”塔儿背有些奇怪，它可不认识这人。

“我知道你，是我让这个小姑娘来找你的，不然你也出不来。”

“那我也不会放过他。”塔儿背将缠在鱼妖身上的触手紧了紧，暗中使力，要将鱼妖拉过去。

“火气还是那么大啊！”说完这句，那人身后的披风上射出两片树叶，直打在塔儿背的触手上。

塔儿背就觉触手上一痛，两道血印已出现在触手外侧。塔儿背吃了一惊。它当然知道，自己触手的外侧要比内侧坚硬许多，这人看似寻常的两片树叶，竟将它的触手割伤，就这一点已经是十分厉害了。还有他身上那件披风，如果上面的叶子都射出来，塔儿背可应付不过来。

“塔儿背，把他放了吧！”紫瞳忍着痛从树叶上站起来，她看了看鱼妖，“咱们还要去救人，再不去就晚了。”

这一下倒提醒了塔儿背，这一番争斗早将那两个石尸惊动了吧，它朝洞穴深处望了望，两具石尸早已不知所踪。

塔儿背将触手上的力量撤去，将鱼妖扔到水中，激起了巨大的水花，溅起的河水将紫瞳衣服都弄湿了。有些水花落到她的伤口上，一股火辣辣的灼烧感从伤口传来，疼得紫瞳倒吸了口凉气。

鱼妖刚才被塔儿背撞晕了，这一下落到水里，冰冷的河水反将他激醒。他从水里浮上来，看到那人手持火把站在那里，伸手拍打着水面，嚷道：“鬼木黎，你再不来，咱们的晚饭都要没了。”

那人拿眼瞪了他一下：“你要再乱说，今天就让塔儿背把你吃了。”

鱼妖听他这样一说，愣了一下，便不再说话。鬼木黎见他安静下来，便又道：“密甲，你先离开这里，事情回去再说。”

鱼妖看了一眼紫瞳，说道：“我不走。”

鬼木黎皱了皱眉，不再说话，低头看了看紫瞳的脚，见她脚踝上似乎有几个血洞，流出的鲜血把整个脚面都染红了。他看紫瞳额头冒汗，显然是疼痛异常，便回身从披风上扯下几片叶子，弯腰糊在紫瞳脚面上。弄完这些，鬼木黎对紫瞳道：“走吧，该去救人了，不然可就真找不到他们了。”

“嗯。”紫瞳应了声，抬头看着塔儿背，“走吧，去救离皇哥哥他们。”

塔儿背伸触手指了指密甲：“他也去？”

鬼木黎看了密甲一眼，点了点头：“没事的，他不敢惹事。”

紫瞳皱了皱眉，想了一下对塔儿背道：“先去救人吧！”

塔儿背没有说话，只留下四条触手在外面，其他的都收了回去。它攀着石壁上的岩石向上爬了有一丈多，接着便沿着石壁往洞穴深处爬。

见塔儿背已经出发，鬼木黎脚下的树叶也开始逆流向上游走。紫瞳的脚有些疼，便在树叶上坐下来。她伸手摸了摸了这片巨大的树叶，叶子表面摸起来十分粗糙，倒像是树皮，叶片中有粗细不一的梗，摸上去十分坚硬。

这艘树叶之舟安静地在水中滑动。紫瞳看到鬼木黎手持着火把站在树叶上，也不见他有何动作，却把这船操控得十分平稳，实在是奇怪。树叶的边缘都翘了起来，就像船的舷一样。紫瞳摸了摸树叶的边缘，伸头看了看，却见水中有鳞光闪现，一片巨大的鱼鳍隐在水下，把她吓了一跳，想想原来是密甲跟在他们下面。

紫瞳对他是既厌恶又害怕，想着他待在水下面心里就有些不安，她抬头朝上面瞧了瞧，洞顶离水面不知道有多高，下面的光亮也照不到上面去，紫瞳只能看到那里漆黑一片。黑暗中只有塔儿背可以看清楚东西。紫瞳只能安心等待，但她心里实在安定不下来。塔儿背挂在石壁上，在火光中半隐半现。紫瞳能听到它的触手在石壁上爬动的声音。这个声音在空旷的石洞里回荡，让紫瞳焦躁不安。

这时紫瞳身侧突然炸开了个水花，密甲从水里浮了上来，溅起的水花湿了紫瞳一身。

鬼木黎见状怒道："密甲，你做什么！"

密甲从里探出头，看了看水流过来的方向，有些担心地道："亥时快到了，咱们是不是该回去了，晚了的话恐怕会有危险。"

鬼木黎"嘿嘿"一笑："就算是有危险，你害怕什么？这几个人中最不用担心的就是你了。"

密甲听他这样一说，有些得意："那是，水里的本事可没人比得上我。"他转头一想，又道："我好办，可你怎么办呢？"

鬼木黎似是轻笑了一下，并未回话。紫瞳听他们说好像这石洞中有什么巨大的危险，她自己搞不明白，塔儿背又离得有些远，想开口问问鬼木黎，就听见塔儿背的声音从黑暗中传来："到了。"

紫瞳闻言，扭头朝四周看了看，她还是只能看到火光所照到的一小片儿地方，远处仍处在黑暗中。

鬼木黎抬头看着斜上方的洞顶，紫瞳抬头看了半天，也没看出什么来，她问鬼木黎："那里有什么？"

鬼木黎把火把递给她："你该上去好好看看。"

"上去看看？"紫瞳在心里嘀咕了一句，接过了火把往上照了照，可火光太微弱，她还是什么都看不到。

"塔儿背！"鬼木黎对着黑暗中的石壁喊了起来，"你该把她带上去了。"

塔儿背从石壁上往下爬了爬，它对鬼木黎道：“你说话这样大声，不怕把它们惊走了。”

鬼木黎轻笑一下：“没事，现在咱们要找的地方已经找到了，它们已经没什么用了，况且在石壁上，有你在这里，它们恐怕没有什么还手之力。”

塔儿背没有再说话，伸出触手缠在了紫瞳腰间，慢慢将她举了起来。紫瞳看了看头顶的黑暗，又看了看鬼木黎，鬼木黎渐渐地被黑暗淹没，看不到了。

塔儿背带着紫瞳在石壁上攀爬。火光落到石壁上，紫瞳看到了好多嵌在石壁中的石人。她不敢看，把头扭到了别处。

塔儿背爬到了洞顶，它没有停留，而是伸着触手往洞顶的中心爬。随着火焰的光芒逐渐移了过去，紫瞳看到了两个灰黑色的身影正倒挂在石洞顶上，那就是她昨天晚上曾经见过的石尸。

对，就是这些石尸，离皇哥哥就是被它们抓走了。紫瞳看到它们一下子兴奋起来。

“塔儿背，离皇哥哥是在那里吗？”紫瞳问道。

塔儿背道：“应该没错，如果这些年我对石尸的感知能力没有降低的话，昨晚变成的石人都应该在这里。”

“那咱们快过去吧！”紫瞳急切地道。

“你这么急做什么。”塔儿背把她拉到自己下方，“你这么过去不怕变成石头？”

紫瞳一愣，自语道：“也是，那可怎么办啊？”

塔儿背晃了晃触手：“你跟着我就行了，一切看我的。”

塔儿背说完翻动触手朝两个石尸爬了过去。两个石尸刚才就已察觉出了异常，但它们除了趴在石壁上，别无他处可去。紫瞳看到它们的时候，它们正将一具石人往石洞里插。紫瞳看到洞顶的石壁上有一个六七尺宽的窟窿，石尸正要将石人插在里面，那个窟窿里已经紧密地排列了七八个石人。也不知道这些石尸是怎么弄的，那些石人被嵌在里面，竟都变得和天然石头一样，似乎都长在了一起。

紫瞳正在这里奇怪，塔儿背已经朝石尸爬了过去。塔儿背往前爬了有一丈的距离，离两具石尸也不过七八尺远。两具石尸仍然自顾自地忙活，全然没把塔儿背放在眼里。

塔儿背有些怒了，它在那个石洞底下待得太久了，以至于这些石尸根本不把它当回事。的确，塔儿背被困得太久了，这些石尸早已忘了天敌的样子。

此刻塔儿背突然出现在它们面前，它们会怎么来面对它呢？

塔儿背的触手突地射出，将离得较近的一具石尸缠住了。石尸没有料到塔儿背会出手，要知道，在这片山林中，没有生灵敢在见到石尸的时候不回避，几乎所有的生灵都会担心自己被石尸变成石头。

这具石尸伸手抓住了塔儿背的触手，想要施展自己的能力。然而让它意外的事发生了，它的能力在塔儿背身上根本无法施展，它无法将塔儿背变成石头。

塔儿背“嘿嘿”一笑，触手上的力道突然加大，想要把这具石尸甩到下面的河里去，不过它没有成功。

这些石尸都是从石头里化出来的，它们是有生命的石头，它们和周围的山岩是你中有我、我中有你的关系。塔儿背想把它们从石壁上拉下来，这要比碎裂岩石还要难。

“别得意，看我的。”

塔儿背说完这句，那一簇牙齿突然从螺口处伸了出来。紫瞳还没看清是怎么回事，就见一团白沫从群齿中间射了出去，直落到石尸和石壁之间。那具石尸开始还不明白是怎么回事，但很快，它便领教了这团白沫的威力。它的双手双脚逐渐从石壁中分化出来，由于自身的重量，它与石壁相连的地方越来越少，直至手脚完全分离。

塔儿背把那家伙从石壁上摘下来，把它在空中晃了晃，得意地道：“去死吧！”说完，触手猛地向下一甩，将石尸甩到了下面的河里。

另一具石尸看到这个情况，发觉不妙，想往洞穴深处跑，塔儿背一下将它缠住，如法炮制，也扔到了下面的河里，在石洞中激起了巨大的声响。塔儿背把这两个石尸处理完，便翻动触手往前面爬，它将紫瞳举到刚才两具石尸所在的地方，说道：“好好找找，看看有没有。”

紫瞳举起火把，顺着石壁看过去，等她看到后面，一个面无表情的家伙出现在那里——不是离皇是谁！紧挨着离皇，在他后面的就是那个身背短弩的燕牙啊！

“就是他俩。”紫瞳兴奋地叫道。

塔儿背爬过去看了看，又问了一遍紫瞳：“确认无疑？”

紫瞳点了点头，然后又有些担心地道：“塔儿背，你能救他们吗？”

塔儿背没有说话，它把紫瞳从石壁前拉开，自己爬了过去，从螺壳里伸出来一团牙齿，只见一团白色的沫沫从群齿中间渗出，沾到两个石人身上。随着液体的不断渗入，有液体沾过的地方开始有石屑脱落，离皇和燕牙的容颜渐渐显露了出来。

紫瞳看到这些变化，心里喜不自胜，拍着塔儿背的触手道：“塔儿背，你做得太好了。”

虽然岩石脱落下来，但此刻离皇和燕牙仍处于无意识状态，直至岩石全部脱落干净，眼看就要落下去，塔儿背才伸出触手将他们抓住。

紫瞳十分高兴，离皇终于在她的努力下获救了。她抬眼间又看见窟窿里的其他几个石人，紫瞳善心大发，道：“塔儿背，把这几个石人也救了吧！”

塔儿背道：“管他们做什么，让他们留在这里好了。”

这时就听石洞中突然传来了“咕咚、咕咚”的巨大声响，仿佛整个石洞也震了起来。

“怎么了？塔儿背，刚才那是什么声音？”紫瞳问道。

塔儿背没有立即回答，过了好一会儿它才说道：“我也不知道，好像是这洞穴深处有什么事要发生。”

听它这样一说，紫瞳有些害怕，说道：“那咱们快走吧，要不一会儿说不准会有什么东西出来。”

塔儿背还没有回话，一股大风突然从洞穴深处涌出，夹杂着惊涛骇浪般的巨大吼声。这声音极响，仿佛巨大的浪花化成千军万马在奔腾咆哮。

紫瞳还不知道怎么回事，就听鬼木黎在下面喊道：“快离开这里，不然可走不了啦！”

塔儿背对紫瞳道：“你跟他走吧，我还有事情要做。”

紫瞳听它这样说有些意外，伤感地道：“塔儿背，你不和我一起了吗？”

塔儿背把紫瞳、离皇和燕牙放在一起，说道：“你和你的朋友走吧，你放我出来，现在我也还了你的情，之后我便要去做我自己应该做的

事了。”

这时候，洞穴深处涌出的风更厉害了。塔儿背将紫瞳他们三个准确地抛在鬼木黎的树叶上。看着紫瞳落到树叶上，塔儿背放下心来，它伸出触手到身侧的那个窟窿里，把自己的螺壳拉了进去，然后消失在了黑暗里。

紫瞳还想喊塔儿背，鬼木黎道：“不用喊了，它已经走了。”

鬼木黎看了看洞穴深处，翻腾的气流呼呼向外涌，拍打在脸上都有些疼。鬼木黎道：“再不走就来不及了。这条船太小了，载不动咱们四个。”

紫瞳道：“那怎么办，他们两个还没有醒过来。”

鬼木黎看了看紫瞳，又看了看离皇和燕牙，喊道：“密甲，出来。”

听到这声喊，密甲从水里浮了上来，嘴里嘟囔道：“喊我做什么，我都要走了。”

鬼木黎没理他，对紫瞳道：“你是坐船还是跟他走？”

“跟他！”紫瞳吓了一跳，连忙道，“我不跟他走。”

鬼木黎看了看紫瞳后面的两个人，道：“我已将他们两个摆好，你在船上不要乱动，乘着浪走便可安全离开这个洞穴。”

“好。”紫瞳答应了，便老实地坐在船上不动了。

鬼木黎见她这样，便跳到密甲背上说道：“走吧！”

密甲就等他这句话了，鬼木黎话音未落，他便已游了出去，早把紫瞳甩在了后面。紫瞳手里的火把早已没了光亮，刚才被塔儿背从上面甩下来时就已熄灭，此刻她一个人待在船上，耳边是如兽吼一样的“咕咚”声，这些能把她吓死。

她坐在这艘树叶船上，顺着水流向前，虽然此刻她不知道洞口在何处，但她知道顺流而走便可以从这洞穴里出去。

她正在胡思乱想之时，就听洞穴深处一声炸响，一个大浪拍下来，把小船打翻了。紫瞳没来得及抓住离皇和燕牙，此刻她在水流中胡乱摸索，想要抓到离皇或燕牙中的一个，但现在风急浪高，她哪里还能抓得到。

巨大的浪头一个接一个拍下来，将她刚浮出水面的身子直接拍了下去。水流极快，紫瞳的身子只能在水中翻滚。

眼见性命难保，紫瞳就觉腰一下被人搂住了，身子随即稳了下来。

“紫瞳，你没事吧？”

听到这声音，紫瞳的内心彻底安定了下来，这不就是她的离皇哥哥吗？

“我没事，离皇哥哥，你怎么样？”

离皇说道：“我没事，咱们先靠住这块大石。”

紫瞳朝前面看了看，虽然光线十分微弱，但也能依稀看见前方水面上立着十几块大石。看到这些，紫瞳想起了白天见到的那些巨大的石块和两岸高耸的山体。紫瞳想到这些对离皇道：“离皇哥哥，恐怕咱们还要往前走，这河道两边都是很高的山体，咱们爬不上去。”

离皇让紫瞳挪到自己身后，他用手扳着岩石往前面游。两个人就这么前进着，当河水入了一片乱石滩后，水流也混乱起来，原本湍急的河水被岩石阻挡，流动方向更加诡谲，两人更加难以稳住身形。

离皇把紫瞳拉上一块巨岩，他们来到了一侧山体下面。

离皇抬头往上看了看，黑夜中看不清山体高度，但壁面上有些岩石突起，倒可以攀上去。他自己上去是没有问题，但紫瞳可办不到。

如果再顺着河流走，也不知多远才能上岸，而且水下乱石嶙峋，潜藏许多危险——从这里爬上去倒是个好方法。

离皇正在苦寻爬山的办法，就见崖顶上露出一点儿火光——有人站在那里。

离皇正奇怪那人是谁，却听上面传来破空之声，一件物事“嗖”的一下从耳边划过。离皇扭头一瞧，一支短箭插进了岩石里。这支短箭离皇十分熟悉，他曾经无数次见到它从燕牙的短弩中射出来。如此看来，崖顶上的人是燕牙无疑。只是他不晓得燕牙是如何在那么远的地方看到他们的。

第五章 熊泰

熊泰，铁藤山之弃子，剑竹洞之祸孽，幼为山熊所救，故以熊为姓。

——节选自《寺司百代·云林卷·神魔列传》

离皇朝上面大声喊了一下，想要让燕牙救他们；无奈四周涛声震天，他的声音被波涛声给淹没了。离皇快放弃的时候，就见崖顶上的火光晃了晃；过了一会儿，石壁上垂下来一条绳索。离皇大喜过望，他拉着紫瞳又下到水里，游到石壁下面。

这条绳索是由山间的树藤编成的，几根编在一起，看上去还挺结实。离皇用手拉了拉，感觉十分牢靠，便对紫瞳道："你先上去，我随后就来。"

紫瞳点了点头。离皇把绳索系在紫瞳腰间，告诉她脚蹬在石壁上。然后离皇晃了晃绳索，燕牙很快便懂了他的意思，开始往上拉。紫瞳依照离皇的嘱咐，双脚蹬在崖壁上，借着燕牙上拉的力道，很快便升了上去。

过了好一会儿绳索又放了下来，离皇将绳索系在腰间，很快便爬了上去。

站在崖上往下看，河中岩石的景象依稀可以看到。他们身处的崖顶上长有高大的树木，把月光挡住了，从下往上看是看不到这里的情况的。

离皇看着紫瞳，见她手执火把站在树下，身上的衣服破破烂烂，脚上的草鞋也早已不成样子了，脚踝那里看上去还有伤口，伤口上敷着些树叶。看到这些，离皇心里十分自责，如果不是跟着他到林子来，她也不用受这份苦。

离皇拿过火把，弯下身子看了看她脚上的伤，血已经止住了，不过还要好好包扎一下。他从自己袍子上扯下一块布，给紫瞳简单地包扎着，问道："怎么弄的？"

经他这样一问，紫瞳想起了密甲手掌上的尖锐鳞甲，身子忍不住颤抖起来。离皇皱了皱眉，伸手握住了她的脚腕；过了一会儿，紫瞳才恢复正常。

离皇正要开口问她是谁伤她成这样，燕牙却先开了口说话。

"咱们先离开这里吧，这里太过阴冷，待在这儿很危险。"

离皇朝四周看了看，这崖顶一面是河谷，另一面是向下的斜坡，坡上长满了树木，和一般的林子没什么区别。林子里面黑漆漆的，如果藏有什么凶兽，他们可就麻烦了。

离皇点了点头："咱们先到坡下面去，找个安全点儿的地方吧！"

燕牙在地上找了截枯枝，沾了些松油。

有了燕牙的简易火把，林子里一下子明亮许多。离皇看了看紫瞳的脚，皱了下眉，在她身前蹲了下来，说道：“我背你。”

紫瞳有些羞赧，而这时不争气的脚踝又传来一阵隐隐的疼痛，她只好让离皇背啦！

此时已过亥时，林子里十分寂静，只有河谷里的波涛声不断传来。燕牙不敢走得太快，林子太密，眼睛无法观察远一点儿的地方。

紫瞳拿着火把伏在离皇身上，心里起了无数波澜。

从昨天晚上离皇他们被捉走，到现在能够趴在他的背上，这一天来，紫瞳经历了太多。她本是一个待在树屋、与世无争的女孩儿，原也没有什么本事。以前家里无论出了什么事都有穆老头儿去处理，她可从来没自己拿过什么主意。只是想不到今天她通过自己的努力把别人给救了。这是她第一次单独行动。单独在林子里经历那些危险，现在看来她做得还挺好。

脚踝处还有疼痛，这些伤口也许会留下疤痕，可这些都证明了她可以在林子里生存下去，不用成为别人的负担，不会拖累别人。想到这些，紫瞳便开心了许多，她安心地趴在离皇背上。

任火光之外的世界如何黑暗，她也不再像先前那样恐惧了。

燕牙做的两支火把只能照亮周围一小片区域。他们从林子里穿行的时候，好像是惊动了树上睡觉的鸟，那些鸟怪叫了几声，扇动翅膀，扑落了几片树叶飞走了。一片叶子落到火把上烧着了，火苗一下明亮了许多，紫瞳看到离皇耳后有汗水流下来，伸手用衣袖给他擦了擦。

当紫瞳的衣袖擦过离皇的皮肤，离皇的身子突然颤了一下，脚步也停了下来。紫瞳感到奇怪："怎么了，离皇哥哥。"

过了一会儿，离皇摇了摇头，开口道："没事。"离皇说完迈开步子朝着燕牙的方向追了过去。

可能是离皇太孤独了，他的心就像是他的人一样，在这样看不到阳光的森林里飘荡得太久了，四处无着，找不到一处可以安身的地方。他从来都没有表现过自己的脆弱，别人也无从了解，但他自己知道，夜晚醒来，常是恐惧萦绕，让他不能安然入梦。在他恐惧的时候，没有一个人能够给他安慰，能够给他安慰的人早已离开了他。

可就在刚才，紫瞳突如其来的一下，让他的内心起了无数的波澜，他感到好温暖。那种有人关心的温暖，当这种已经失去的美好突然来到身边，竟让他忍不住颤抖起来。

离皇的步子迈得更加有力了，如果不能够把她带回到树屋，至少也应该带到穆老头儿身边。

三个人在林子里走了这一会儿，周围都是黑漆漆的。燕牙也不敢和离皇离得太远了，以免走散。

四周寂寂无声，离皇担心紫瞳害怕，便开口问她："和咱们在一起的那个白猿，你知道他去哪里了吗？"

"白猿？"

紫瞳想了一下，这一天发生了太多的事，她倒把白猿交代的事给忘了。

紫瞳把那天晚上的情形给离皇说了说，以及后来如何在鬼木黎的帮助下找到塔儿背，又如何进到山洞中把离皇给救了，这一系列的事她都给离皇说了。只是中间有些细节不及细讲，离皇没问她也没说。

“嘎子洞……”离皇自语道。

燕牙听到“嘎子洞”三个字，奇怪道：“你知道这个地方？”

离皇摇了摇头：“我第一次听到这个地方，以前从来没听说过？”

“我倒是略有耳闻。”燕牙停住身子，转过身来看着离皇说道，“嘎子洞，听说是有血狮镇守的洞穴。”

“血狮！”

紫瞳听到这两个字突然惊呼了起来。离皇扭头问她：“你知道？”

紫瞳点了点头：“以前听穆先生提起过，是一种全身长满了红毛的狮子。不过穆先生也说过，这种狮子天下少有，他也没见过几只。”

燕牙道：“不错，这种狮子身上的毛赤红如血，天下少有，如果能够抓到一只，那也是无上的珍宝了。”

离皇问燕牙：“这嘎子洞又在什么地方呢？”

燕牙摇了摇头：“我也不知道。我只是听说，在鱼骨岭里面，有一个山洞叫嘎子洞，洞口守着一只巨大的红毛狮子。谁要想进洞里去，它就吃了谁。”

离皇皱了皱眉：“白猿去那里做什么，况且咱也找不到那个地方。”

“白猿！”燕牙惊道，“白猿去了那里，这就不奇怪了。”

离皇问道：“怎么了？”

“你忘了咱们为什么要到鱼骨岭来了吗？”燕牙说道，“咱们是为了找到粟苍才来到鱼骨岭的。白猿曾经说过，粟苍就是从冥界逃出来的家伙，他要到鱼骨岭来办一件重要的事。这一次，白猿去了嘎子洞，事情就很明白了。”

“怎么？”离皇奇怪地道。

“因为，森林里一直有传言，说嘎子洞里有关于冥界入口的重要线索。通过这一点，再联想到粟苍，就能推测出粟苍要去的地方就是嘎子洞。”

“原来如此。”离皇醒悟道，“白猿已经先一步去了嘎子洞等待粟苍，那咱们也要赶过去，不然的话，咱们会再次错过粟苍。”

燕牙摇了摇头：“咱们不知道嘎子洞在哪里。”

离皇扭头问紫瞳：“白猿有没有说怎么去嘎子洞？”

紫瞳摇了摇头：“好像他自己也不知道在哪里。”

离皇皱了皱眉。现在他们只知道嘎子洞就在鱼骨岭里面。可在茫茫群山之中，他们又到哪里去找呢！如果白猿在的话，要找到嘎子洞也许会容易一些。

燕牙见状说道：“咱们可以往大山深处走。虽然不知道嘎子洞在哪儿，但既然是很难找的地方，也只有藏在深山里了。咱们先往山高处走，也许会有收获。”

这时，紫瞳突然凑到离皇耳边说：“离皇哥哥，林子里有东西。”

离皇闻言一惊，抬头朝前面看了看，就见燕牙身后的密林里，几对蓝色的幽光正盯着他们。燕牙见离皇看着自己的身后，便觉不妙，伸手拿过了短弩，回头看了看。

六对眼睛躲在树丛后面看着他们，一动不动，它们既不向前也不逃走，燕牙搞不明白它们想干什么。

“你们走前面，我在后面看着它们。”燕牙一手拿着火把，一手拿过短弩，紧张地注视着林中的幽光。

离皇见状，看了看周围，变了一下前进的方向，加快步子离开这里。燕牙边走边退，时刻观察着林中的动静。那六对幽光见离皇他们改变了前进方向，也紧跟着追了过来。只是燕牙在后面时刻防备着它们，使它们不敢追得太近。

燕牙想着总是这样也不是办法，至少得先弄明白跟着他们的是些什么东西。他一边退走一边在地上捡了些干柴，在自己火把上引着了，看准了那几个跟在后面的家伙，将干柴扔了过去。燕牙使弓弩是一把好手，对方向和位置的把握十分到位。扔出去的干柴不偏不斜正好落在那些家伙的头顶上，火光下，燕牙看到六只龇着白牙的狼站在树木后面。

那些家伙显然吓了一跳，全都向后躲开了。见这情形，燕牙倒放下心来，这些家伙并不是什么特别凶猛的野兽，而且见到火会害怕，看来它们并不是门鸠的狼群。如果是野狼的话，燕牙不怕它们；它们要敢扑上来，燕牙会让它们死在这里。

那些野狼被火苗惊吓，跑出去很远，站在远处看着火苗熄灭了，才又跑了过来。

燕牙看它们又跟过来，给短弩又上了两支箭，暗暗扣弦在手，如果这些野狼扑上前来，他便要一弩并发，将这些野狼射杀。只是他虽然做好了这些准备，那些野狼却并没有扑上来。它们似乎很机敏，知道燕牙已暗起杀机。这样一来，燕牙倒没有机会下手了。

不知道这些野狼要做什么，它们似乎并不打算袭击燕牙他们，它们只跟在后面，像是监视燕牙他们一样。它们不是门鸠的狼群，门鸠的狼群以屠杀生灵为本性，以制造死亡为乐趣，是这片森林中最让人恐惧的群体。任何人遇到门鸠的狼群都会选择回避。眼前这些狼不属于门鸠，它们和门鸠的狼群有些不同，但无论如何，它们也是狼啊，一种凶猛的食肉野兽。

燕牙心里奇怪，不知道这些家伙想干什么。他在心里暗暗打定了主意，要看看这些狼能跟到什么时候。就在这时他注意到，跟在后面的狼少了一只。不错，在后面的林子里，只有五对眼睛盯着他们，不知道什么时候跑了一只。燕牙知道，狼这种动物十分狡猾，先前他不明白这些狼跟着自己的目的是什么，现在发现狼少了一只，他突然明白过来，逃走的那只狼很有可能是去搬援军了。燕牙快步跟上离皇，低声道："快点儿走，想办法甩掉这些狼，我感觉一会儿会有更大的狼群过来。"

离皇闻言，心里也焦躁起来，现在的情形，如果他们被狼群包围可就不好办了。想到这些，他把紫瞳向上托了托，加快了步子。只是抬头间，就见前方的林子里闪出了一排蓝色的幽光。这些蓝光从树木间钻出，朝他们不断逼过来。离皇暗叫不好，狼群已经来了。他们的反应比狼群慢了一步。离皇朝两边看了看，就见两边的树丛里也开始有蓝色的眼睛出现。他们已经没有了后路。

"燕牙，咱们走不掉了。"离皇对身后的燕牙道。

"我知道。"

燕牙回了句，没有再说话。因为在他的眼前，出现了无数的蓝色眼睛。他们三个陷入了狼群的重重包围之中。燕牙和离皇背对背防守，将紫瞳护在中间，紧张地注视着周围的狼群。

无数的蓝色眼睛向他们逼近，每一双眼睛后面都是一匹狼，每一匹狼都露着森白的牙齿。这些恶狼压着喉咙，没有发出叫声。它们的爪子踩在树叶上发出窸窸窣窣的响声，从四面八方传来，在这样寂静的夜里听得让人毛骨悚然。离皇已将紫瞳放了下来，伸手入怀摸出了短刀，燕牙也将弩箭上满，随时准备迎接一场搏杀。

狼群已经离得足够近了，可它们还是没有发起攻击，仍然向前逼近。

不足两丈的距离，燕牙的弩箭已经可以射到它们了，但狼群依然向前逼近。燕牙没有出手，只是拿弩箭瞄准，并未发射。

距离更加近了，这样近的距离已经是狼群一跃可及的了，可狼群仍然没有发起攻击。离皇把短刀握得紧紧的，一只手回护着紫瞳。

离皇和燕牙正在思考脱身之计，眼看狼群就要扑上来，这时候就听远方的森林突然传来了一声尖利的啸叫。

是狼的叫声！离皇和燕牙同时警觉起来，这声音听起来和身前这些恶狼的叫声不同，只因这一声狼叫将身前这一群狼的叫声全部压了下去。

周围这些狼听到这声狼叫，全都止了声，调转过身子望着远方。离皇和燕牙也抬头望着远方。远方是黑暗的森林，什么也没有，可这些狼似乎都看到了什么，刚才跃跃欲试的狂躁全都没有了，白牙和尖爪也都收了起来。

这些狼盯着远方看了好一会儿，接着突然间便朝四周散开了，消失在了黑暗中。

这一下变化太快，离皇和燕牙都没搞明白怎么回事，可是这个样子，离皇他们却更加紧张了。

这所有的一切，都是因为刚才那声狼叫。

尖利的狼叫来自门鸠的狼群，它们可比刚才那群狼凶恶无数倍。对于这样的狼叫声，离皇和燕牙十分熟悉。这叫声代表着一排排的獠牙、一只只锋利的爪子和一个个嗜血的喉咙。

林子里传来了混乱的“踏踏”声，从四面八方传来，向着离皇和燕牙所在的地方逼近。离皇可以想象得到，无数的狼爪正在林子里掀起草皮，每一个爪子上都亮出了尖利的爪尖儿。

没多久，它们就冲到了离皇等人的跟前。这是门鸠的狼群无疑，可它们为什么会出现在这里。

它们不应该出现在这里。如果粟苍还活着的话，它们应该去追踪粟苍了，可如果粟苍已经被它们杀了，那它们就更应该躲到森林的深处去。因为今天不是满月，它们不该出现在这里。可是现在，狼群围住了他们三个。这毫无道理。如果是在月圆之夜，他们被围攻是正常的，可今天并非月圆。

离皇和这些狼交过手，它们的攻击力他是领教过的。见到它们，离皇只有逃跑的份儿。可今天，他不能逃走。他刚才已经想过了，他要好好保护紫瞳，绝不能让她受到一点儿伤害，今天就算有再多的狼，就算他战死在这里，也要保护紫瞳周全。

狼群已经等不及了，当先一只扑了上来。离皇看准方向，一脚踹了出去，踢到恶狼脑袋上。燕牙那边的狼群也冲了上来，他扣动弩机，将当先的几只恶狼射杀。狼群似乎处于狂躁状态，全都不知死活地往上冲。燕牙的弩箭射得又准，全都从恶狼的脑门儿射入。前面的狼死掉了，后面的仍是往前猛冲。

离皇被一只恶狼缠住了，侧面的狼冲到近前张嘴就要咬紫瞳。紫瞳把手里的火把戳到它的头上，恶狼一下把火把顶开，紫瞳拿捏不住，火把掉到了地上。门鸠的狼群是从冥界出来的恶魔，它们可不怕这些普通的火焰，这些火焰根本不能伤它们分毫。

紫瞳丢了火把，身子就要向后躲。离皇见火把掉到了地上，暗叫不好，扭头一瞧，就见那只恶狼正要扑咬紫瞳；他把手伸过去，抓住了恶狼的下颚，用力向自己这边扯。他这下用力极大，恶狼前冲的身子直接被他吊了起来。恶狼凶性大发，上、下腭就要猛力地咬合。这一下咬下去，离皇非断掉三根手指不可。紫瞳早就吓呆了，恶狼嘴里那一排白森森的牙在她眼前晃来晃去，让她忍不住后退。眼看恶狼的上、下腭就要咬合，一截树干突地塞进它的嘴里。

离皇右手正与身前的恶狼搏头，左手将紫瞳身前的狼拉开，一时不能两顾，就觉左手突然传来一阵剧痛，扭头一瞧，就见那只恶狼的上、下腭已经咬合，自己的三根手指正卡在中间，那些白牙的齿尖已经磕进了他的皮肉，在手指的旁边，一截树干杵在狼嘴里，已经被锋利的狼牙咬碎。如果不是这截树干将狼牙顶住，他这三根手指只怕就会断掉。

现在虽然将跟前的几只恶狼杀退，可周围所有恶狼的眼睛里都燃烧着怒火，它们是想要把离皇他们撕碎。离皇把紫瞳护在后面，一刀劈在了一只狼的前腿上。那狼忍着痛还要向前，被离皇一脚踹开了。

这时候就听见上方“哗啦”一声，无数叶子落了下来。三个人还没搞明白怎么回事，就见一个巨大的身影从树上落了下来，一下子砸进了狼堆里，把离皇他们吓了一跳。

紫瞳抬头一瞧，就见一只巨大的棕熊立在身前。这家伙身体一丈多高，宽大的背部像一面墙一样挡在了他们三个人身前。这棕熊挥动着巨大的熊掌将身前的恶狼全都扇飞。离皇和燕牙看到这家伙，心里“咯噔”一下，这只大熊他们是见过的，就在那个追踪粟苍的晚上，这只巨熊曾经想半路截杀他们，而且，它身旁应该还有一个拿大木棒的小人儿，他们是一伙儿的。

离皇想到这里，就听半空中传来一声大笑。

“哈哈，找到了。”

三人抬头一瞧，就见树丛中一人手持火把站在树冠上，离皇和燕牙是第二次见到他，紫瞳是第一回见，那家伙比紫瞳还矮，一只手拿着火把，另一只手将一个大木棒扛在肩上，看见离皇他们便“嘿嘿”笑了起来。

离皇和燕牙都暗叫不好，不知道这家伙这时候到这里来干什么，便暗自戒备起来。那家伙看了看周围的狼群，纵身一跃从上面跳了下来，落到熊背上，又翻身从熊背上下来，一屁股坐到了一头恶狼的背上。他骑在狼背上反手一棒，竟一下将狼的脑袋打碎了。被打中的恶狼直接瘫倒在地，一命呜呼了。那人又跳到别的狼背上，照此施为，招招致命。

狼虽然凶狠，但遇到这样的对手，一时间毫无办法。那只巨熊就没他这么好了，虽然仗着自己身躯庞大，两只熊掌也是如铁铲一般，但顶不住恶狼数量众多，防得了东、防不了西，早有几只恶狼窜到它的后面，用自己尖利的长牙撕咬它的后背。熊毛长，熊皮也厚；可恶狼的白牙更加尖利，豁开了熊皮，露出了里面的血肉。随着恶狼的攻击，巨熊不断地发出惨吼，但两只熊掌可一刻也没有停止。

离皇和燕牙这儿也不好过，恶狼不断上扑，离皇的防守捉襟见肘，眼见一头恶狼朝紫瞳扑了上去，离皇想要出手已是不及，这时就见那个扛大棒的小人儿当头一棒将恶狼击退。

那小人儿见到紫瞳，把手中的火把扔在地上，一下扑上去搂住紫瞳的腰大笑道：“哈哈，抓住了。”

他这一下把紫瞳吓了一跳，连忙伸手推他，可那小人儿就是死死抱住不松手。离皇看见了想要冲过来，可被狼群所阻，根本无法过来。

小人儿扭头朝四周看了看，见没人过来抢，高兴地抱着紫瞳就要走，可他身材矮小，根本抱不起紫瞳来，他心中一急，把紫瞳扛了起来，无论紫瞳如何挣扎都无法从他身上挣脱。

离皇见小人儿要劫走紫瞳，心里早已焦躁起来，无奈力不能及。小人儿将紫瞳扛在肩上，挥棒打退了身侧的一只恶狼，朝巨熊喊道："大黑，送我走。"

巨熊听到他的号令，伸掌拍开几只恶狼，用熊背抵住了想要再次扑上来的恶狼，两只手握住小人儿，用力向上一抛，竟将小人儿和紫瞳全都扔到了树上。

巨熊见到主人已经离开，靠着强壮的身躯将身边的恶狼挤开，冲到一棵粗壮的大树下面，扳着树就要往上爬。恶狼可不会放它走，全都亮着獠牙扑了上去。离皇看到巨熊的背被咬破了，几只恶狼咬住了不松口，巨熊就挂着它们往上爬，对后背的伤全然不顾。

巨熊上爬了有一两丈，几只恶狼终是挂不住掉了下来，而巨熊的身影也渐渐被树枝遮住了。

离皇和燕牙看着巨熊也隐没在树丛中，紧接着头顶便传来一声接一声的巨响，那是巨熊在树木之间跳跃，无数的叶子飘落下来，就像是下雨一样。

听声音，巨熊是慢慢地走远了，可离皇和燕牙仍深陷包围之中，他们被狼群缠住了，一时间无法脱身。这样可把离皇急坏了，紫瞳被那个小人儿掳走了，多半凶多吉少，他可不能在此过多耽搁。他将身前的恶狼踹开，挥动手中的短刀，边砍边往燕牙那边走。燕牙也向这边移动，两个人很快退到一起，共同作战。

狼群这时候反而停了下来，全都站在外围，将森白的牙齿露出来，两眼盯着离皇和燕牙，两两之间似是抵首交谈，有几只恶狼想要冲上来，但冲到半途似是受到喝阻又退了回去。看到这景象，离皇和燕牙互相看了一下，心里犯了嘀咕，不知道狼群这是怎么了。

双方就这样在林子里僵持了一会儿，狼群中几只最为壮硕的狼开始往后退，待退到狼群的外围便转身跑进了林子里。这几只狼带了头，余下的狼也都纷纷跑了。

离皇和燕牙互相看了看，不知道发生了什么事，这些狼就这样散去了，又放了他们一条生路。这已经不是第一次发生这种事了，上一次在河边的茅草屋，它们为了追踪粟苍而放过了他们。而这一次呢，这一次又是为了什么？

离皇和燕牙正惊疑不定，远处的树林里却传来了接连不断的狼叫声，还有巨大的吼叫声，那是巨熊的声音。

第六章 黑 甲

屠妖鉴九失其主，神魔寻之不得，三狮窃匿之。黄狮鬃生黑虫，三狮心厌甚，弃其首座。三狮又火黥黑虫，将鉴纹其面，避神魔之察。黄狮自以为宝驾，擅授黑虫识，使其化妖，后黑虫将鉴而逃，此为黑甲也。黑甲夜隐幽丛，攀木县飞，而昼居地穴，以避神魔。

——节选自《寺司百代·云林卷神·魔列传》

紫瞳被那个小人儿抓住扛走了，虽然只是被他的一只手按住，可凭紫瞳自己的力量是无法挣脱开的。就这样，那个小人儿扛着她，他们一起被巨熊扔到了树上。

那个小人儿一手拿着木棒，一手扶着紫瞳，稳稳地站在树杈上。他朝下面看了看，狼群还在围攻巨熊，他乘此机会正好逃走。他可不想在这里多待，如今他想要的东西已经到手，没必要再冒风险。

他并不害怕狼群，他害怕的是这林子里其他的东西。

紫瞳被小人儿扛着渐渐走远，她已经听不到狼叫声了，看来他们距离刚才那个地方已经很远了。她也不知道这个小人儿为什么抓她，又要把她抓到哪里去。她心里只有害怕，一点儿逃跑的办法也想不出来。

小人儿手里已经没有了火把，他在黑暗之中不断跳跃，毫无差错。紫瞳不敢乱动，要是这家伙把她抛在这个地方，她一个人会更害怕。

紫瞳心里正那样想着，小人儿突然停止了跳跃，身子停在树上一动不动。这一会儿，林子里没了声音，只有树叶“哗啦”的声响。“嘿嘿，跟来了，速度倒挺快。”小人儿在黑暗中自语着。过了一会儿他又道：“好吧，那就走这边。”

话音刚落，紫瞳就觉着身子直往下落，中间被树枝阻挡了三次，两人稳稳地落到地上。小人儿双脚刚着地便疾速朝前奔跑起来，紫瞳那颗悬着的心还没完全放下便又被提了起来。

小人儿一手扛着大棒，一扶着肩上的紫瞳，在地面上奔跑如飞。紫瞳感觉自己的头发都飘了起来。

被这样带着快速移动，紫瞳感觉自己都要吐了。

紫瞳感觉到林子上方有无数树叶飘落下来。这些叶子都不是正常脱落，是有东西在上方移动，那个东西似乎早已摸准了他们的移动方向，总是抢在他们前面行动，不然的话叶子也不可能总是从他们头顶飘落。在这样神秘的树林里，会有什么东西在林子里堵截他们呢？

紫瞳现在可没心思想这些，她已经头昏脑涨了，只想快点儿让小人儿停下来，可她却开不了口，因为她觉得自己只要一开口便会吐出来。

正昏昏沉沉的，紫瞳就感觉身子猛地一顿，小人儿的身子一下子停住了。黑暗中传来了一个声音。

“嘿嘿，堵住了吧，看你还往哪里跑！”

这声音不是那个小人儿的，但这声音让紫瞳感到有些熟悉，似乎在哪里听到过。“你还跟着我干什么，那家伙只不过是一具死尸，我早就将他扔掉了。咱们都上了那家伙的当。”紫瞳不知道他们说的是什么。

“嘿嘿，熊泰，你又在耍什么把戏，这一次我可不会再上你的当了，你休想逃走。”那人威胁小人儿。

紫瞳听到这个声音，越发感觉这声音十分熟悉，这个声音不断地在她脑海中盘旋，但想来想去，就是想不起是谁的声音。

小人儿把大棒拄在地上，气道：“你也别怪我，要不是你们从中捣乱，又怎么会让那家伙跑掉。现在都怪在我身上。黑甲，我这可没有你要的东西。”

那个叫黑甲的家伙显然是不相信熊泰的话，笑道：“是吗？那你肩上扛的是什么，你可是不吃人肉的。”

“要你管！”熊泰把紫瞳抓紧了，怒道，“你应该去跟着狼群，跟着我干什么？”

“我也很奇怪。”黑甲道，“原本我是跟着狼群的，可就在刚才，狼群散了，不知道跑哪儿去了。好巧不巧的，你似乎是从狼群那边跑过来的。如果是这样子的话，你肩上扛的就是我要的东西。”

熊泰把大棒在地上砸了一下，怒道：“黑甲，你不要欺人太甚。你今天不让我，你也不会有好结果的。”

“你走可以，把你肩上的人留下。”黑甲料定熊泰扛着的是个宝贝，这次一定要抢到手。

听他这样说，熊泰已经大怒，咬牙切齿般地吼道：“你休想。”

“那就试试看吧！”黑甲冷笑了一下，显然是志在必得。

紫瞳听着他们两个你一言我一句说着话，心“扑通、扑通”跳；听他们话里的意思，他们两个是在争抢自己，说自己是什么宝贝，难不成要把自己抢回去吃了？刚才听黑甲说，熊泰是不吃人肉的，看来跟熊泰回去还是比较安全的，至少不会被吃掉。她在这里胡思乱想，心里暗暗打定了主意，便希望熊泰把黑甲打败，可千万别把她扔在这儿。

她在那儿乱七八糟地想着，这边已经剑拔弩张，熊泰把大棒举了起来，时刻防备着黑甲的袭击。这时候就听见林子上方传来了一阵乱糟糟的声响，这声响十分细小，像无数蚂蚁在爬动。紫瞳听到这声音立时起了一身的鸡皮疙瘩。

现在黑甲和熊泰都不说话了，林子上边那沙沙声听起来就特别明显，不知道是什么东西在林子上方作怪。总之紫瞳一刻也不想待在这里了，她想快点儿见到光。

上面的声音越来越大，紫瞳感觉到，有些叶子落到了她的身上，她感觉那些叶子的坠落感特别明显，因为这些叶子比较沉。

紫瞳正暗自奇怪叶子落在身上怎么会是这种感觉，没想到一片叶子不偏不斜正好落到她的头上；紫瞳伸手想摸下来看看，这时候那片叶子却动了起来。叶子拨开了她的发丝想要挠她的头皮，它伸出的脚上长满了细细的绒毛，贴着紫瞳的头皮慢慢滑过。这，这根本就不是叶子，这到底是什么东西。紫瞳可吓坏了，连忙伸手去拨，没想到那东西粘在她的手上不下来了。

紫瞳用力甩动手臂，可是那个东西不但没被甩掉，它还用自己的脚钩着紫瞳的手臂往上爬。紫瞳反应倒挺快，飞快地用另一只手将那东西拿了下来。这一次紫瞳毫不停留，不给那家伙伸脚的机会，甩手将它扔了出去。

这边熊泰早就大叫起来："黑甲，你竟然敢放虫子出来咬我，我不会放过你的。"说完他便扛着紫瞳朝前冲了过去。

只是他还没冲到近前，就听见林子里"咔啦"一声响，一声熊吼突然传来，震得树上的叶子哗啦啦地往下掉。这自然是熊泰的那只巨熊赶来了。

巨熊挥着两只熊掌朝黑甲冲过去，它一路蹚过去，将地上黑甲招来的虫子都踩碎了。但更多的虫子正从树下往下爬，熊泰可不能在这里久待。他看到巨熊把黑甲给缠住了，便扛着紫瞳往林子里跑。他这一跑，地上的虫子便如潮水一般朝他涌了过去。不过熊泰跑得飞快，他那两只脚掌也早已练得硬邦邦的，踩在地上将满地的虫子踩得"咔吧"响。那些虫子咬他，用带刺儿的脚挠他，他全然不在乎。

黑甲想追熊泰，没想到那只巨熊却一下扑了过来。黑甲没想到被巨熊挡了这一下，再抬头已经看不见熊泰了。他大怒之下，一脚踹在熊背上，朝熊泰逃走的方向追了过去。熊泰比他料想的还要狡猾，他根本就没有走远，当他从黑甲的视线中消失，便爬到大树上，借着浓密的枝叶，他又回到刚才交战的地方。黑甲以为熊泰逃走了，他可没想到熊泰会原路返回去，他也没有料到熊泰速度会那么快，从他视线中消失到他追过来，这短短的工夫，熊泰就已经爬到树上，并做得悄无声息。

巨熊见主人已经逃走，站起来朝林子里跑了。

熊泰扛着紫瞳待在树上没敢乱动，他不知道黑甲是否还会回来，目前最好的办法就是老实在这儿待着，免得弄出声响又要被黑甲给盯上。他站在树上一动不动，警觉地观察四周，不敢有丝毫懈怠。紫瞳不能和他相比，她已经撑不住了，这一天来她都没有吃东西，而且从早到晚一直担惊受怕，到了晚上又被熊泰晃得晕头转向，她困得实在受不了了，竟然在熊泰肩上睡着了。

熊泰这会儿没听到紫瞳的动静，还以为她死了，他晃了晃身子，肩上的紫瞳一点儿反应都没有，他心叫不好，自己不会又抢了一具尸体来吧？他侧耳细听，察觉紫瞳呼吸均匀，又感觉她体温如常，想来是睡着了。其实熊泰还是有些害怕紫瞳的，他心里明白，自己抢来的这个宝贝其实手段厉害，别看她现在弱不禁风的，万一她要是暴起发力，自己恐怕真不是对手。熊泰在树上站了一夜，眼看天空就要放亮，他才从树上跳下来，落地后开始疾奔，紫瞳竟然沉睡未醒。

熊泰在林子里快速飞奔，他昨天窜进这片山林，曾经过一片山坳，那里面生长着许多参天大树，躲在那里面不容易找到。想到这个好去处，熊泰便加速朝那边跑过去。

待他进入那片山坳，天已大亮，他在山坳里转了半天，发现几棵大树之间有一个大坑，洞口不过七八尺宽，往下却有两丈来深。熊泰心想这倒是个好地方。他打定了主意，便一下把紫瞳扔了下去。

紫瞳被摔了一下，身体上的痛感将她弄醒了。这个坑虽然很深，但在坑底有许多树叶枯草，紫瞳并未受伤，她挣扎着站起来，抬头往上看了看，见熊泰正拿着大棒站在那里看着她。她心中有些生气，怒道："熊泰，你把我扔在这儿做什么，快放我走。"

熊泰听她开口说话，好奇地道："咦，你怎么知道我的名字的？"

紫瞳道："昨天那个叫黑甲的家伙不就是这样叫你的吗，难道不对？"

熊泰一想也是，转而怒道："不要说这些，现在你落到我的手里，就老老实实地交代，不然的话。”说到这儿他左右看了看，举棒将旁边的一块石头打得粉碎，“这就是你的下场。”

紫瞳被他这举动吓了一跳：“你让我交代什么，我都不知道你把我抓来干吗？”紫瞳有些委屈道。

熊泰拄着木棒蹲下来，仔细看了看紫瞳，这个小姑娘怎么看也不像是他要找的人，可狼群不会犯错，它们的判断力不是世间凡物可比的。况且，熊泰要找的人狡猾无比，而眼前这位……看起来有些呆头呆脑的，说不准她只是伪装得太好了。

想到这些，熊泰非常生气，把木棒在地上使劲儿杵了一下，怒道：“哼，你不要骗我了，你的把戏我都知道，我是不会再上当的，你最好老实交代。”

紫瞳嘟了嘟嘴，一屁股坐在地上嚷道：“我不和你说了，我饿了。”

熊泰心里开始犯疑：“这小丫头肯定就是那个人了，他的手段是十分厉害的，只是她在我面前这样百般隐藏却又是为了什么？”

熊泰想不明白，心中怒火熊熊，只是忌惮紫瞳的手段，不敢过分强逼，咬牙闷哼了一声，转身从坑边走开了。

熊泰拉了根树藤过来，从坑沿的一边拉到另一边，一会儿工夫便在坑口结了一张网。这张网把坑口罩住了，紫瞳想要从坑里爬出来就更加困难。

熊泰把网结好，用木棒在上面捅了捅，确定十分结实，就冲紫瞳笑了笑：“你就在这儿待着吧，什么时候想出来了就喊我，嘿嘿，前提是得把事情都交代完了才行。”说完转身走了。

紫瞳见他要走，急喊道：“喂，我饿了，我要吃饭！”

“等你把秘密告诉我，吃的自然就给你送过来。”熊泰的声音远远地飘过来，人已走远了。

“饭都不给吃，还要我说什么秘密。我哪知道你想要什么秘密。”她抬头看了看，这坑有两丈来深，她可爬不上去，就算爬上去了，上面还有熊泰用树藤结的网，更加没可能逃走了。想到逃跑无望，紫瞳又感到腹中饥饿，实在连坐的力气也没有了，便倒在地上沉沉地睡了过去。

不知过了多久，紫瞳正睡得迷迷糊糊的，便觉脸上有灼热之感，她睁开眼来，见阳光从枝叶间洒下来，正落在她的脸上。她揉了揉眼睛，从地上坐起来，抬头看着头顶的藤网，心里暗自琢磨：这地方十分隐蔽，也不知道离皇哥哥他们能不能找到这里；如果找不到，那我怎么办呢？

她正发愁，肚子又“咕咕”地叫起来。正垂头丧气，紫瞳就瞅见面前的草丛里有一颗果核。她走过去扒开草丛看了看，发现果核是新鲜的，看样子刚被人吃完扔下来。她抬头看了看，目光穿过网格看到坑边趴着一只毛茸茸的大家伙，紫瞳认得它，是昨天晚上在林子里出现的那只巨熊。

紫瞳看到那些果子，肚子更加饥饿，见那大熊兀自吃得香甜，便忍不住叫了它一声。大熊睁开眼朝下面看了看，似是没看到她一般，甩了甩脑袋又闭眼趴在那里。

紫瞳有些恼怒，看到草丛里有几块小石头，便伸手拿了一个朝上面扔了过去。她手上没有准头，加上藤网阻隔，竟是一下都没有砸中大熊。她不甘心，拿了石头又砸了出去，这一次不偏不斜，正砸在大熊脑袋上。大熊猛地睁开眼，抬头朝四周张望。

紫瞳朝上面喊了一声，那大熊才探头往下看了看，见紫瞳在下面手舞足蹈，并不想搭理她。紫瞳见状有些着急，便道：“饿了，要吃果子。”说着指了指自己的肚子。

她生怕大熊听不懂，便拿起草丛里的果核比画起来。

大熊晃了晃脑袋活动几下熊掌，将身前的果子拨了几个下来。

紫瞳心中一喜，走上前去将果子接住，然后开始狼吞虎咽。

吃了几个果子下去，紫瞳才感觉好受些。

那大熊似乎睡着了，紫瞳心想：熊泰不知道跑哪儿偷懒去了，让这个大熊在这里看着我，看来是料定我跑不掉了。她可想不到，此刻的她在熊泰心里是个奸猾无比的人，他可不敢小瞧她，只是熊泰从昨晚到现在都没有休息，乘中午这会儿小憩一下，他就在不远处的树林里，这边一有风吹草动他便会跑过来。

紫瞳肚子不饿了，便坐在草地上，看着四周的坑壁，心里只盼着离皇快些找到自己。她低头看了看脚上的伤，伤口已经愈合，也感觉不到疼痛了。看来这一切都是那几片叶子的功劳，鬼木黎弄的这几片叶子看似寻常，实际上大有门道。想着他帮了自己，紫瞳对他倒是挺感激的。

紫瞳坐着无聊，扭头瞅见身上挎的布包，这是穆先生的。紫瞳把布包放在腿上，伸手在里面掏了掏，拿出一个草人来。这个草人是白猿给她的，紫瞳还没有好好看过，此刻拿在手里，感觉这草人有些难看。

这草人用两截树枝做身体，外面又用草叶缠上做成了四肢和脑袋，草叶摘下来太久，都已经变成枯黄的了。紫瞳把这草人翻来覆去地看了几遍，看不出有什么特别的。她到底是不相信白猿的能力，便把这草人扔回包里。紫瞳的手在包里摸了一圈，发觉这布包内有夹层。紫瞳想起来，这夹层还是自己给穆先生缝的，她伸手到夹层里拿出一个小纸包。看到这个，紫瞳心里又犯了疑：穆先生怎么把这个也落下了？

她把纸包打开，里面就剩一小撮烟丝，穆先生嗜烟如命，他怎么连这个也不要了。她在那儿发了一会儿呆，便又将烟丝包好放进夹层里。此刻正午已过，阳光已不是十分耀眼，紫瞳感觉困意上来，便又仰躺在草地上。

她躺了一会儿，正昏昏沉沉的，就听耳边草丛里传来一个窸窸窣窣的声响，紫瞳扭头一看，这一下将她吓得魂飞魄散，只见一只漆黑的甲虫正从草丛里钻出来。紫瞳方欲惊叫，就觉头上发丝颤动，无数个小爪子攀上了她的脑袋。这下紫瞳身子一下僵住了，一动也不敢动。过了片刻，紫瞳发觉自己的身子竟然动了起来，无数的甲虫在自己身下如水流一样将自己托了起来。此刻她处在深深的恐惧中口不能言、身不能动，任由这些甲虫摆布。

紫瞳没有注意到，这大坑的坑壁上出现了一个一尺多宽的洞穴，如潮水般的黑色甲虫正从洞穴里涌出来。这些甲虫看来是天生异类，黑色的脚在坑壁上不断攀爬，转眼间就将洞穴扒得有三尺来宽。紫瞳还在惊惧之中，就被这些黑色甲虫抬进了那洞穴里。

被抬进洞穴，她什么都看不到，耳朵里是千万只甲虫爬动的声音。那种窸窸窣窣的声音在狭小的洞穴里回荡，让她汗毛直竖。紫瞳感觉到自己的身体仍在移动，她能够清晰地感觉到那种黑色的虫子在身下爬动。这样在黑暗中过了好一会儿，紫瞳感觉前方一股清新的空气袭来，顿时让她心中一片清明。她睁开眼睛，就见斜上方透出一点儿光亮来，她心里害怕，不知道那是什么便又紧紧地闭上了眼睛。

这会不会是这些虫子的巢穴呢？如果那里有只大虫子，那它一定是肚子饿了，不然不会派这些小虫子把自己捉来，自己现在要成为别人的美餐了。

她心里想着，眼泪就忍不住流了下来，想到就这样不明不白地葬身虫腹心中愈加悲伤，不断地抽泣起来。她自个儿在这儿悲泣，头顶上却传来一个沙哑的声音。

“怎么？小姑娘，难不成我会把你吃了，瞧把你吓得。”听到这句话，紫瞳心中愈加惊惧，不敢开口回话，她紧闭着眼睛连看也不敢看那人一眼。那人“嘿嘿”笑了一下抓住紫瞳的手就往外扯。上面那人笑道：“嘿嘿，不要害怕，我可不像熊泰，我是不会使用暴力的，咦，怎么回事？”

那人以为紫瞳的身体被什么东西卡住了，便咬了咬牙，抓住紫瞳的手向外猛扯。这下可苦了紫瞳，上面那人把她的手腕抓得紧紧的，下面的人紧抓住她的脚向下拉，两股力道互不相让，直扯得她疼痛欲裂。

上面那人扯了半天没什么效果，怒道：“你这丫头，怎么生得这么肥胖，让我费这样大的力气。”他把手收回来活动几下，准备一次将紫瞳拽出来，他这一松手，下面那人扯着紫瞳的脚便往后跑。上面那人见紫瞳突然掉了下去，惊道：“你咋又变瘦了，哎呀，不对，下面有人。”说到这儿他猛地伸手抓紫瞳，只是下面那人出手迅速，上面那人竟是一抓不中。紫瞳只觉一股泥土的气息扑面而来，她已被拉入那洞穴中。下面那人扯住紫瞳的两只脚向后狂奔。紫瞳只听到上面那人叫道：“别走，回来，给我回来。”

紫瞳感觉到自己身侧的甲虫都在飞速向后退去，而自己就躺在这些甲虫上被人一路向后倒拖，也不知道抓着自己的是什么人，竟能在这样狭窄的洞穴里跑得这样迅速。这时，就听洞穴前方突然传来一阵“哗啦啦”的声响，那个疾速奔跑的人突然停住了。

“熊泰，你这个可恶的家伙，竟然敢抢我的东西，现在我命令你把我的东西给我送回去。”这是先前那人的声音。

“黑甲，你可不要耍赖，明明是你抢了我的东西，却怎的又赖我。”

黑甲道："这人出现在森林里，人人都可捉得，怎么偏偏成了你的？我说她是我的又怎样？"

"嘿嘿。"熊泰笑了一下，"此刻她在我手上，你又怎么说？"

"啊！气死我了。"黑甲似乎有些抓狂，怒道，"熊泰你把这丫头给我。"

说完这话，紫瞳就听见身下"轰隆"一声响，身体下面出现了一个大坑，紫瞳惊叫一声掉了下去。熊泰仍抓住紫瞳的脚踝不松手，两个人一起掉了下来。

紫瞳被这突然出现的变故惊住了，正惊惶无措，却听熊泰突然叫了起来："黑甲，你这个浑蛋，竟然让它们咬我。"

黑暗中只听黑甲怪笑道："嘿嘿，给我吧！"

熊泰"哎哟"一声大叫，抓住紫瞳的手松开了。

第七章 又见草人

鸠林立之既久，入窥者渐多。门鸠匿居而少出，鸠狼乃得专肆。先是，神圣之狼初入，林中旧有者不以为能，故其夜屠十山之大妖，慑服群狼，林中狼乃以之为王。其既冠领鸠狼，遂暴肆凶张，枭狼夜放，扼杀窃窥鬼门者。月望之时，纵凶四出，见生者皆屠之。

——节选自《寺司百代·云林卷·风物篇》

自熊泰那一声惊呼过后便再也没听到他的声音，难道熊泰是死了？

紫瞳的身子还在往下坠，她的手在空中胡乱挥舞着，想要抓点儿什么，可四周空空如也。

她正自焦急，黑甲却不知从哪儿冒了出来，一下抓住她的手腕，“嘿嘿”笑道：“小丫头，这下落到我的手里了吧。看谁还敢来抢。”说完这话，紫瞳就感觉黑甲开始拽着自己往上跑。

紫瞳被他磕磕碰碰地拖行了好远，早已分不清东西南北，正头昏脑涨的时候，就觉手腕上力道突失，身子一下被扔在了地上。她晃了晃脑袋，朝四周看了看，发觉这是一个宽敞的石洞，洞口有光照进来。

这偌大的洞穴里只有她一个人，黑甲又到哪里去了。

紫瞳心里奇怪，自己明明是被黑甲拉上来的，怎的黑甲却不见了。她心里存了这个疑问，一时无从得解，正犯疑就瞅见洞穴中间的地面上开有一个大坑，紫瞳走过去探头瞧了瞧，只瞅了一眼便“哎哟”一声跌坐在地上。

那坑里面成千上万只黑色甲虫正爬来爬去，这些甲虫不断翻滚着，看上去如水波一样。这些恶心的东西似乎正争先恐后地往上爬。紫瞳惊恐地朝后退去，直退到洞底的石壁前，双眼一眨不眨地盯着那个大坑，生怕那些虫子会从坑里爬出来。

紫瞳正瑟瑟发抖，一只手掌突然拍在她的左肩上，她吓了一跳，扭头一瞧差点儿将她吓晕过去。

一只巨大的甲虫，不，是一个巨大甲虫的脑袋就在她面前，那脑袋趴在紫瞳肩膀上一动不动。紫瞳也不敢说话，他们就这样静静对视着。过了片刻那家伙站了起来，紫瞳这才看清，巨大的甲虫脑袋只不过是一个戴在脸上的面具。那人一身黑衣，身后披着如虫壳一样的披风，再加上那个甲虫脑袋的面具，看上去这人就像是一个巨大的甲虫站在那里。

紫瞳看着他，小声地道：“你，你是黑甲？”

那人点了点头，盯着紫瞳的脸说道：“是你吗？熊泰这家伙不会抓错了吧！”

紫瞳不知道他说什么，便不敢开口回话。黑甲盯着紫瞳看了一会儿说道：“你是从冥界逃出来的？”

听他这话紫瞳大吃一惊，连忙摆手道：“不不不，我不是，我不知道冥界在哪里？”

紫瞳见那个人一直盯着自己，藏在面具后的脸也不知是什么表情，便低下了头不敢与之对视。

黑甲似是冷笑了一声，把手朝空中一招，接着便听见“哗啦”一声响，如潮水一般的黑色甲虫从那个大坑里涌了上来。

紫瞳看到那些甲虫涌到自己脚边，吓得她把腿蜷了起来，整个人缩成一团惊恐地望着黑甲：“你，你快让它们走！”

“嘿嘿，你便是这样胆小的吗？”黑甲在紫瞳面前蹲下来，冷笑了一声，“快快卸下你的伪装，让我看看你真正的样子。”

“我不知道你在说什么，你，能不能先让它们离我远点儿。”紫瞳对这些甲虫怕得厉害，先前在黑暗中被它们抬着，心里虽然也十分恐惧，但总比看着它们在眼前爬来爬去要好些。

黑甲招了招手，那些甲虫顺着他的脚爬到他身上，又翻滚着挤到他的手掌。那些甲虫在他掌心里窜来窜去，紫瞳看得直哆嗦，生怕他甩手把它们扔到自己身上来。

黑甲看着紫瞳：“你饿吗？”

紫瞳摇了摇头，不知道他要干什么。黑甲“嘿嘿”一笑：“它们饿了！”说完，手掌一翻，将手中的甲虫扣在地上。紫瞳眼睛直直地盯着那手掌，见他将手掌拿开，地上赫然有一个石洞，紫瞳还没搞明白怎么回事，身周的那些甲虫便翻滚着朝石洞里钻去。紫瞳正奇怪这是怎么回事，便听洞顶传来“喀喇、喀喇”的响声，她抬头一瞧，就见洞顶上开出一个如拳头般大小的洞口，黑色的甲虫“呼啦啦”从里面涌了出来。

那些甲虫从洞顶落下，全都落到紫瞳身上。紫瞳吓得花容失色，一下从地上站起来将那些甲虫抖落。好在那些甲虫只是在她身上爬来爬去并未咬她。黑甲看着紫瞳惊慌失措的样子，心中疑惑更甚。看紫瞳这个样子不像伪装，不过那人的诡诈他也是深有体会的，如果这样小试一下便能让那人现出破绽似乎也太容易了些。

黑甲招了招手，将那些甲虫收到自己周围。他见紫瞳紧贴住石壁，身子还在不住地发抖，他心中稍有犹豫，接着似是打定了主意转身走向洞口。此刻已近傍晚，外面天色已有些昏暗，洞中光线更暗。黑甲在洞口探头朝外面看了看，见远处日已西斜，便打定了主意，在洞口站定了，静静地看着远处的天空不说话。

过了一会儿，天色更暗了，紫瞳已经看不到周围的石壁，黑暗已经包围了她，她心里有些害怕，这时黑甲却转过身来。

紫瞳见黑甲慢慢向自己接近，心里突然生出一股不好的感觉，她正要朝旁边闪开，黑甲已来到近前。她正要尖叫，就见黑甲突地揭开了脸上的面具，一道耀眼的光芒突然射来，紫瞳的双眼瞬间失明了。她的眼睛什么也看不见了，被光芒照射后眼前是白茫茫的一片，紫瞳惊恐万分，两只手掌紧贴住后面的石壁，脑袋茫然地朝四周张望着。

“镜子啊镜子，现在你要告诉我，她内心最深处的秘密。你知道我想要什么，不要告诉我那些不相关的东西。”

听到这话，紫瞳心中突地一跳，她突然想起来了，这个黑甲在佩音失踪的那天晚上曾经出现过，是他把自己引到黑暗的丛林里，用那面镜子窥探了紫瞳内心最深处的秘密。现在，它又要来了，可是紫瞳却无处躲藏。

紫瞳的脸上显出痛苦之色，她眼睛看不到，声音也没有了，再加上心里的秘密随时都会被别人看去，她有一种无处藏身的恐惧。

“什么，八身蛇王，这小姑娘还知道这个。”黑甲突然惊叫起来，他没想到这姑娘在林子里没待几天竟然会经历这么多，不过这些都和他想要知道的东西没有关系，都被他一一略过。那八身蛇王虽也是值得探究一番的信息，可此刻和冥界比起来就没那么重要了。

黑甲那一番话让紫瞳从刚才的恐惧中惊醒过来。紫瞳心中有些气恼，对黑甲道：“你，你干吗总是看我的心事，我不想让你知道。”

黑甲听到紫瞳的语气已不像先前那样恐惧，“嘿嘿”一笑：“小丫头，我只看一下，不多看，而且你心里想什么也只有我知道，别人可不知道，我给你保密。”

“那也不行。”紫瞳脸上稍有怒色，“这是我自己的秘密，怎么能随便让你看。你快把我放了，不然离皇哥哥不会放过你。还有，还有穆先生也会找你的。”

黑甲看着紫瞳色厉内荏的样子，招了招手，一只甲虫顺着紫瞳的小脚爬了上去。紫瞳感觉到有东西顺着鞋子爬上了脚踝，心内一惊，连忙弹脚将那东西甩了出去。

“你，你要做什么？”

黑甲见她这样子，笑了起来：“小姑娘，不要害怕，这些虫子听话得很，我让它们进食，它们才敢开口；我不说话，它们是不敢咬你的。”

紫瞳道：“那你快让它们走开，别让它们靠近我。”

“可以。”黑甲笑了一下，“不过刚才我那个小小的要求，你看是不是？嘿嘿！”

“你……你快让它们走开，离皇哥哥他们马上就要过来了，你……你最好也快点儿逃吧！”

黑甲暗自好笑，离皇和燕牙他是见过的，那天晚上在林子里，自己还戏耍了他们一下，那两个家伙能有什么本事，他心里早已打定了主意，右手一招，另一只虫子从洞顶落到紫瞳身上，紫瞳吓得尖叫起来。

黑甲招了这两只虫子过来，让它们扰乱紫瞳心神。他有意试探紫瞳，不让她的心思有片刻平静，这样一来，她就无法将心里的秘密隐藏起来，任凭黑甲攫取。

他通过镜子知道了白猿、鬼木黎、塔儿背、嘎子洞，还有那个草人，知晓了这些，他心中突然有些明白了。他走到紫瞳身边，一把抓过挎在她身上的布包。紫瞳感觉到他拉扯布包连忙伸手拽住了，惊道：“你要做什么？”

“嘿嘿，我只是看一下。”黑甲阴阳怪气地道，说着便打开了布包，拿出了那个草人。他盯着那个草人，脸上表情怪异至极，这东西他见过，就在粟苍被抓的那个晚上，在万狼丛中，有个草人蹿出来在无数妖魔的眼皮子底下杀人。当时他躲在树丛里，将那一切看在眼里。他当时以为是哪方神魔祭起了法术来做的这一切，不过此刻联想到紫瞳这两天来的经历，他心中突然有些明白了，事情恐怕没有那么简单。

他此时有些兴奋，似乎心中一个大大的谜团终于解开了，手都忍不住颤抖起来，这可是只有他一个人知道的秘密啊，熊泰那个傻瓜，绝对不会想到这里面还有如此多的曲折。他得意地笑了一下，转身就要出洞，既然有了这个重大发现，他可要赶紧行动才行，免得中间又出现波折，让别人抢了先。

他急急地朝外走，临出洞口，他又停住了，看了看自己手中的草人，他鬼魅地一笑，又转身走了回来，拉过紫瞳的布包，将草人放了进去，接着道："还给你，我可不要你的。"

黑甲说完，转身欲走，见紫瞳小脸煞白地贴在石壁上，他眼珠一转，开口道："小丫头，我要出去一下，你可不要想着逃跑。我那些虫子都在这石洞里藏着，它们可都饿了一天了。如果你乱动，我可保不准它们不会把你吃了。"

"我不乱动。"紫瞳慌道，"你快些回来，别把它们饿坏了。"

黑甲暗觉好笑，转身从石洞走了出去。此时洞中寂寂无声，石洞之外也完全暗了下来。紫瞳一个人待在这石洞中，不敢有丝毫的移动，怕惊动了甲虫。就这样在黑暗中站了好一会儿，紫瞳有些累了，神情也有些松懈，不像先前那样紧张了，这时，她听到黑暗中传来一个奇怪的声音。

石洞中漆黑一片，紫瞳双眼什么也看不到，耳朵却变得十分灵敏。这石洞极为开阔，任何一点儿微小的声响在这里都会被扩大数倍。紫瞳听到这声音来自她的前方，似乎离她很近，那声音就像是甲虫在地上爬行的声音。

紫瞳的心都快提到嗓子眼儿了，就感觉自己的脚踝被人一把抓住，她吓得叫了起来。

"哈哈，小丫头，你还在这里，又被我抓住了。"

这声音是熊泰。

紫瞳还以为黑甲回来了，没想到是熊泰找到了这地方。

紫瞳惊魂未定，又听熊泰笑道："哈哈，咱们快些离开这儿，不然的话，一会儿黑甲回来又要有一番麻烦。"

他说完这话扛起紫瞳就走。紫瞳哪敢言语，只能任他把自己带走。

出了石洞，紫瞳抬头一瞧，见天空中挂着一轮弯月，外面也稍有光亮。这石洞原来处在一处极高的崖壁上，山崖上光秃秃的，一点儿植物也没有，想要寻一处着手的地方都很困难。紫瞳想起自己来时是被无数的甲虫抬上来的，她只记得那些甲虫带着自己在极狭窄的石道中行进，此刻想来那条石道应该就在山体里面。熊泰扛着她站在洞口，朝四周看了看，突地朝下面打了个呼哨，过了一会儿就听下面“砰”的一声响，一个巨大的家伙正攀在下面的岩壁上，那家伙手脚并用快速地向上爬，偶尔也会后肢用力，向上纵跃，每跃一次都会重重地落在岩壁上，发出巨大的响声。紫瞳看到那身影，不用想也知道肯定是熊泰的跟班——那只巨熊。

巨熊离洞口还有一丈多远，熊泰就已等不及，扛着紫瞳便跳了下去，稳稳地落在熊背上。巨熊见熊泰落到肩上，便扳着山岩往下爬。紫瞳在这绝壁之上，感到风从山下呼呼地往上刮，贴面而过的风如刀子一样，割得她生疼。

巨熊带着熊泰和紫瞳落到地上，旁边就是茂密的森林。熊泰朝上面看了看，崖壁上黑黝黝的，看不太清，不过看样子黑甲还没有发现。熊泰心中暗喜，拍了拍巨熊的脑袋；巨熊听了他的指示，撒开四爪朝林子里跑去。熊泰扛着紫瞳安坐在熊背上，随着巨熊在林子里疾速前进。巨熊的身子沉重，但它四肢有力，后肢每一下踢蹬，身子都会跃起然后重重地落在地上。

此时已至黑夜，林子里寂寂无声，巨熊奔跑的动静成了林子里最大的声响。紫瞳被熊泰扛在肩上，巨熊上下纵跃的幅度极大，猛烈的晃动几乎让她呕吐出来。

熊泰坐在熊背上，两眼紧张地朝四周张望着，现在他掌握了森林里最重大的秘密，这可是关于冥界入口最重要的线索，这会让多少人生了觊觎之心。他可要快点儿回到自己的地盘，在这荒山野岭的，如果蹿出什么猛兽，再把那些贪得无厌的神魔引过来，他自己可就搞不定了。

巨熊在林子里跑了好一会儿，四周的树木也变得高大起来，这些树木把天空遮挡，月光已无法落到林子里，现在他们周围已经是一片漆黑。

熊泰是不恐惧黑暗的，只是今晚他得快点儿逃离这个让人窒息的地方。他拍了拍巨熊的脑袋，巨熊的身子停了下来。

熊泰朝左右看了看，想了一下便朝右边指了指，巨熊见状掉头钻进了右面的林子。这些树木外表上看分别不大，想要将它们区分出来也不容易，熊泰在这片林子里穿行了几回，他尝试找到最近的道路，远离这片危险的区域。

这一次转向好像让他们钻进了更浓密的树林，紫瞳感觉到周围的野草擦到了她的脸上，上面不时有树的枝条打在身上。她不知道熊泰为什么会选择这条路，浓密的野草已经让巨熊的行进速度放慢了。

熊泰也没有办法，这片林子虽然难走，不过却比较隐蔽，不容易被人发现。熊泰心里打着这样的主意，可是如果紫瞳真的身怀幽冥入口这样的大秘密，以熊泰的能力，他也实在不配享有这秘密带来的利益。那些拥有无上法力的神魔们，他们可时刻盯着森林里的风吹草动，这样重大的事件又怎么会逃脱他们的法眼。更何况，还有无处不在的狼群。

由于野草的阻挡，巨熊奔跑的速度慢了下来。熊泰的内心突然有些焦躁，他四处张望，看到周围的黑暗似乎正慢慢地逼过来，将他们压迫到极小的空间里。他感觉哪里不对，可他看不到黑暗中隐藏着什么。熊泰拍了拍巨熊的脑袋，让它快些离开这里，这时候，耳侧突然传来尖利的破空之声。

熊泰一惊，扭头一瞧，就见一个黑影不知从哪里蹿出来，直直地朝自己扑来。熊泰反应极快，双脚在熊背上借力，身子向前急挪了尺许，手里的木棒猛地朝后一砸。他这一下又准又狠，正砸在那东西脑壳上。那东西受了这一下身子已失去平衡，斜斜地撞到了旁边的大树上，身子翻落下去，钻进了野草丛里。

刚才那东西来得突然，动作又快，熊泰既要护住紫瞳又要出手制敌，没能乘胜而上将它打死，以致让它钻入草丛逃走了，这一番变故连那东西的样子也没看清。熊泰无心去理会那东西了，再不快点儿离开，只怕会有更多的人来此抢夺紫瞳。

正催着巨熊加速向前，熊泰就听见两边的草丛里传来一串“哗啦”的声响。那声音在他们的斜后方，正在不断向他们靠近。熊泰朝后看了看，后面的杂草纷纷倒伏下去，野草的茎秆全都被那东西折断了，传来“噼里啪啦”的响声。

熊泰知道情况不妙，后面跟着的可能是森林中的猛兽，看样子是被它们缠上了，估计一时半会儿是甩不掉了；既然甩不掉，那只好在这里把它们杀了。熊泰不想在这里纠缠，只是这些东西跟着他只会招来更强大的敌人，就算是要动手，也必须在极短的时间内将它们解决。

熊泰把紫瞳放在熊背上，拍了拍紫瞳，笑道：“小丫头，你在这儿可别乱动，如果从熊背上掉下去，你就会被它们吃掉，嘿嘿。”

紫瞳此刻哪敢回话，只是伸手紧紧抓住巨熊，生怕被颠了下去。

熊泰朝前面看了看，瞅准机会从熊背上跳了起来。他腿上力量强大，跳得极高，一下起来抓住了上面伸下来的树杈，他在树杈上荡了一下翻了上去。他动作迅速，上来未及站稳便翻身跳进了草丛。他手里拿着木棒，猛地在草丛里扫了一下，狠狠地砸在那东西脑袋上。

熊泰看到，一个浑身长满黑毛的家伙从草丛里翻了出去，在地上滚了几下便趴在那里不动了。熊泰“嘿嘿”一笑，急速跑过去，尚未跑到近前，旁边草丛里突地又蹿出一个黑影扑到他身上。熊泰向来身材小巧，动作迅捷，这一下变化他也不慌，双脚用力，身子在地上滚了一下翻了出去，起身便朝后挥棒。那东西也动作飞快，只是不及熊泰这般快速巧变，身子闪躲虽也迅捷，却还是被熊泰砸中了后肢。

那东西叫了一声，歪斜着跑进了草丛里。熊泰听到那叫声，心里突地“咯噔”一下。那叫声听起来有些奇怪，熊泰暗觉不妙，连忙跑到地上那具尸体前面，这一只刚刚被熊泰打死了，如今躺在这里，熊泰倒要好好看看这是些什么东西。

熊泰把火折在那东西脑袋上照了照，心里直叫晦气，这果真是那见不得人的东西。在光照之下，只见那东西身长三尺有余，披着一身黑毛，这黑毛比一般的毛发粗很多，四肢很像狼腿，但比狼腿干瘦，此刻紧贴着身子缩在那里，倒像是回缩到了肉里。腿末端的爪子露在外面，爪子上伸着四个如刀片一样的爪尖，拨了一下，四个爪尖一下弹了出来，竟有两寸多长，原来爪尖也和腿一样都缩在了肉里。

这时，熊泰突然意识到这种东西天生狡诈，不管生死，不可靠近。他刚有此想法，就见那东西缩进去的四条腿突然弹了出来；熊泰暗叫不好，起身后跳，那东西却已经扑了上来，两只前爪一下扣在他肩上，锋利的爪尖刺进了熊泰的肩膀。熊泰刚才看过了，那东西的爪子又尖又利，伸出来如小刀一样，这一下刺进去几乎将他的肩膀刺穿。

熊泰双腿屈膝，身子前倾，想要从利爪下挣脱出来，没想到那爪尖上似有回钩，紧扣着熊泰的肩膀让他无法挣脱。熊泰心中一慌，那东西已张嘴咬了下来，熊泰把木棒往上一顶，顶在了那东西下腭上。那家伙的脑袋离熊泰不过两寸，嘴里伸出的尖牙悬在熊泰额头，如果不是被木棒顶着早就刺进了熊泰的脑袋。

熊泰此时已冷静下来，伸脚踹在那东西肚子上，那家伙受不住朝后面弹了出去，那两只爪子在熊泰肩膀上撕出两道深深的口子，熊泰的身子被它拉扯险些栽倒在地。熊泰忍着疼看着那东西，心里暗恼，这东西果然如传闻中那样狡诈，竟然用假死来偷袭。

那东西闪进了前面的草丛里，瞪着两只发绿的眼睛看着熊泰。熊泰正要上前，就听见旁边的树上“哗啦”一声响，又一只凶兽倒扒着树干爬了下来，这应该就是刚才逃走的那只。

躲在草丛里那只对着熊泰“喇呜”叫了一声。熊泰听见这声叫，心道果然声如其名，这东西的名字叫喇呜，名字便是从叫声中来的。喇呜是山林中不常见的一种凶兽，这种东西在山林中很难见到，更何况此时一下见了两只，实在是不详。熊泰知晓喇呜的本事，它们身体灵活，牙尖爪利，爬树翻山如履平地。更让人惊讶的是，它们竟然可以掘地而行。

它们擅长在地上打洞，如果被敌人围困它们可以挖洞遁走，不过这种技能并不是天生用来保命的，这种技能只不过是为了满足它们的特殊癖好。喇呜喜欢吃肉，不过它们喜欢的不是从活体上咬下来的鲜肉，而是那种被埋了几天开始腐烂的肉。因此，喇呜出现的地方往往也是腐尸堆积的地方，而腐尸堆积的地方往往是阴气极重的地方，所以说，熊泰刚才看见它们才会感觉晦气。

看到这两只喇呜，熊泰突然想到了一个人，一个恐怖至极的人，那人最喜欢的东西便是喇呜，如果这两只喇呜把那人引来，以那个人的能力，自己是绝对逃不掉的。

想到这些，熊泰准备出手把两只喇呜解决掉，这时他就听身后的草丛传来一声响，熊泰心内一惊，回头一看暗叫不好。只见杂草被拨开了，三只喇呜从草丛里钻了出来，离熊泰有一丈多远的距离。

熊泰被五只喇呜包围了，现在想要摆脱它们更加困难。不过熊泰担心的还不是这个，喇呜虽然厉害，但终是山野间的猛兽，想要制住它们还是有办法的，但被它们在此缠住，引来别的东西就不好办了。况且现在有五只喇呜在这里。要知道，喇呜这种东西向来喜欢独自生活，它们极少群体行动，在往日，想要看到一只也很难办到，而如今这里却有五只。

这就有问题了。

熊泰看了看四周，黑暗笼罩着林子，不过空气中并没有腐肉的气味，这片森林和周围的山林应该没有什么不同。

如果不是森林的问题，那这些家伙就是冲着熊泰来的，它们的目标就是熊泰或者紫瞳。现在熊泰已经被这些喇呜拖在这里，好在紫瞳被那只巨熊带走了，这一会儿的工夫估计已经跑出了很远。既然这样，熊泰也不想在此耽搁。他想了想，便直直地朝一只喇呜冲了过去。熊泰速度本就极快，又是突然出手，巨大的木棒袭向喇呜面门。那只喇呜反应也是迅速，侧身就往旁边闪，只是木棒来得太快，一时躲不及，还是被一下打在了脖子上。

被击中的喇呜在草丛里翻滚了一下接着便站了起来，另两只喇呜已从后面扑向熊泰。熊泰身子往前一蹿，飞快地朝前面跑去。他本就打算快些从这里脱身，他将前面那只喇呜击中，正好借机从喇呜的包围圈中跑了出去。

但喇呜可不是这么好摆脱的，它们奔跑起来速度比狼还要快。熊泰见摆脱不了它们便抱着树干就往上爬。他才往上爬了七八尺，就见树干上方一只喇呜倒扒着树干爬了下来。他心叫不好，松手跳了下去，回头一瞧，三只喇呜早把他围住了。

此时暗夜笼罩，熊泰看着黑暗中模糊的黑色怪物，那几对绿幽幽的眼睛也一动不动地盯着他。他抬头往上一瞧，那只喇呜倒趴在树干上，并没有往下冲，正瞪着他，此刻它居高临下，熊泰毫无优势。

熊泰拿起木棒想要冲开前面的三只喇呜，却听身后草响，一只喇呜一下蹿到他的背上，两只利爪一下抓进他的肩膀。熊泰拿过木棒就朝自己背上抽打，那只喇呜被熊泰击中，吃痛之下撒爪撤开。熊泰刚把背上那只喇呜打跑，前面三只已经冲了上来，熊泰来不及招架，只能纵身朝侧面跳开。半空里那只喇呜从树上跳了下来，一下将熊泰扑倒在地，爪子上的利爪同时弹出，刺进熊泰胸膛。

熊泰拿起木棒猛砸这只喇呜，另外四只喇呜全都扑了上来，对熊泰又扯又咬。熊泰暗道不好，这次只怕连性命也要搭在这里了，正惊慌间，就听远处的林子里突然传来一声巨大的熊叫声。

是巨熊回来了！熊泰刚才让巨熊带着紫瞳先走，可没想到自己会落到这种境地，此时巨熊回来倒是救了他一命。五只喇呜听到熊叫声，同时抬头朝远方看了看，爪子上的动作也停下了。熊泰趁机拿起一只木棒狠狠地砸在一只喇呜的头上。那只喇呜吃痛，连忙从熊泰身上跳开。其他几只好像受了惊吓也纷纷跳开。

五只喇呜朝远方看了看，几乎同时都闪到身侧的大树前面，抱着树干爬了上去。喇呜的爪子又尖又长，扒着树干就像在平地上行走一样。它们并没有离去，只是站在树枝上看着熊泰。

熊泰刚刚摆脱劫难，拄着木棒从地上站了起来，抬头看了看喇呜，吐了一口唾沫道："几只畜生，有本事再下来，和我的熊较量较量。"他恨恨地骂了句，扭头朝远方看了看。

第八章 喇鸣

鸠林者，诡杀之地也，乃群识之竞窬，乱欲之重涡。向时初设，六族纷进，执刃相屠，血染山河，故鸠林之立，千骷筑基，万尸塞壑，死生相继，以立长业，腐尸化脔，以滋群怪。有兽善掘尸，以声名喇鸣，其状如猫，健跃如飞。其又爪趾长刃，体收骨缩，掘甬探坟，衔尸自龁。如此，操尸者甚爱之。

——节选自《寺司百代·云林卷·风物篇》

巨熊吼叫着朝这边跑过来，在它的身后，无数蓝色的眼睛紧跟着朝这边涌来。熊泰看见了，心里暗叫：“不好，是狼群，这些可恶的家伙，麻烦了。”

熊泰朝左右看了看，心里慌了起来，周围连个躲藏的地方都没有，要对付这些恶狼可没有什么优势。他又朝树上看了看，五只喇鸣站在高低不同的树杈上，正瞪着眼睛看着远处的狼群，看样子并没有离开的打算。

熊泰心里一时没了主意，如今树上有强敌环伺，地面上又有狼群围堵，今天看来走不掉了。巨熊的叫声越来越近，同时林子里还传来了无数脚爪在地上踏动的声音，那是狼群近了，可是林子里却没有狼叫声。

现在这片森林里，有很多人觊觎那个携有冥界入口信息的人，他们也都知道了，狼群正在围堵那人，所以他们跟着狼群走，抢在狼群得手前出手，成为第一个进入冥界的人。要知道这片森林里有无数法术高强的妖魔，狼群有时也拿他们没有办法，如果被他们抢先得手就会更加麻烦，所以狼群现在发现目标以后先无声接近，既而围堵击杀。

熊泰正在这里犯疑，巨熊已经吼叫着跑了过来，熊泰瞅准时机跳到熊背上，他一把抓起紫瞳将她扛在肩上，骑着巨熊接着往前跑。不过才跑了七八丈的距离，就见前方的树林里也涌出了许多蓝色的幽光。巨熊停住了身子，低吼着朝左右看了看。熊泰扭头看了看四周，周围的林子里已经布满了狼群，那一双双蓝色的眼睛在黑夜里看起来特别吓人。

熊泰见情况不妙，拍了拍巨熊吼道："上树。"说完这话他跳到巨熊肩上。巨熊前肢收起站直了身子，只见它两只熊掌捧着熊泰用力往上一抛，便将他们送到树上，紧接着它自己跑到一株大树前面抱着树干爬了上去。

树冠枝叶浓密，里面光线更暗，先前在下面的时候还有稍许的月光，此刻浓密的黑暗让他很难看清周围的形势。他的眼睛在黑暗中虽然要比紫瞳强许多，但和白天比起来还是有些差距。

熊泰从刚才就没有听见紫瞳说话，心下奇怪，开口道："丫头，你还活着吧？"

"咱们这是在哪儿啊？"紫瞳惊恐地道，"咱们是不是逃不掉了。"

熊泰听到她声音知道她还活着，便气恼道："怎么就逃不了。呸，怎么是逃，我明明是要走。这么小的狼群奈何不了我，你看好吧！”

他虽然这样说，可紫瞳心里仍然害怕。她看了看下面闪动的蓝色眼睛，奇怪道：“咱们这是在树上，好在狼不会爬树，不然就逃不掉了。”

熊泰“嘿嘿”笑了一下：“狼怎么就不会爬树了，你是没见过会爬树的狼，那些狼爬起树来可比你快多了。”

“骗人，我就没见过狼会爬树的。它们要会爬树，怎么不上来。”紫瞳道。

熊泰没有回答她，他朝下面看了看，狼群已经来到了树下，围在了树的周围，再往远处看，视线内几乎全是透着寒意的蓝色幽光。这些狼会不会爬树可不好说，不过在狼群围堵粟苍的那天晚上，熊泰可是亲眼见到了会爬树的狼。那天晚上群狼狂叫不止，不计其数的狼将粟苍围堵住。熊泰还从来没有见过那么多的狼，那些狼群里面不止有在森林外围游弋的狼，还有从森林深处冲出来的大家伙。熊泰知道，和森林外围的狼比起来，森林深处的家伙们不知道强了多少倍。如果不是遇到冥界囚徒潜逃这种事情，那些大家伙是不会跑到外围森林来的。

就在那天晚上，熊泰见识到了那些巨型恶狼的恐怖之处，巨大的狼身，尖利的长牙，如风一般的行动速度，爬树……熊泰亲眼见到那些恶狼在树上跳来跳去，它们的长牙和利爪能深抠进树干里，载着它们沉重的身子来到离地十几丈高的大树上。熊泰想，如果没有它们，那天晚上粟苍也许早就逃走了，后边就不会发生那样的争夺，自己也就不会中了粟苍的金蝉脱壳之计，被黑甲和风魔他们死追不放。

紫瞳看着那些蓝色眼睛在下面窜来窜去，虽然知道它们不会爬上来，但想到这些恶狼她心里就有些害怕。她朝上面看了看，那里一片黑暗，她的眼睛什么也看不到。她被熊泰扛着，脑袋扭着实在别扭，又想到自己被熊泰抓住了，没有本事逃走，心里泄了气，脑袋便耷拉下去了。

紫瞳正暗自嗟叹，心里突然一惊，她刚才扭头的时候，眼睛在侧面的枝叶丛里扫了一下，那里面好像有东西。紫瞳不敢确定，心里有些害怕，但越是害怕就越想一探究竟。她慢慢扭过头，近处的枝叶扫在她的脸上，远处的黑暗里两只绿色的眼睛正盯着她。

那对眼睛不知道在树丛里藏了多久，也不知道是什么凶物藏在那里，紫瞳看见这对眼睛瞪着自己心里有些发毛，她害怕那东西会突然扑过来，眼睛紧紧盯住那里不敢移动，嘴里小声道："那里有东西。"

熊泰闻言，扭头一看，一只喇鸣已经从树丛里冲了出来，伸着两只爪子就来扯紫瞳。熊泰见状，肩膀松劲儿将紫瞳放了下来，接着伸手将她夹在腰间，反手一棒朝喇鸣打了过去。那只喇鸣已从树枝上跃起，身形已无法控制，熊泰一棒袭来，打在喇鸣脖子上。喇鸣身子失去平衡从树上掉了下去，好在它反应迅速，一只爪子探出去，胡乱在上面抓了一把，尖利的爪尖刺进了树枝里，喇鸣的下坠之势止住了，身子挂在半空，下面就是窜来窜去的狼群，它朝下面叫了一声。几只恶狼跳起来扑咬，此处离地太高，几只恶狼跳来跳去总是够不到。喇鸣伸出另一只爪子攀住树枝，身子一下翻到树枝上。

刚才熊泰击退一只喇鸣，又有两只喇鸣从上面跳了下来。熊泰料定它们是冲着紫瞳来的，将紫瞳护得紧紧的。此时他身处树杈上，身形受了限制。喇鸣却恰恰相反，它们身子灵活，在树上如履平地，此刻和熊泰游斗起来十分从容。这些喇鸣虽然占据优势，却只在周围的树枝上闪跃，间或冲过来撩上一下；熊泰只能凭着自己的木棒将它们扫退。

熊泰正琢磨着怎么逃走，就听见上方树枝断折的声响传来，熊泰抬头一瞧，就见巨熊的身子挂在了上面的树杈上，那截树枝都被压弯了。一只喇呜从更高的树枝上跳下来，落到巨熊的背上，它爪子上的指尖刺进熊背。巨熊痛得扭身要打背上那只喇呜，奈何它前肢粗壮转不过来；这时另一只喇呜跳了过来；落在巨熊肩膀上，张嘴就要咬巨熊的脑袋。巨熊两只熊掌扣住喇呜，将它从肩膀上拉下来，一掌将它拍了下去。巨熊这一掌势大力沉，将喇呜拍懵了，待喇呜醒过神来它已从树上掉了下去，想要伸爪抓住树枝已是不能。

喇呜落到地上，周围的恶狼一下围了上来，争先恐后地扑咬上去。那只喇呜一下从地上弹了起来。喇呜的身体奇特，四肢力量强大，这一下弹得老高。群狼扑了空，转而跳起来扑咬它。喇呜身子正往下落，两只前爪正搭在一只恶狼头上，爪子上爪尖弹出，只一下便将恶狼的双眼戳破了，恶狼惨嚎一声在地上翻滚起来。

喇呜落到地上，群狼又往上扑。喇呜的四肢回缩，身子一下矮了下去，但速度仍是奇快，只见露在外面的短小四肢轻拨了几下，便从几只恶狼的肚腹下冲了出去。只见它到一株大树前，扒着树干就往上爬。喇呜爬树的速度很快，转眼间便离地有一丈来高了，只是这个距离还不足以摆脱狼群，后面一只恶狼跳了起来，张嘴咬住了喇呜的后背。狼牙尖利，不次于喇呜的爪尖，四颗长牙刺进喇呜体内。

喇呜被恶狼咬住，往上爬不动了，狼躯沉重，把它从树上拖了下来。喇呜身子落地，群狼蜂拥而上。此时，另一只喇呜从树上下来。这只喇呜落到一只恶狼背上，张嘴就咬它后颈，以阻此它对先前那只喇呜的扑咬。恶狼被它咬住，身子在地上蹦跶起来，想要将它甩脱出去。喇呜借势跳到另一只狼背上，依样将恶狼后颈咬住了。它不求制敌，只是逼这些恶狼退开，好救下先前那只喇呜。

这只狼却十分凶狠，任凭喇呜在背上如何撕咬，头也不抬一下，张着嘴撕咬下面那只喇呜。黑夜里听到那只喇呜凄惨的叫声，无数带着皮毛的血肉被撕扯下来。这只喇呜刚才还在下面乱窜弄伤了几只恶狼，此刻被恶狼按在爪子下面只有惨叫的份儿了。这就是狼群的恐怖之处，一只狼无法对付的敌人，一群狼就可以将其撕得粉碎。在这片森林里，一个人无论法术多么高强，对狼群也总要有些忌惮的。

地上那只喇呜已经被恶狼咬死了，身上的肉也快被狼群吃光了，趴在狼背上的那只喇呜见这情形连忙跳到旁边的树干上，扒着树干就往上爬。后面的狼没能挤进去分享喇呜的肉，早已焦躁起来，见这只喇呜要跑，直朝树干扑了过来。好在这只喇呜动作迅速，恶狼离得它又远，一次扑咬没能抓住，只在树干上抓了一把便掉了下去。喇呜逃过一劫，“噌噌”几下蹿了上去，停在离地有两丈多高的地方，扭过身子看着下面的狼群撕咬那只喇呜的尸体。

狼群的撕咬能力果然惊人，原本凶猛非常的喇呜现在只剩下一堆白骨了。喇呜趴在树干上看了一会儿，接着扭转身子爬了上去，它转到一截树枝上看着下面的狼群。其他三只喇呜也停止了对熊泰的攻击，全都站在树枝上看着狼群在下面窜来窜去。死掉的喇呜留下的白骨被狼群踩来踩去，已经散得不成样子。四只喇呜瞪着眼看了好一会儿，突然一起叫了起来，四只喇呜的叫声出奇得整齐，声音也很响亮，这叫声在黑夜里传出很远。熊泰心内一惊，暗叫不好，他刚才已经想过，这么多的喇呜出现绝对是不正常的，在它们的后面一定有一个强大的妖魔，现在这些喇呜叫了起来，只怕是要把那人招来了。

四只喇呜在树上刚叫了一声，下面的狼群像是吃了一惊，紧接着全都叫了起来。片刻之间，树林里到处都是狼叫声，狼叫声将喇呜的叫声淹没了。四只喇呜见此情形，似是慌了神，全都在树枝上蹿跳起来。喇呜又急又恼，朝着狼群龇牙尖叫。狼群似是也有些慌神，在下面乱窜起来。熊泰看着这些，心里感到奇怪，看来它们也了解喇呜的叫声代表什么，在喇呜的后面肯定有一个强有力的神魔。喇呜如果把那人招来，狼群也觉得不好对付，所以才会用叫声来阻止喇呜的行动，虽然这种方式会招来其他的妖魔，但狼群对其他人并不畏惧。

熊泰听着四周汹涌的声响，心里更是着了慌，再不离开这里，待会儿就会有更厉害的人来抢夺紫瞳。刚才喇呜与狼群相争，没有再来袭击他，巨熊已从上面落了下来，来到他的身边。熊泰跳到熊肩上，暗地里催着巨熊快走。巨熊听了他的指示，扒着枝干就跑。四只喇呜见状，全都甩了狼群过来追巨熊。巨熊在大树上攀缘如飞，可是却比不上喇呜灵活，只见喇呜在树上几个跳跃便到巨熊前面，伸出爪子就过来抓它。

巨熊身子粗壮躲避不开，只得向下面落去，落了有七八尺的距离又扳住一截树枝，借势向旁边跳去。有一只喇呜先它到达，见它跳了过来便也跳起，喇呜和巨熊的身子撞在一起，它们都失了平衡朝下面坠落。熊泰见状从巨熊肩上跳出，落到一截树枝上，这时就听下面“咔嚓”一声响，一截粗壮的树枝被巨熊和喇呜压断了。

巨熊想要扳住断裂的枝干，趴在它身上的喇呜伸爪子就挠它面门，巨熊伸掌拍它，喇呜却灵活地躲开了。这一下，巨熊和喇呜一起掉下树去，无数恶狼早就在下面张着嘴等他们。喇呜反应迅速，后肢用力从巨熊身上弹出，扒到旁边的树干上，随即“噌噌”两下又蹿上树来。

巨熊被无数恶狼包围，伸掌就掀翻了两只恶狼，奈何恶狼数量众多，打退两只，又来四只，后背上也挂了两只，那两只狼的尖牙刺进熊皮里，饶是它皮厚也顶不住这样的撕咬。巨熊仗着自己力大将身前的恶狼拍开，跑到树干前抱着树干就往上爬。后面又有两只恶狼扑上来，咬住它的后背不松口，巨熊却是不管不顾，带着四只恶狼就往上爬。好在它力气大，爬到离地有两丈高的地方身子一抖，将身上的恶狼摔了下去。

另外一边，熊泰在树上想要逃走，转眼就被喇呜包围了。这时就听到“咔哧、咔哧”的声响，熊泰朝下面看了看，微弱的月光下，无数的恶狼在树身周围堆积起来，离树身近的恶狼正伸着爪子挠着树皮往上爬，那声音就是它们的爪子扯树干的声响。

看到这一幕，熊泰心里有些发毛，这些恶狼虽然不是从森林深处跑出来的，可它们毕竟是门鸠的狼群，它们的长牙和利爪是每一个人心中的噩梦。

树身的周围堆积了密密麻麻的狼群，熊泰看着它们不断往上堆，他又往上看了看，四只喇呜站在树枝上盯着他，熊泰暗暗着急。这时，一阵微风吹过，树叶沙沙作响。熊泰愣了一下，感觉这风来得不寻常，他正在愣神，上面四只喇呜也像是感觉到了什么，全都停止了号叫，耳朵全都立了起来，慌张地朝四周看去。熊泰暗觉不妙，这风来得极不寻常，正是“平地生风，必有妖孽”。

四只喇呜在树上张望了一会儿，突地同时扭转身子蹿了出去。它们疾速朝远处奔去。熊泰见状连忙往下爬，身子往下移动了几步就听树叶“哗啦”作响，一股旋风从下面升了起来。狂乱的风带着他和紫瞳到了空中，熊泰感觉抓住紫瞳的手已经不能支撑，一股强大的力量正在拉扯紫瞳。那股力量不断增强，终致熊泰力量不支，将紫瞳吹走了。

紫瞳被狂风裹挟着，早已晕头转向，她只觉得自己晃晃悠悠，一会儿上升一会儿下降，想要固定住身子，可乱抓之下，手中都是紊乱的气流，根本没有可以抓持的东西。

风在夜空中激荡前行，月华笼罩，天空之下山林葱茏、山石险峻，此时她才意识到自己正飞在半空中。

紫瞳一下清醒过来，她感觉天地茫茫，无边无际。旋风带着她飞速向前，也不知道跑了多远，就见天际下有一座险峰。那山峰奇陡，四周都是光溜溜的岩壁，山顶上没有一棵树，一块巨大的山石从山顶上伸出，险峻异常。

旋风带着紫瞳直奔山岩而去，转眼间就到了山峰之上。她飘落下去，落到那块巨大的山岩上才感觉有一双手轻柔地托住了她。

一个男子正看着她。这人面颊干瘦、双目深陷、鼻梁高挺、双眉如剑，宽阔的额头上似有许多刮痕。那人见紫瞳看着他，便双手松开，将紫瞳扔在了山石上。

紫瞳吃痛地叫了一声，从地上坐了起来，看着那人问道："你是谁？"

那人双眼盯着紫瞳，负手在山岩上来回走着，过了一会儿开口道："你不是穆老头儿家的丫头吗？怎么会出现在那个地方？狼群为什么要围堵你？"

紫瞳摇了摇头："我也不知道，那些恶狼真的很吓人。"

"今天就在这里吧，狼群是到不了这里的。"

紫瞳听他这样说便问道："你是谁啊，你能不能带我找离皇哥哥？"

“哼哼，我可没打算放你走。”那人冷笑一声，“你有本事便自己走。”

她叹了口气，将双手放到脑袋下面，看着天空中星光闪烁、月挂中天，心里一下舒畅起来，这里虽然上不着天、下不着地，可这里没有林木的遮挡，也没有了云雾的纷扰，抬头望天，能望到清澈无比的天，能看到无边的星空。紫瞳已经太久没有见过这样璀璨的星空了，此刻看到这样的美景，她心里自然舒畅起来。

紫瞳躺了一会儿，感觉困意上来，正欲睡去，就觉一股山风蹿上来，让她忍不住打了个冷战。她睁开眼，感觉身下山岩传来丝丝冷气，便抱住双臂侧卧在那里。

那人突然睁开眼，伸手到怀里，拿出了两个巴掌大小的瓷瓶。这两个瓷瓶一个白色一个红色，瓶口都被木塞塞住了，那人将白色的放回到怀里，把红色的瓷瓶打开，接着嘴里念了咒语，过了一会儿，红色瓷瓶的瓶口蹿出了红色的火焰。那人将瓷瓶放在紫瞳身前，又念了一遍咒语，瓶口的火焰接着变大了。

紫瞳感觉身前热浪袭来，睁眼一瞧，就见红色的火焰在自己身前蹿动，身上顿时暖和了许多。紫瞳高兴道：“这是你弄的吗？”

那人只是闭眼坐在那里，并不说话。紫瞳见他不答话，便也不再问他。

紫瞳好奇地看着火焰下的小瓶，瓶子通体赤色，两面各画有一只蛤蟆，这蛤蟆和普通的蛤蟆不大一样，每只都伸开了四肢，张着嘴朝上，这样看上去火焰像是从它们嘴里喷出来的。

紫瞳被这个奇特的小瓶子吸引了，她躺在地上，趴着脑袋盯着瓶子看，却不防备一个庞然大物从后面爬了上来。紫瞳正转着圈看小瓶子，就听见身后传来“咔嚓、咔嚓”的声响，紫瞳回头一瞧，就见一只巨大的蝎子扳着山岩从下面爬了上来。紫瞳正要惊呼，蝎子已跃到岩面上，尾钩直接从后面甩了过来。

尾钩来得太快，紫瞳尚未行动，尾钩已越过她的身子卡进下面的岩石里。

紫瞳想往前爬，尾钩接着回拉，将她的身子直接拨到岩石边，蝎子举钳想要夹她，突然一股疾风扫了过来，将蝎子吹了起来。紫瞳回头一瞧，就见那人已经站了起来，伸手一挥，一股强劲的气流自他手上飞出，直要将那蝎子吹下山岩。蝎子的身子定不住了，眼看就要被吹下山去，它却不死心，尾钩在紫瞳腿上扫了一下。紫瞳原本想要跑，没想到蝎子来了这么一下，身子站立不稳倒了下去，竟一下子滚下了山岩。

那人手上送出的旋风力道突然增强，一下将蝎子吹落山岩，他自己来到岩边，想要出手救紫瞳，就见一只大鸟斜斜飞了过来，将紫瞳抓住。

那人愣了一下，仔细一看，那哪里是什么鸟，是一个背生双翼的人，那人双手抓住紫瞳便收起翅膀朝下坠去。山岩上这人见了冷笑一声："厉烈，难不成你也认定了是她。"那人站在山岩上看了一会儿，便化作一股清风跳了下去。

"哈哈，还是被我抢到了，英蓬，这次可是我偷袭得手。"

紫瞳被厉烈抓住了，但下降的速度反较先前更快。紫瞳耳中都是呼呼的风声，她只得紧闭了双眼，任凭厉烈抓着她朝下面飞。

厉烈这次轻易得手，正得意，就觉身后一股疾速旋转的气流一下将他和紫瞳罩住了。气流从厉烈的双脚流到他的头顶，又穿行到厉烈和紫瞳前方，在他们身前形成了一个气涡。这气涡产生了极强的向上力道，将厉烈和紫瞳的下坠之势一下阻住了。厉烈见状，身上双翅展开，横翻了出去。

厉烈摆脱了气涡，背后双翅拼命挥动，带着紫瞳朝前飞。这时又听后身后传来“咔嚓、咔嚓”的声响，厉烈回头一瞧，就见翻腾的气流带着无数的石头朝自己砸了过来。厉烈身子随即向下急转，直直地朝下坠去，只是他这般转了又转，始终无法摆脱后面的狂风。

厉烈见无法摆脱后面那些石块，往下一瞧，看见无数紧密相挨的树冠，此处离地面已是不远。厉烈身子急沉，片刻工夫便到森林上方，身子一转便转进了林子里。大风挟石而来，入得林子里却被树木阻隔，不但山石纷纷掉落，就连风速也降了下来。

厉烈回头瞧见了，哈哈笑道：“英蓬，你就这点儿本事，还和我斗，完全不是我的对手啊！”

话音刚落厉烈就听耳畔一个冷冷的声音：“嘿嘿，我看未必。”

厉烈扭头一瞧，就见英蓬的身子飞在自己身侧，他正冷冷地看着自己。

厉烈再仔细一看，这英蓬只有一半身子，下半身倒像是化成了一阵风裹卷着地面上的树叶翻腾着前进。此时两人离得极近，英蓬可随时出手抢夺紫瞳，厉烈突然身子后翻，想要抓着树干逃走，就见英蓬手掌突然伸出，一下扯住了紫瞳肩膀，拉着她就往回扯。

厉烈大叫起来：“英蓬，看这个。”说着，厉烈手里甩出一个黑色的东西，那东西落到英蓬身上，变成了一只巨大的蜘蛛。蜘蛛嘴里吐出丝来，落在英蓬身上。英蓬呈人形的上半身转眼间就被蛛丝缠住了。

“嘿嘿，厉烈，这便是你的全部本事了吧！”英蓬说完这话，口中念动咒语，一股小旋风从地上钻了上来。这风挟带着干枯的树叶蹿到英蓬身上，转眼间风中的枯叶全都燃烧了起来，在英蓬身周形成了一道火流，瞬间便将蛛丝燃尽了，英蓬却是不伤分毫。火焰燃完蛛丝便烧到蜘蛛身上，蜘蛛怕火，便从嘴里吐出一缕丝到旁边的树木上，随即从英蓬身上离开。英蓬身上没了束缚，翻掌将火流收到掌心。这股小小的旋风带着火焰悬在英蓬的掌心，火焰虽由枯叶引燃，但过了这么久火苗并未熄灭，想来一定是英蓬的法术。

英蓬见蜘蛛想要逃走，伸手在火焰上弹了一下。那火焰便如同弹丸一般弹射出去，直落到蜘蛛爬动的蛛丝上，将蛛丝烧断，蜘蛛没了支撑一下落了下去。英蓬在火焰上又弹了一下，这一次火焰落到蜘蛛身上，转眼间变成了一个巨大的火球，将蜘蛛烧了起来。

厉烈早就趁这个机会逃远了。英蓬并不急追，只是冷笑了一下，五指成拳，将火焰握住了，接着又将五指猛地张开，那火焰便成了无数星火，射向四面八方。厉烈拼命挥动翅膀，就见前方的树木从根部开始蹿升出赤红的火焰，火焰从根到顶燃烧了整棵大树，这些燃烧的大树形成了一道火墙阻住了厉烈的去路。

厉烈见情势不好，侧身想走，却发现四周的树木都燃着了，燃着的树木在自己四周形成了一个圈，将自己包围了。厉烈振翅疾飞，想要从上面走，不料上方袭下了狂烈的风，未等他身子上行便将他吹了下去。好在厉烈双翅疾收，身子翻转才稳稳地站在了地上。

厉烈抬头朝四周看了看，他已经被火墙包围了。只是这些火焰有些奇怪，它们只在有限的树木上燃烧，并未烧向与它们相邻的树木。这些火焰在周围形成了火圈，每株树木上的火焰也是时强时弱，并非一直汹涌燃烧，这样看来是英蓬控制着火焰。

厉烈见火焰厉害，有心逃走，只是手里的紫瞳难办，他自己走脱是没有困难的，但想带紫瞳一起逃走就有些难处了。厉烈心里还没有主意，英蓬已从两棵燃着的大树之间走了出来，英蓬看着他道："怎么，厉烈，还不放手吗？"

厉烈咬了咬牙，低头看了看紫瞳，只见她面色惨白，双唇颤抖，显然心里已经恐惧至极。刚才这番由山崖之顶到林中火海的争斗，厉烈和英蓬两人都没有考虑到紫瞳的感受，这样上下翻飞，又是飞石又是火焰的，紫瞳何曾见过这样的场面，此刻虽然暂时没有了争斗，但紫瞳心中哪能平复得下来。

紫瞳感觉到了火光照到自己的脸上，火光带来的暖意让她紧张的神情稍稍平复下来。她抬头朝前看了看，就见先前在山岩上见过的那个瘦削男子就站在对面，看来他就是厉烈口中所说的英蓬了。

英蓬见厉烈不肯放手，开口道："厉烈，你抓这小姑娘做什么？"

"嘿嘿，英蓬，你这不是明知故问吗？我倒要问你，你抓这小姑娘做什么？"

英蓬摇了摇头："错了，都错了，我也错了，根本不是她，你还是将她放了吧！"

"少蒙我。"厉烈把紫瞳抓紧了，"狼群和你都认定了她，现在到了我手里倒成了抓错人了，你觉得我会信你吗？"

英蓬道："信不信由你，从冥界逃出来的另有其人。你要从这小姑娘身上找冥界入口只怕会白费工夫。"

紫瞳听到他们的话语，心里有些奇怪，原来他们认定自己是从冥界逃出来的人，这到底是怎么回事呢？

厉烈见英蓬挡在前面，并没有要离开的意思，他"嘿嘿"笑了一下，心里打定了主意，手上运了法术，这法术作用在紫瞳身上，转眼间紫瞳变成了一个一尺来高的小人儿。英蓬见了这变化皱了皱眉，他有法术，厉烈自然也有法术，只是厉烈的法术有些奇诡，英蓬却是弄不来的。

厉烈把紫瞳变小，伸手从身后拿了一个竹笼出来，他把竹笼打开将紫瞳扔进去。紫瞳在笼子里翻滚几下，弄得头昏脑涨的，抬头一瞧，见有一个身穿紫衣的女子正坐在笼子里面，不是佩音是谁？

第九章 风魔

大泽之中有异蛛，口吐白丝，硬如铁针，可碎木石。其好食鱼，常县丝而下，浮水渔猎，见鱼则哺，丝吐如箭，直入鱼身，兼之以毒，狼鱼亦可得之。其又攀木结网，张目含丝以待，常有飞鸟入之，为其所食。

——节选自《寺司百代·云林卷·风物篇》

紫瞳被厉烈抓在手里，正听着他和英蓬说话，没料到他手上使了法术，将自己变成了一个一尺来高的小人儿。紫瞳还是第一次见到厉烈用这法术，先前她曾见到厉烈身躯长大，没想到他还能把别人变小。

紫瞳震惊于此，尚未醒过神来，厉烈已从身后拿过一个竹笼，打开笼门将她放了进去。笼子被厉烈晃来晃去，感觉随时都可能被甩出去，紫瞳害怕，连忙伸手紧紧抓住笼子上的篾条，让自己在笼子里站稳了。

厉烈看见紫瞳在笼子里恐惧的样子，哈哈大笑起来，双手拿着笼子使劲儿摇了摇。紫瞳在里面抓持不住，一下被晃到了笼底，身子在笼底滚了几个来回，这时一只手突然抓住她的肩膀将她提了起来。紫瞳扭头一瞧，就见一个紫衣女子一手抓住篾条，一手稳住了自己，她定睛一看，不是佩音是谁。

紫瞳喜道："是你。"

佩音点了点头，面上并无表情，只是将紫瞳拉向自己，靠在竹笼的篾条上。紫瞳心里欢喜，正要开口说话，就见一只大手从笼口伸了进来，抓住佩音将她拿了出去。厉烈笑道："佩音，该出来玩一玩了。"

厉烈将佩音拿在掌心，口中念了咒，又在佩音身上吹了口气，接着将佩音放在地上，这时候就见佩音身子逐渐长大，转眼间佩音便长至本来身形了。英蓬见厉烈突然放了一个紫衣姑娘出来，不知道他要做什么，便将手招了招，四周树木上的火焰突然猛烈许多，将三人映照得分外清晰。

厉烈见状，知道英蓬不好对付，便笑着对佩音道："佩音，干完这一次，就给你自由。小心点儿，他可不好对付。"

佩音双手环抱胸前，看着厉烈道："每次都是这样说，这次不信你了。"

厉烈一愣，随即"嘿嘿"笑道："这次说话算话，绝无虚假。"

佩音看了看英蓬，知道这人不好对付，刚才她已经见识到了英蓬的厉害，厉烈都不是他的对手更何况自己，不过难得从笼子里出来，可要活动活动。佩音把手朝厉烈一伸，冷言道："把袋子还给我。"

厉烈闻言愣了一下，接着咬了咬牙，从身后又拿出一个灰布口袋，伸手就要递给佩音，手递到一半又缩了回来；他笑了一下，道："袋子是你的，里面的东西是我的。”说完就要解开袋子。

佩音猛地夺过袋子，冷言道：“哪里是你的，都是我的。”

厉烈见状大怒，伸手要夺，但想了想还是作罢，心中暗道：“待会儿再收拾你。”

英蓬见他俩终于把话说完，问佩音道：“你要和我打？”

佩音把口袋放到怀里，看着英蓬点了点头：“嗯，先说好，待会儿我喊停咱们就不打了，你可不要伤我。”

英蓬愣了一下，方要回话，佩音已如闪电一样冲了过来，就见她手中拿着一柄短剑直直地刺向自己。英蓬心里冷笑了一下，右手一招，半空中一股带着火焰的气流飞向了佩音。

佩音拿剑劈去，没想到火焰遇到剑刃便立即炸开，化成无数火星，佩音“哎哟”一声，伸手去挡，就感觉手掌上一阵灼痛，翻掌来看，只见手掌上起了一串水泡，都是被火星灼烧所致。

烫伤处只有灼痛感，并不怎么严重，英蓬这次只是给佩音一个小小的惩戒，并不打算伤害佩音。佩音皱了皱眉，把短剑收了起来，眉羽间有些黯然的样子，神情稍有松懈，右手突地扬起，从袖口射出一根细细的银丝。

银丝速度极快，英蓬没想到她又突然出手，身子一转，化成一道清风要走。银丝的一头似有什么东西，转眼间便到近前，化成清风的英蓬未及抽身就被银丝缠住了，佩音伸手一拉将英蓬拉倒在地。

英蓬没想到会发生这种事，他已化成清风，身子无形，一般的器物根本触碰不到他，但这银丝看似寻常，却将无形的他给缠住了。这突生的变故让他吃了一惊，他想不到这小姑娘手上会有这样的宝贝。

佩音看到银丝缠在英蓬脚上，心里也感到有些意外，她只知道这银丝是个好东西，没想到一出手就将英蓬制住了。她将手中的银丝往回收了收，开口道：“没想到把你制住了。”说完她拔出短剑就要走上前去。

英蓬见她走过来，皱了皱眉：“小姑娘，你只是缠住了我的脚，可我双手还能动，你不怕吗？”

佩音不回话，走到英蓬身前，把剑举了起来说道：“别忘了，咱们说好了，你可不能伤我哦！”

英蓬冷笑道：“我可没答应。”

佩音笑了一下不说话，把剑对准了英蓬的脑袋，挺剑就要刺下去。英蓬是谁啊，风魔，他的法术强横，怎么会让佩音为所欲为。

佩音发觉地面上突然起了一股旋风，这股旋风带着强大的力量直接拍在她的身上，让她的身子直接向后翻倒。佩音在地上翻了一下，短剑拄地，将自己身子稳住。

英蓬突然出手扯住银丝，用力回拉，将银丝抓到自己手里。英蓬只用了这么一点儿小手段就让佩音丢了法宝。

佩音见英蓬抓着银丝，心里气恼，脸上却是毫无表情，过了一会儿她走到英蓬面前把手一伸道：“还给我。”

英蓬看了看她，又看了看手中的银丝：“这样的宝贝你是从哪里得来的？”

英蓬自然知道这是个宝贝，他身子化为清风，已经是无质之体，寻常的刀剑伤不到他，普通的绳索也套不住他，可这根银丝刚刚就把他化为清风的双脚给缠住了，看起来这东西倒是他的克星。

佩音道：“你给不给我？”

英蓬望着佩音：“你要杀我，我怎么能还你。”

佩音闻言又要拔剑，后面厉烈看不下去了，展开翅膀疾飞过来，伸手就要抓英蓬，他可不会放过占便宜的机会。此时英蓬被银丝缠住了，身子已经不能化风，厉烈要趁此机会过来，只要他的手指触碰到英蓬的身体，以他的手段，就可以将英蓬变成一尺来高的小人儿，到时候这个小人儿还不任他揉捏。

厉烈心里打定了这主意过来，英蓬自然也明白他的意图。英蓬自己虽然也有极强的法术，但他也了解厉烈的手段，那般诡异的法术也不知道厉烈是如何习得的，如果被他变成一尺来高的小人儿，他这风魔的名头恐怕就要蒙羞了。

英蓬心里暗笑，五指虚招，翻腾的气流从他身上涌出，化成层层气浪扑在厉烈身上。厉烈猛烈挥动的双翅被气流所阻，身子就要后翻；厉烈大喝一声，身子突然长大，一下变得有一丈来高，他一下落在地上，身子稳如山岳，堆叠而来的气流如水浪拍岸一样，已无法撼动他。

英蓬见了，心里也是吃惊不小，这厉烈果然有些手段，不然的话也不会在林子里这么猖狂。

“厉烈，你果然有些手段，不过你却挡不住这个。”

英蓬朝厉烈喊了话，手上又虚指几下，原本层层堆叠而上的气浪转而在厉烈身上旋了起来，转眼间便成了一个向上抬升的气涡，巨大的上升力让厉烈身子就要离开地面。厉烈大喝一声，身子再次长大，这一次变得有三丈来高，便如同一个巨塔一样站在那里。

佩音看到这景象惊呆了，她曾见过厉烈身子变大，但像这么大的还是头一次见到。厉烈背上双翅展开，在火光下就像是两个大扇子，同时扇动起来产生翻腾的气流。翻腾的气流涌进下面的气涡里，将旋转的气流搅乱了，由气涡产生的升力也消散了。

厉烈哈哈一笑："英蓬，今天一定要把你关进我的笼子里。"说完这句，他便迈步走过来。他身子巨大，每一脚踏在地上都会发出巨大的声响，地面也跟着震动了。

紫瞳待在厉烈的笼子里，听到厉烈脚踏地面发出的声响，突然想起她和佩音分开的那个夜晚，在黑暗的树林里，她听到的巨大的声响便是这个，还有火堆旁留下的巨大脚印，看来都是厉烈留下的。

英蓬见厉烈走过来，"嘿嘿"一笑："厉烈，你有手段，可也不该小瞧了我，在这片森林里可没人敢小瞧我。"说完这话，英蓬伸指一弹，一股气流自他指间弹出，这气流如箭一样划过地面直直射向厉烈脚底。

厉烈身子巨大，转身不易，他看到这股气流一路过来将地面上的草叶全部斩断，直直地向自己脚底射来，他想要躲开已来不及。他就觉一股钻心的疼痛自脚底传来，让他难以忍受。他连忙扳起脚来看，英蓬又送出一股气流，厉烈单脚支地，身子又十分笨重，被气流轻轻一吹，重心不稳往后便倒。

厉烈"哎哟"一声重重地倒在地上，这一下使周围的地面产生更大的振动。佩音见厉烈四仰八叉地倒在那里，样子十分好笑，便转过身来对英蓬道："你把银丝还我，我帮你解开，不然你这样子早晚不是厉烈的对手。"

英蓬看了她一眼，低头看了看自己脚上的银丝，那银丝在自己双脚上绕了三匝，将自己捆得紧紧的，要寻找银丝上的线头却找不到，他仔细一看，见银丝上还穿了一个银质的怪兽脑袋。这个怪兽脑袋样子奇特，竟然是连他也没见过的奇兽，银丝自兽头的双眼中穿入穿出，又从嘴里吐出银丝，吐出的银丝就握在自己手里，自己握着的也是这缕银丝唯一的线头，也就是说这缕银丝只有一个线头。他用力挣了挣，兽头已将银丝锁定了，只能收紧，不能放松，看来要解开这个宝贝还真要靠佩音了。

厉烈从地上站了起来，身体变大后虽然力量强横许多，但动作迟缓，行动不够灵活，反而要受制于英蓬。他把身子缩回原样大小，从身后拿出一个笼子来。他随身带着好几个笼子，除了用来盛放抓来的人，剩下的都是他的“宝贝”。厉烈打开笼子，从里面抓出一只蜈蚣，他照先前那样施法，蜈蚣立即变得巨大起来。

厉烈把蜈蚣放到地上，蜈蚣便迈开千百条腿过来要咬英蓬。佩音伸手从英蓬手里夺过银丝，用手抓住丝线扯了两下，没想到银丝就从英蓬双脚上解开，一下回缩到佩音掌中。这个银丝像是活的一般，它自己回绕到佩音手腕上，唯一的线头收到银质兽首的嘴里，刚才细长的丝线变成短短的一个圈，套在佩音手腕上。佩音用衣袖遮住了手腕，对英蓬道：“好了，这下你可以把厉烈收拾了。”

英蓬看了佩音一眼，这小姑娘还真是奇怪，倒让他有些搞不懂。大蜈蚣刮擦着地面爬过来，嘴里发出“咔哧、咔哧”响声。英蓬从地上弹起来，双脚化成清风浮在半空。蜈蚣前身突然从地上立起，扑上前就要咬英蓬。英蓬伸手引入火流，直烧到蜈蚣身上。蜈蚣身上燃起火来还要往前冲，英蓬冲到蜈蚣身前，右臂化为无形，带着火流一下捅进蜈蚣嘴里。这一下蜈蚣嘴里燃起了熊熊火焰，整个脑袋看上去便如一个红灯笼一样。蜈蚣受不了疼痛，扭动着身子在地上翻滚起来，它身子巨大，撞到周围的树木上使无数燃着的树叶飘落下来。

过了一会儿蜈蚣渐渐没了声息，趴在地上不动了，想来是给烧死了。

蜈蚣巨大的尸体躺在林子中央，天空中还有些火星在飞散。英蓬将风都收了落到地上，开口道：“厉烈，我也不为难你，把那小姑娘还给我，放你走。”

厉烈没有说话，心里暗想，英蓬刚才就是在骗我，说小姑娘不是从冥界逃出来的，现在又想来抢夺，我看这小丫头明明就是从冥界出来的。想到这里，他摸了摸身后的竹笼，今天可要把这竹笼带走，嘿嘿，有了这丫头哪还用得着什么狼王。

厉烈心里已经想明白了，先想法子逃走，以后再找他算账。想到这儿，厉烈哈哈一笑：“英蓬，给你了。”说着拿过身后的竹笼直直地朝英蓬甩了过去。

英蓬知道厉烈又在耍花招，指间结出气流激射出去，将竹笼划破。竹笼被打烂，一只蜘蛛从里面掉了出来，这蜘蛛也被厉烈施了法术，瞬间长大，体长一丈有余，两边的脚伸长足有四丈长。蜘蛛刚落到地上，蛛丝便一根接一根朝英蓬射了过去，英蓬见蛛丝来得极快，便朝后闪开。蛛丝看似绵软，落到地上却是根根硬挺，如钢针一样，直刺入地里，这不像是一般的蛛丝，这蜘蛛看来也是一异种了。

英蓬哪里知道，厉烈因为身具变化的法门，平常在林子里遇到强敌，常能借助身旁草丛里的蛇虫来为自己助阵。厉烈有了这本事，林子里少有妖魔能敌他手段，凭了这份本事他在林子里横行无忌。虽然如此，他也知道这门鸠的森林藏龙卧虎，不世出的大妖魔多的是，万一哪天遇上了，就凭他随手抓来的蛇虫恐怕敌不过那些妖魔。为此，厉烈时常在山林里寻觅那些身有异能、爪尖齿利的怪异蛇虫，平时将它们放在自己随身携带的笼子里，临到战时再将它们放出来，以自己能大能小的变化之术配上它们本身的异能，它们就会成为极厉害的大虫。

这只蜘蛛乃是厉烈在极为荒凉的沼泽中找到的。厉烈见到它的时候，它正趴在一片树叶上，当时树叶正随水流浮动，这只蜘蛛趴在上面一动不动。厉烈开始还以为它和普通的蜘蛛没有什么区别，并没有把它收入笼中的打算，没想到这只蛛蛛就在厉烈的眼皮子底下，将一根极细的蛛丝射入水中。它射出的蛛丝入水不浮，极有韧性，冲破水流直入水底，这样的蛛丝厉烈还是第一次见到，他当时便好奇地蹲在岸上看这只蜘蛛。蛛丝射入水中后便绷紧了，水里好像有东西牵着蛛丝跑了起来，蜘蛛趴在树叶上，也被蛛丝牵着在水里动了起来。这蜘蛛力气挺大，被水里的东西拖着在水面上乱跑，蛛丝却被它慢慢收紧了，只一会儿工夫，一条小鱼就从水里露了出来，原来射入水中的蛛丝已将小鱼的身体打穿，任它如何挣扎都无法挣脱蛛丝。

小鱼身体有蜘蛛三四倍大，又是在水里，生死攸关之时必然是死力挣扎，但蜘蛛力气极大，竟慢慢收紧蛛丝，将小鱼逐渐拉近了。岸边有一株老树，长得极为茂盛，有些枝条都伸到了水面上。蜘蛛见小鱼已无法逃脱，便朝老树的枝条射了根蛛丝，这根蛛丝将老树的枝条直接打穿，随即便绷紧了，这根蛛丝的一端在树枝上固定住了，蜘蛛顺着这根蛛丝爬上去，将那条小鱼拉出了水面。厉烈抬头看了看，只见枝叶间有一张蛛网结在那里，想来定是这蜘蛛的巢穴。厉烈看过这一切，大喜过望，会捕鱼的蜘蛛他还是第一次见到，这样奇异的东西他怎么会放过，便用竹笼将这只蜘蛛捉了，一直带在身边。

这只蜘蛛吐丝极快，蛛丝又硬，射出去便如飞箭一般，而且蛛丝有毒，被蛛丝打中的东西往往会身体麻痹，不能动弹，所以厉烈给这只蜘蛛命名为箭毒蛛。他一直也没遇到什么厉害的对手，这只箭毒蛛带在身上也没有出场的机会，没想到今天倒派上用场了。

英蓬躲开箭毒蛛的蛛丝，想要再引火流灼烧蜘蛛，没想到箭毒蛛射出七八条蛛丝，也不知这些蛛丝力量有多大，但看见着了火的叶子飘落下来，林子里就像是下了火雨一样。英蓬虽然能通过风来控制火焰，但火焰灼烧的疼痛他也无法承受，看着那些火焰飘落下来，他只得掌间送出气旋，将那些火焰吹走。

厉烈见英蓬被拖住了，便要使法术逃走。他刚才已打定了主意逃走，放出箭毒蛛就是要拖住英蓬，给自己制造逃走的机会，此刻机会出现他怎么会错过。也未见他如何动作，身子竟然一下缩至一尺来高，便展开翅膀要飞走，却不料前面突然出现一个人，定睛一看正是佩音。

厉烈只注意看英蓬，却没想到佩音可一直观察着他，见他缩小了身子想要逃走，佩音一个箭步冲过来，伸手拿出了那个灰布口袋。厉烈看见灰布口袋，大叫不好，转身就要飞走，佩音将口袋当头罩下，厉烈被套了个正着。

厉烈惊恐道："佩音，你要做什么？"

话音未落，佩音已将口袋扎上，厉烈的声音再也听不见了。佩音嘴角微翘，拍了拍口袋便将它放入怀中。英蓬将身边落下的火焰弄开，便引了一道火流到蜘蛛身上，火流在蜘蛛身上流窜，但蜘蛛并没有一点儿痛苦的表现。

英蓬见了这情况，正感觉奇怪，蜘蛛原本规律运动的脚就突然乱了起来，身子也开始在地上乱转。英蓬见状，心里暗道难不成它现在才开始感受到了火烧的疼痛，只是比预想的要晚了不少时间。

蜘蛛此刻确是感受到了火烧的疼痛，身子在地上乱爬起来，它也不看周遭的形势，一路乱窜，竟爬到周围燃着的大树上，扳着枝干便爬了上去，树上燃着的枝叶被它晃动下来，满树的火焰飘飘荡荡。英蓬通过风流控制着火焰，只让周围这几棵大树燃烧，外面的树木仍是完好如初。蜘蛛爬上了这株大树，见外面一片漆黑又无火焰，早吐着丝蹿到别的树上去了，只过了一会儿就听不到它的动静了，想来是走远了。

英蓬驱走了箭毒蛛，回头一瞧，厉烈却不知道跑哪儿去了，没想到一不留神就让厉烈跑了。他见佩音还站在林子里，便走上前去，奇怪道："厉烈跑了，你怎么没走？"

佩音道："我和他又不是一伙的，我干吗要走。"

英蓬看了看佩音，右手一甩，平地升起一股旋风将佩音卷了起来，佩音翻身想要落下来，奈何她如何翻转也无法从旋风中摆脱出来，眼见就要落到火焰中，旋风突地撤去，佩音失去重心，跌落到地上。

佩音狼狈地站起来，心生怒火，回头狠狠地瞪着英蓬，刚才实在惊险，如果落到火焰中，佩音非被烧死不可。英蓬见佩音面有怒色，开口道："不要以为有几件法宝就可以放肆，这森林里有数不尽的神魔，有的是苦头让你吃。"

说完，英蓬甩了甩手，摇身一变化为清风窜到林子里去了，厉烈已经走了一会儿，如果再不去追就会让厉烈走掉。佩音见英蓬走掉了，紧张的心才放松下来，四周的树木还在燃烧，熊熊火光照得林子十分明亮。

佩音想了想，现在厉烈和紫瞳都在她的手里，听厉烈和英蓬的言语，好像紫瞳知晓冥界的入口在哪里，这可是意料之外的事情，她可得好好琢磨琢磨。不过不是在这里，她得赶快离开这个地方。如果紫瞳真的知晓冥界入口的话，那么会有多少人觊觎这个秘密呢，搞不好一会儿就会有人过来抢夺。

佩音朝四周看了看，她看到英蓬离开的方向，转身便朝相反的方向走了。树木上的火焰已经变小了，佩音要从两株漆黑的树木之间穿过去，就觉一股冷气扑面而来，这股冷气直入心髓，让她忍不住发抖。她向后连退几步，退回到先前站立的地方，四周火焰的热气都涌向这里，热气罩身，让她身子暖和起来。佩音抬头看着冷气袭来的地方，两株被烧黑的大树之间，白色的霜雾正从那里蔓延开来，地面上的草叶也结了一层白霜。

四周的火焰虽然已经变弱，但火焰产生的热气仍然十分强烈，就在这种情形之下，地面上的白霜一点点朝佩音侵袭过来。佩音把短剑拔了出来，秀眉微蹙，心中暗叫不妙，她想到了会有人来抢夺紫瞳，只是没有料到会来得如此之快。她捉了厉烈，骗走了英蓬，以为就此可以走掉，谁知又生出变故。

佩音全神戒备，把短剑握得死死的，这时就听见脚步声从两株大树之间传来，一个白色的人影从黑暗走进了火焰的光芒中。那人踏霜而来，双脚所过之处，地上全是冰屑。那些冰屑在四周火焰的炙烤下也没有融化的迹象。那人一步步走过来，冰屑被他踩得发出“咔嚓、咔嚓”的声响。

佩音眉毛皱了起来，想要逃走，双脚终是没有移动。她看了看那人，是一个面相清秀的男子，这男子一身白衣，又身处白霜之上，在四周红色的光芒中显得有些耀目。他那身白衣如同地上的白霜，红光之下白芒隐现，上面还绣着蓝色的花纹，腰间一条蓝色带子，金黄的丝线在上面绣了精致的图案。这人手里拿着一根三尺来长的白色棍子，以棍拄地缓步走进光亮之中。

佩音拿短剑斜指身前，看着那人不说话。那人对佩音笑了笑，伸出手来："拿来。"

"什么？"佩音闻言，心内暗惊，开口道，"你要什么？"

"你说什么！"那人将白色棍子在地上拄了一下质问道，"你捉了我的白豸别以为我不知道。再不还我，可有你的苦头吃。"

"什么白豸，我不知道。"佩音一脸无辜的样子，身子慢慢朝后退去。

那人向前一步，白杖拄地，佩音就听身后传来"嗤嗤"的声响，回头一瞧，就见地面上齐齐地插着一排冰锥，将她后退的路挡住了；她回过头来，就瞧见前面草皮翻动，一排冰锥从下面捅了出来，直直地插在那里，将她前进的去路也封死了。

佩音将短剑插在地上，生气道："你到底要怎样？"

"我说了，还我的白豸，不然的话，你今天休想从这里离开。"佩音咬了咬牙，伸手拿过短剑，狠力地朝面前的冰锥砍下去。她这柄短剑也是个宝贝，锋利异常，这一剑砍下去，虽有些吃力，但终将冰锥齐齐砍断。

那人愣了一下，扫了一眼佩音的短剑。见到这柄剑，那人心中奇怪，天下的名刀名剑，他也见过不少，这一柄却是从来没有见过，也没有听说过，他的冰锥坚硬异常，如果是以法力弄断倒不意外，但想要用刀剑砍断，寻常的刀剑无法做到。

佩音一剑下去将冰锥砍断，心中暗喜，接着就想越过冰锥，心里念头方动，就见砍断的冰锥突然长高尺许，又变成先前那样尖利，将她限制在这里。

那人看着佩音冷笑："接着砍吧，砍多少我都奉陪到底。"

佩音恼怒地瞪着那人，把短剑收了起来，气道："你到底要怎样？我没有见过什么白豸，更不会去拿你的东西。"

“哼哼，拿没拿一会儿就知道了，我有的是耐心在这儿等你。”

佩音无话可说，便坐在草地上看着那人，那人也看着她，两个人就这样在林子里耗上了。佩音隔着冰锥看那人站在那里一动不动，便想用手上的银丝套他。刚想到这里，就见身周的冰锥又从地里伸出了半尺，而且上面的锥尖儿都弯向内侧，对准了坐在内侧的佩音。

佩音身子向后挪了挪，就觉背上微有痛感，回头看了一眼，后面的冰锥已经抵上自己的背了。佩音连忙拿过短剑，在自己身周划了一圈，就听“乒乓”的一串响，那些冰锥全都被她砍断一截。佩音这一圈划过，短剑就要收手，没想到四周的冰锥又从地里长出了一尺，而且锥尖儿更加尖利。佩音不敢松懈，连忙拿剑又砍。像这样，砍了长，长了砍，佩音竟是不能停歇。

佩音手上动作不停，心里已将那人骂了十七八遍，这样一来，她根本没法静下心来想脱身之计，只能不断地挥砍，就这样被困在这里受那人摆布。佩音挥剑砍了一会儿，身上已经堆满了落下来的冰屑，那些冰屑带着刺骨的寒意，这寒意让佩音的身子不住地发抖。

身上的冰屑越来越多，佩音脸色发青，身子也有些僵硬，挥剑的速度已经不像先前那样快了。那人站在远处，看着佩音在冰锥后面忙活，面上毫无表情。

佩音觉得手中短剑越来越沉重，双臂也渐渐使不上力，她看了看短剑，就见剑体上已经结了厚厚的一层冰，只有剑刃处还露在外面。佩音把短剑收回来，拄在地上，双手握着剑柄大口哈着气，四周寒冷至极，她身子早就支撑不住了。

那人看着佩音颤抖着身子趴在那里，脸上一块青一块白，心内暗恼：这小丫头到此时还不肯说出实话，哼，看你支撑到几时。他心里这样想，念随心动，从地下捅出的冰锥上面的寒气更加浓烈了。

佩音感受到身周涌来的寒气，勉强撑起身子想要挥剑，这时，她就觉自己怀里突然涌出一股寒气，那股寒气贴着胸口窜进她的体内，几乎要将她的心冻住了。佩音心内暗惊，这到底是怎么回事，身体外面涌进的寒气已让她身体僵硬，自己体内的寒气又是怎么回事，难道，难道是那人的法术所致？佩音正在惊疑，脑中突然想到了什么，心里暗叫不好，是那东西被召唤了。

佩音心里想明白了，伸手到怀里，她的手已经被冻僵了，颤抖着摸出那个灰布口袋。口袋上寒气正向外涌动，竟然使佩音的手掌结了一层白霜。见她拿出了这个口袋，那人眉头一皱，随即嘴角抹过一丝笑意，拄着棍走上前来。佩音把袋子递过去，痛苦地看着那人，见那人缓步走上前来，握剑的右手暗暗使了劲儿。

那人走到冰锥外侧，伸过手来拿袋子，扯了一下没有扯动，他冷笑一下：“都这会儿了还不肯放手。”说完用力一扯。这时佩音右手握剑突地砍了过来，这是佩音的搏命一击，她用袋子把那人引诱过来，就是为了这拼尽全力的一击。她出手果断，又是出其不意，本当一击命中，只是手至半途，就见面前的冰锥势如疯长，锥尖儿全都齐齐对准了她的手臂，若不是她收手及时，那些锥尖儿非把她的手臂刺穿不可。

那人将灰布口袋扯走，看了看佩音僵在那里的手臂，笑了一下蹲下身来，伸手在佩音脸上拍了一下：“还不消停，你就在这儿待一会儿吧！”说完笑了笑，站起身来走开了。

佩音双眼都要喷出火来，恨恨地看着那人。那人拿着灰布口袋走到离佩音一丈远的地方，把那根白色棍子别在腰间，伸手解开袋子上的绳子。

袋口打开，里面冒出丝丝寒气，那人朝袋子里看了看，里面黑乎乎的，什么也看不见。那人一手抓住袋底，伸手往里面抓了一把，就感觉抓到一个冰冷又坚硬的物体。那人心中奇怪，将那东西拿了出来放在地上。

那人借着火光往下一看，就见一个尺来高的小人儿已经冻僵了，身子蜷成一团，缩在地上一动不动。见到这个小人儿他似乎颇感意外，他蹲下身子看了看小人儿。这小人儿自是厉烈无疑，他刚才着了佩音的道，被她捉进了口袋里，他在里面正恼火佩音的所作所为，就发觉身边一股寒气传来，让他身子一抖，他突然想起佩音这个口袋里装的东西，心里暗自叫苦。可是厉烈的身子被口袋束缚住了，他只觉四周黑咕隆咚，想要出去又找不到出口，只能在里面乱窜，令他没有想到的是，身侧的那股寒气越来越强烈，以致到了让他无法忍受的地步。直至那人打开口袋将厉烈倒出来，他已经冻僵了，身子已无法活动。

那人盯着厉烈看了一会儿，见他不是自己要找的东西，便伸手到袋子里又抓了一把，这一次他抓了几本书出来。那人心里奇怪，这丫头到底是做什么的，怎么这口袋里什么都有。这些书有些破旧，看样子年代久远，书脊上写了些奇怪的字，看上去像是编号。他打开看了看，里面大部分都是些图画，有点儿像地图，有的图画边上也会写有文字，不过这些书不是他要找的东西，那些文字写的什么他也没有细看。

他将书扔在地上，伸手又往袋子里抓，接连抓了五六次，每次都是书，他皱了皱眉，心里有些起疑，想了想又伸手往里面又抓了一把。这次抓到的东西有些硌手，感觉一片冰凉，那人心中一喜，将那东西拿了出来。

火光映照之下一个竹笼被他拿了出来，他朝笼子里一看，就见一只浑身长满白毛，有点儿像狐狸的异兽正趴在笼子里。异兽看见他立即从笼子里站了起来，靠着笼边朝他嚎叫。

第十章 白豸

冬宫背居山阴，冰峰四围，生类少近。宫后冰穴有异枝，日结一果，平明取之，夜复结之，食之甚甘，骞鹤以之熏酒。一日往食，其果失之，如是者三，骞鹤骇异，遂置熏果。平明往视，见一兽抱核酣睡穴侧，遂抓之弄之，以为玩乐。其兽勃然恼之，口射深寒，惊叱骞鹤。骞鹤进之以熏果，其又馁之，即俯首献媚，恬为玩宠矣。此即白豸也。

——节选自《寺司百代·云林卷·风物篇》

那人看见笼子里的异兽，脸上露出笑来，将袋子扔在地上，抱着笼子道：“宝贝儿，可找到你了，你跑哪儿去了。”他说着这话，脸上都是宠溺之色。

异兽趴在笼子里冲他叫。那人微微一笑：“知道了知道了，马上放你出来。”说完，他打开笼门。异兽一下从笼子里冲了出来，跳到他怀里。他一把抱住异兽，脸上全是笑意，没有一点儿刚才的冰冷之色。

那人抱着异兽走到佩音身前，佩音身子仍是僵在那里，四周的冰锥毫无退去的迹象。那人看着佩音僵直的身子笑道：“还说没捉我的白豸，那它怎么会在你的袋子里，不说实话，一点儿都不老实。”说完这话，他便伸手逗弄怀里的白豸。

白豸见了佩音，从那人怀里跳了出来，站在冰锥外两眼瞪着佩音，嘴里“嗷嗷”地叫着。佩音当然认得这只白豸，先前在苍穆老头儿的小屋里，在紫瞳的房间，她见到这只白豸，当时被它的寒气慑服，她便知道这只长满白毛的异兽世间罕有，她想据为己有，便用自己的口袋将这只异兽捉了。只是佩音没想到这只异兽的寒气实在厉害，透过袋子放出的寒气仍使人难以忍受。她那口布袋虽然是个宝贝，能限制袋中妖魔的法力，但白豸的寒气乃是自身所带，并非法力，因此口袋倒不能限制它。因为寒气逼人，开始时佩音只能用剑挑了拿着，并不敢放在怀里，直至后来，厉烈在树林里又将佩音捉住。厉烈给佩音做了个笼子，将白豸放了进去，白豸似是害怕厉烈的笼子，寒气便收了起来，如此这般，佩音才能将口袋又收在怀里。

白豸在佩音口袋里，这几天一直非常安分，寒气也没有再乱放，直到刚才，那人用冰锥困住了佩音，冰锥上散发的寒气似乎将白豸给唤醒了，受到寒气影响的白豸也不管不顾地乱放寒气，佩音受不住寒冷才将白豸交了出去。佩音虽然捉了白豸，不过她并不知道白豸的名字，直到刚才怀里寒气涌动，她才想到那人口中的白豸原来就是自己捉的这只异兽。

白豸冲着佩音叫着，叫声中充满怒气。那人抱起白豸，安抚道：“宝贝儿，别生气了，看我来给你出气好不好。”说完，那人冲白豸笑了笑，回头一瞪佩音，地上的草皮突然翻动，又有几根冰锥从下面捅了出来，这几根冰锥伸着尖利的尖儿，分别卡在佩音的腋下、喉部、背心，全是身上

要害部位。这样一来，就算是佩音身子不再僵硬，她也不敢乱动，只能这样一动不动地卡在那里

佩音见这情形，开口道："你这人毫无道理，我都将白豸还你了，你怎么还不放我。"

那人头也不回，只是伸手抚着白豸道："你关了我的宝贝儿，惹得它不开心，我也要困你几天，等我的宝贝儿开心了就会放了你。"

"你！"

佩音想要发火，但想了想那人的手段终是没有开口。

那人抱着白豸走到厉烈身前，见它蜷着身子团在那里，身子抖得厉害。那人刚刚找到了白豸，心情很好，便蹲下身来伸手在厉烈身上摸了一把。也不知他用了什么法术，手掌抚过，厉烈身上的寒气竟都被手掌吸走了。厉烈感觉身上寒意退去，手脚舒展了一下，还有些僵硬，不过已经不像先前那样无法伸展了。

那人站起来，扫了一眼地上的书，这些书都是那人从口袋里抓出来扔在地上的，此刻看见倒是不小的一堆。佩音的那个灰布口袋看起来不大，没想到里面可以放下这么多东西，不说这一堆书，就这只白豸也有三尺长，放进这个小口袋里竟然看不出来。无疑，这个口袋是一个宝贝。那人把口袋拿起来，仔细看了看，这只不过是用最普痛的布缝制的一个口袋，但看起来却像是一个无底洞，能放下无数的东西。

他在那里研究布袋，厉烈的身子这一会儿已经舒展开了。厉烈身子有了生气，便念动口诀，身子长大，恢复了原来的样子。那人就觉身侧突然出现一个人，扭头一瞧，厉烈已经伸手抓住了他的脚。那人暗叫不好，心念转动，刺骨的寒气自脚上传出，顺着厉烈手臂传遍他的身体。与此同时，

那人的身子突然缩小，一下变得只有一尺来高。

真是怪事迭起，刚才那人还在研究那个奇怪的布袋，此刻更奇怪的事却发生在他身上，他还从来没有遇到过这种事。他曾见到有些神魔能够运用法力将自己的身体变大或缩小，这倒并不奇怪，但他还是第一次见到有人能运用法力将别人的身体变大缩小的。

那人抬头看了看，就见厉烈身子僵直地躺在那里，身上早已结了一层白霜。厉烈伸着手握着那人，因那人身长已经不过一尺，他从容地从厉烈掌间走出来。看到厉烈这副样子，那人已经明白将自己变小的人就是眼前这个身体僵直的家伙。他不明白这家伙为何会突然朝自己出手，不过这家伙能有变化大小的神通，自然也绝非普通人物了。

他看着厉烈身子僵直，只有双眼还在缓缓转动，心想这人已被自己的冷气制住，他将我变小，我将他冻住，算是谁也没占到便宜。他在这里想，身后一个毛茸茸的脑袋抵在他身上。他回头一瞧，见白豸正拿自己脑袋抵着他的后背。他转过身去，抱住了白豸的脑袋，哈哈笑道："宝贝儿，现在抱不动你了，倒要你驮着我。"白豸围着他转了几圈，两只耳朵来回转动，眼睛里全是不解，看来它是搞不明白它的主人怎么会突然间变得这么小。

那人伸手在白豸身上拍了拍，让它安心，接着走到厉烈面前，伸脚在厉烈脸上踩了踩，厉烈的脸已经冻硬了，踩上去硬邦邦的。那人用力在上面跺了跺，"嘿嘿"笑道："你信不信，我可以将你冻成冰块，将你永远冻在这里，就算太阳出来你也不会化掉。"他这么说着，从嘴里哈了一口气到手里，他是用了法术的，那口气哈出来后便变成了冰块，被他拿在手里。

他将冰块在手里抛了几下，对厉烈道："做个交易，你把我变回去，我将你放了，怎么样？"说完这话，他看着厉烈，看他有什么反应。

厉烈刚才被他的冷气袭遍全身，身子便如同掉入冰窟，一下便僵住了。厉烈原本打算将这人变小，之后在这里他便没有了对手，任他为所欲为了，他没想到这人的身体能随意施放寒气，他们手脚相触的一刻，那人身子缩小，他自己的身子也被冻僵不能动了。此刻寒气侵袭着他的身体，冰冷已经让他无法忍受，那人提出了交易，厉烈满心想要答应，奈何身体僵住了，根本无法做出回应，他只能缓缓地动了动眼皮，算是同意了。

那人见厉烈眼皮动了动，便笑着从他脸上下来，站在厉烈眼前道："开始吧，让我见识见识你独一无二的法术。"厉烈用尽全力才将手指活动了一下，那人见他这样，伸手在他手上摸了一把。厉烈觉得自己手臂上的冷气都随那人的手掌走了，胳膊上的血脉开始流转起来，不过真是奇怪，自己身体仍然僵直，全无好转的迹象，只有胳膊上的冷气退去了。

厉烈动了一下胳膊，将手掌收回来，他看了那人一眼，心里犹豫了一下，但身上的寒冷让他难以忍受，他一把抓住那人，将自己法术使出。那人并未察觉出身体有什么不对劲儿，但看到眼前的厉烈和白豸身体逐渐缩小，他自己的身体变得高大起来，他晓得这厉烈使了法术将他的身体恢复了原样。

那人心里暗暗惊叹，他没想到厉烈会晓得这样奇特的法术，他可是第一次见到。看到厉烈的手还紧紧地抓着自己的脚，他摇了摇头，也使上了自己的法术，将厉烈身上的寒气都吸走了。厉烈发觉自己身上的寒气顺着手掌流到了那人体内，身上的血脉都开始流转了，他的身体不再僵硬，由寒冷带来的痛苦也都消散了。

那人的脚从厉烈掌中抽离，弯腰抱起了白豸。厉烈怕他再出手，在地上滚了一下，抓起地上那个布袋跳得远远地看着那人。那人见他抓了袋子在手里，便笑道："原来你是想抢这个布袋啊，这布袋又不是我的，你想要便拿去吧！”

厉烈看了他一眼，不敢置信地道：“你说真的？”

那人点了点头：“我可不喜欢别人的东西。”说完便低下头逗弄白豸。

厉烈皱了皱眉，看了他一眼，伸手指了指地上的书：“那些也是我的。”

那人扭头看了一眼书，开口道：“这些书可以给你，不过你要告诉我这是些什么东西。”

“那些书是我的！”

厉烈想了想刚要回话，就听身后一个声音传来，回头一瞧，就见身后火光大盛，两株即将熄掉火焰的大树突然爆燃起来，一个瘦削男子从两棵大树之间走出，厉烈看到他心里直叫苦，身子朝后退了几步，直退到那些书边上。

那人原本抱着白豸玩儿，见到这个瘦削男子便将白豸放到地上，看着他道：“还真是冤家路窄啊，想不到会在这里碰到你。”

“嘿嘿，冤家路窄。”瘦削男子冷笑着扫视着面前三人，伸出右手到空中，从燃着的树木上引下一道火流。火流跑到瘦削男子的掌心结成一个火球，瘦削男子冷笑道：“只怕你是为我而来吧！”说完，他手中火球抛出，顺手横拉，火球落到地上，在地上拉出一条火线，火线不断延长，最后形成一个火圈，将厉烈，佩音和那人围在中间。

“为你而来？”那人看着瘦削男子做这一切，面上并无表情，蹲下身子摸了摸白豸，抬头冷冷地看着瘦削男子，“只怕你还不够格。”说完，就见他右手疾扬，倏地放下，瘦削男子周围的地面突然翻开，一圈冰锥从地下钻出，锥尖儿尖利，全都指向瘦削男子。

“不够格？”

瘦削男子双眼怒睁，身上突地涌出几股旋风："那就要看看够不够了。"涌出来的几股旋风跑到那些冰锥上，就听"咔咔"几声响，所有的冰锥都碎掉了。

那人拍了拍白豸，让它从自己身边走开，接着站起身来看着瘦削男子："英蓬，今天可是你惹我的。"

瘦削男子自然是英蓬，他刚才离开这里去抓厉烈，离开佩音之后他便使用自身法术详察周围山林，他号为风魔，以身御风流转于山林中，自然洞悉周围山林中的一切。他在山林中转了半天并未发现厉烈，随即想到厉烈可能并未逃走，只是躲在了他眼皮子底下，让他疏忽了。想到这点，他便返回到这片林子，没曾想却遇到了这个怀抱白豸的人。英蓬和这人早就相识，见到他和厉烈站于一处，便想到他定是尾随自己而来，目的自然也是那个从冥界逃出来的小丫头。

"骞鹤，你今天定要与我争吗？"英蓬送了一道气旋出去，将四周树木上的火焰吹亮了起来。

那人道："何止是今天，你我不是一直在争吗？"这人就是英蓬口中的骞鹤，看来以英蓬的手段也未必是他的对手。

英蓬听他如此回答，便不再说话，身形化风，手中同时送出两股气流，直直地打向骞鹤。骞鹤的身子向后疾退，地上突有一面冰墙拔起，将两股气流阻挡，就听见"啪啪"两声响，冰墙上已经多了两个窟窿。两股气流洞穿冰墙而过，气势虽然减弱，仍在地上打了两个洞。

骞鹤身子刚刚稳住，就见四周的火苗晃动起来，地上的草叶全都向上摇摆。骞鹤抬头往上一看，就见一个气旋正在自己头顶生成，气旋中央产生的吸力将地上的枯叶都吸了上去。厉烈眼疾手快，见到周围异状，合身扑到那些书册上，将它们压得死死的。

气旋的吸力几乎全都落在骞鹤身上，眨眼间骞鹤便被吸了上去，他的身子如同一道白虹窜进了气旋里。接着上面气浪翻腾，夹杂着无数“咔嚓”的声响，犹如疾雷响彻夜空，连串的声响带来了无数气旋施放的冰凌，它们是绞碎的冰块，全都化成了漫天的雪，飘飘荡荡落下来。

气旋携带的气浪开始向四周鼓荡，无数夹杂着冰雪的小气旋从里面激射出来，打进四周的火焰里将火焰炸灭。这些气旋中的冰雪瞬间被火焰炽尽，散开的火焰重新聚拢起来，在尚未沾湿的树枝上燃烧起来。但满天冰旋飞射，新火未燃，旧火又熄，树木上的火焰在这场激斗中时燃时灭，弄得林子里明暗交错，光影斑斓。

上方气旋绞动，带着下面林子也凌乱起来。厉烈见英蓬与骞鹤在上面激战，便想乘此机会逃走，他将灰布口袋打开，抓了地上的书册就往口袋里装。厉烈将书册装完，拿了口袋就要走，看见佩音僵在那里，身上结了一层白霜，心里冷笑了一下，朝佩音走了过去。

厉烈本就不是什么好惹的家伙，刚才佩音为难他，现在他可要好好找回来。

他冲到佩音身前，看到无数的冰锥卡住了她的身子，“嘿嘿”笑道：“佩音，这下又要落到我手里了，咱们以后还是一起杀狼吧！”

佩音身子早已冻僵，先前被冰锥卡着不能动，周围的寒气不断侵袭，这会儿天上又落下无数冰屑，她现在头发、眉毛上积了一层薄冰，脸上肌肉也已僵硬，不过她的眼睛还看得见，耳朵还听得到。她见到了英蓬去而复回、厉烈抢夺书册、骞鹤与英蓬激战，而且她也明白厉烈现在要趁火打劫。

佩音看着厉烈站在冰锥外面，脸上一副阴险的表情，她想开口呵斥他，发紫的嘴唇颤抖了几下，却是一个字也说不出来。厉烈见她这样子便道：“看你这么痛苦，我就发发善心把你带走，哈哈，咱们一起回森林里去吧！”

刚说完，厉烈就听半空中气旋鼓荡之声传来，几根冰锥从里面激射而出，直直地朝厉烈打了下来。厉烈听到声音不对，身子后翻，出手疾抓，将射来的两根冰锥抓在手里，后面三根冰锥紧随而至，厉烈身上翅膀展开，直直地平飞出去，三根冰锥直射入地里，在地上打出三个洞。

厉烈握着两根冰锥朝上面看了看，生气地将冰锥掰断扔在地上，嘴里气哼哼地骂了句，抓着布袋转身要走。头顶上突然风涌气荡，一股气流从气旋里射出，打到四周燃烧的树木上，引着火流朝厉烈射来。厉烈见状转身就跑。他跑得飞快，身上又有双翅，在林地上几个腾闪便躲过了身后的火流。

半空中突又放出一个气涡，气涡带着周围的气流快速旋转，产生了一股极强的吸力。厉烈感觉手上着力，一股力量拽着手里的布袋向后猛扯，他停住身子，两只手紧紧抓住布袋往自己怀里拽。

气涡产生的吸力不断增强，定要将这布袋抢夺回去。布袋里的书册是厉烈冒了天大的风险从穆老头儿的小屋里抢出来的，他怎么肯轻易放手。强大的吸力拖动着厉烈的身子向前滑动，转眼间气涡已笼罩厉烈全身，风的力量突然磅礴起来，将厉烈整个身子卷了上去，裹着他蹿进了上面的大气旋中。

厉烈的进入让原本就鼓荡的气旋剧烈晃动起来，乱冲的气流带着枯枝败叶朝四周放射着，有些被绞碎的冰锥从气旋里放出来，将四周的树枝打断。

气旋不住的晃动，加上四周火焰时大时小，林子里气流时冷时热，终是传来“咔啦啦”的一串响声，气旋仿佛一下炸开了，骞鹤从里面倒飞出来。旋转的枯叶散开，英蓬和厉烈正拉扯着那个布袋，二人互不相让。骞鹤落到地上，看着他们两个扯那布袋，便“嘿嘿”一笑：“原来是好东西，我来给你们分一下。”说完手上射出一枚冰锥，直直地打向布袋。

厉烈和英蓬见他要毁了这个布袋同时上举，避过冰锥，还要再争，骞鹤已伸手一把扯住了布袋，笑道：“这是什么宝贝，我来看看。”

此时三人都扯住了布袋，而布袋的真正主人佩音却被冻在那里一动不动。英蓬看了厉烈和骞鹤一眼，开口道：“厉烈，你好大胆子，竟敢去闯我的山洞。”

“这些书册本来就是我的，我只不过是把我自己的东西拿回来。”厉烈咬牙嘿笑着道。

“这些书都是穆老头儿的，你也好意思说是你的。”英蓬怒道。

“你既然这样说了，这些书册也不是你的。你来抢什么？”厉烈质问他。

“我洞里的东西就是我的。你从我洞里抢出去，我当然要抢回来。”英蓬把布袋往回扯了一下。

“你们都不要抢，这布袋本来是我从小姑娘那里拿来的，我们把布袋还给她。”骞鹤也扯着布袋说道。

“不行！”英蓬和厉烈异口同声地说道。

“布袋是她的，可里面的东西是我的，我得把我的东西拿回来。”英蓬道。

“英蓬，你最近没有回你的洞府吧，嘿嘿，我还要告诉你一件事，不止是你那些从穆老头儿那儿抢来的书没了，你的洞府都被人一把火给烧了。”厉烈得意道。

“什么！？”英蓬怒道，“谁干的？”

厉烈朝佩音努了努嘴，阴笑道：“就是她了，不然的话这些书怎么会跑进了她的袋子里。”

英蓬闻言，心里大怒，身上荡出一股气流，半空中结了旋直直地朝佩音打了过去。骞鹤冷笑一声，身上也荡出一圈白光，凝成了冰锥扎进了气旋里。两股力量相交，发出尖利的响声，冰锥被气旋绞碎，气旋也被打散，变成了一团冲荡的气流，这些气流落到佩音身周的冰锥上，将那些冰锥震裂、打烂，使佩音的身子脱离了限制。可佩音被冻得太久了，身子竟然僵在那里，一时半会儿动不了。

英蓬发了那个气旋，心中怒火已消了一半，再看到厉烈那副嘴脸，想到佩音和厉烈在一起，佩音要做什么事，多半也是厉烈怂恿的，心里怒火又起，想要放出气旋打他，就觉布袋上传来一股冰冷的寒气。寒气沿着布传到他手上，直往他身体里窜。英蓬扭头看骞鹤，见他面上似有笑意，心里不禁暗骂，再看厉烈，早已冻得龇牙咧嘴。

英蓬撤手后撤，同时掌中送出一个气涡，气涡产生的吸力紧紧拉住布袋一角。如此一来，骞鹤的寒气便无法伤到英蓬，但厉烈可没有这份本事，寒气已窜遍他全身，给他带来了刺骨的寒冷。

骞鹤看到厉烈这样，他摇了摇头，朝厉烈吐了口气，气流落到厉烈身上，厉烈竟然不住地抖了起来。这股气流带着冰冷的寒气，直入厉烈体内，由内而外的将他冰冻住了。

“倒！”

骞鹤喊了这一声，厉烈的身子竟然直直地朝后倒去，双手仍是保持着抓持的样子，他已经冻得僵直了。

现在能和骞鹤抢布袋的人便只有英蓬了。英蓬站在远处，手掌牵引着气涡，气涡中心的吸力不断增强，要将布袋吸走。骞鹤有些抓不住布袋了。

两个人相持了片刻，英蓬立身处的地面突然翻开，成排的冰锥从地下钻出，贴着英蓬的脚面卡上它们的尖儿，前面一排冰锥卡完，后面一排冰锥再次钻出，逐次向上，直至卡到英蓬的膝盖处。眼看英蓬全身都要被冰锥卡住，英蓬下身一下化为无形，成了一股飘荡的清风，清风旋起成涡，极强的绞力将四周的冰锥全部绞断。不止如此，旋起的气涡笼罩了英蓬全身，他整个人都化成了旋起的涡流，涡流旋转产生的吸力可比先前那个小涡强多了，骞鹤抓不住袋子，只得放手。

眼看袋子就要被气涡吸进去，英蓬的手掌从涡中伸出来要抓袋子，却见白光闪现，两枚冰锥直射过来，锥尖儿直刺他掌心。英蓬连忙撒手，后面却又有无数冰锥射来，他身子化成的气涡旋了上去，停到半空中现出身形来。布袋失了吸力落到地上。骞鹤冲上前去要捡布袋，半空中数道气流打了下来，将骞鹤前冲之势止住。

眼见不能得手，骞鹤双手轮番上指，一根接一根的冰锥直直地朝英蓬射去。英蓬也不示弱，双手下击，无数气流激射出去。气流与冰锥在空中相击，冰锥变成冰屑朝四周迸射，气流化成疾风在林子里鼓荡，铺天盖地的穿刺之气向下飞射，排山倒海般的尖锐冰锥迎势上击，两股力量相遇，全都变成了满天的风雪，这片林子被卷进了风雪飘摇之中。

树木上的火焰在这样的风雪里时明时灭，光影纷乱之中谁也看不见谁。厉烈被骞鹤那口寒气冻住了，过了好一会儿身子才缓过来。他看着满天的风雪，心里惊骇万分，看到骞鹤和英蓬正自争斗，便想乘此机会逃走，突又想到布袋从英蓬手里掉到了地上，转身要去拿布袋，抬头一瞧就见佩音正从地上拿起那个布袋。

原来佩音身子周围的冰锥刚才被打烂了，但她身子在冰锥里待得太久了，身子给僵住了，现在才缓过来。她身子不能动，但发生的事情却看在眼里，待她身子缓过来便抢先去抢布袋。厉烈见她拿布袋，心里怒火突生，一下冲过去，伸手扯住布袋，冲佩音吼道：“放开。”

佩音见厉烈突然出现，怒道：“这是我的！”

“什么你的我的，连你都是我的。”厉烈扯了一把布袋，伸手就要去抓佩音。

佩音连忙撒手，她知道厉烈的手段，她可不想再回到那个小笼子里去。厉烈想顺势再把佩音收了，没想到佩音反应极快，让她躲开了。现在英蓬和骞鹤正在激战，厉烈不敢在此停留，抓了布袋就要走。他伸展双翅，就要从火光里冲出去，抬眼一瞧，看到外面景象大吃一惊，身子又倒了回来。佩音见状，朝火光外面看了看，只看了一眼，心内就暗叫不好，只见外面林子里，无数双蓝色的幽光正在逼近，她在林子里待得久了，自然知道这是什么，是狼群，是成群的森林屠杀者。

两个人都退回到火光里。骞鹤和英蓬还在激战，飞射的碎冰和气流在他们身侧激射，两个人避过这些危险的东西，眼睛盯着狼群，看着这些凶残的家伙不断逼近。

以前见到狼群他们会兴奋得不得了，可今天他们心中暗生恐惧。厉烈向来是见狼就杀的人，杀狼可是他寻找冥界入口的一种方式，他的双手沾满了狼血，任何一只狼见到他，眼中都会生出怒火，并把森白的牙齿和尖利的爪子亮出来，疯狂地扑向他，它们想要把那些嗜血的尖牙插进厉烈的身体。

厉烈会让狼群愤怒，而狼群会让厉烈兴奋，厉烈看到狼血就像是看到了冥界之门，但今天厉烈最不想见到的就是狼群。狼群不会无缘无故来到这里，它们显然也不是冲厉烈来的。如果它们是冲着厉烈来的话，厉烈一定会知晓的。因为狼群不像以前那样，以前他们见到厉烈都会兴奋地嚎叫，可这次不是了。它们悄然地接近，有序地实施包围，连每一次落爪都悄然无声，它们显然是有组织地进行这次包围行动，而且这次行动不容有失。它们的目的很明确——剿杀，要把目标直接杀死在这里。

厉烈想到了笼子里的紫瞳，她现在可是整个森林的目标。不只是这些争斗在一起的神魔，更有这无数的恶狼，他们可不会放过紫瞳。厉烈今天不想和狼群纠缠，他只想把紫瞳带走，把她抓到一个没人知道的地方，他要好好审问审问她。另外，冥界之门的消息不能让别人知道。现在狼群出现了，厉烈想神不知鬼不觉地把紫瞳带走是不可能了。他看着四周的狼群不断向这里逼近，心里已经明白，这些家伙的目标是自己手里的紫瞳。

蓝色的幽光已经在火焰的光亮中显现出来，一颗颗硕大的狼头从树木间的空隙里露出来。这些都被英蓬和骞鹤看到了。他们停止了打斗，定身在林子里看着周围的狼群。

英蓬皱了皱眉，在这些恶狼身上扫了一眼。这些恶狼比之前见过的要壮硕许多，而且纪律性更强，虽然不是从森林的最深处冲出来的，但狼群就是狼群，是这个森林里最不能忽视的力量。英蓬知道狼群为何而来，今晚他已经和它们遭遇过一次了，那一次他带走了紫瞳。虽然英蓬曾对紫瞳的身份产生怀疑，但狼群如此紧追不放，英蓬心中的疑虑已经打消，今天他一定要把紫瞳带走。林子里的狼群挤进了火圈，白森森的牙齿看起来有些耀眼，今晚林子里又要有一场厮杀了。

“厉烈，把她交给我吧，凭你是带不走的。”英蓬看着厉烈说道。

“嘿嘿，你还不知道吧，我最喜欢杀狼了，就凭这些狼可挡不住我。”厉烈朝后退了一步，看着英蓬说。

“狼群是挡不住你。”英蓬叹了一声，“可是还有我啊！”

“你？！”

厉烈恼怒地看了英蓬一眼，伸手就要摸身后的竹笼，心里一想，又把手止住了，警觉地防备着英蓬。

骞鹤看了他们两个一眼，伸手朝树上招呼了一下，白豸从树上跳下来，跑到他身前。骞鹤抱起白豸，在它头上抚了抚。刚才英蓬和骞鹤大战，弄得林子里冰锥四处飞射，白豸极有灵性，便自个儿跑到树上躲了起来。骞鹤摸了摸白豸的头，抬头看着厉烈和英蓬，开口道：“原来林子里的传闻是真的，有人从冥界逃了出来，而且看来，你们之中有人得手了。”

英蓬看了骞鹤一眼，不说话；厉烈双手一摊，“嘿嘿”笑道：“怎么可能，我的本事你见识过了，哪轮得到我！”

骞鹤在他们两个身上扫了一眼，又看了看站在后面的佩音，心道不会是这丫头吧，想了一下，开口道：“狼群都过来了，看来过一会儿一切都会明了。”

“那人在他身上。”佩音突然开口，指着厉烈道，“那人就在他身后的竹笼里。”

骞鹤闻言，看了看厉烈的身后，那里的确挂了几个竹笼，有几个竹笼被厉烈垂下的翅膀挡住了，看不清里面装了什么，不过佩音既然这样说了，再想到英蓬刚才的话，这事多半是真的。

佩音可不想紫瞳被厉烈带走，她也不想在场的任何一人将紫瞳带走，不过把骞鹤引到这场争斗里来，把这事情搞乱，以她的本事才可以在这场争斗里浑水摸鱼。

骞鹤抱着白豸走到厉烈身后。厉烈迅速走开，站到英蓬、骞鹤两人之侧，瞪眼道："做什么？"

骞鹤摸着白豸的头，开口道："何必惊慌，我倒有个提议，不如你把那人拿出来，放在这里。咱们几个比比本事，谁的本事大谁就把他带走怎么样？"

厉烈把布袋系在腰间，往后退了几步，扭头朝四周看了看："你好像还没有搞清楚现在的状况。现在最大的敌人是狼群。咱们是不是应该先打发了它们再说？"

骞鹤朝周围看了看，狼群已经虎视眈眈，这些凶恶的家伙已经将骞鹤四人团团围住。它们目光凶恶，长牙外露，但悄无声息。在火圈外面，更多的蓝色幽光在运动着。它们正将外围的树林层层包围，它们要确保这次的围剿万无一失。

"这可有些麻烦。"英蓬看着狼群说道，"这些狼只怕有上万只，而且还在不断增加，对付它们可没这么简单。"

"英蓬，你不是善于玩火吗？对付它们就看你的了。"骞鹤道。

英蓬摇了摇头："你没看到吗？它们不怕火，它们是门鸠的狼群，冥界之门的守护者，凡火奈何不了它们。"

"是吗？据我所知，你的火可不一般呢，狼群还是挺怕的。"骞鹤看着英蓬说道。

英蓬没有说话，伸手从树上引下一道火流，火焰在他的掌中燃烧，他看了看四周的狼群，伸手弹指，一道极细的火线射了出去。他这道火线又快又准，直打在一只恶狼的两眼之间，瞬间在那里隐没了。恶狼一下跳了起来，嘴里发出惨痛的嚎叫。狼群原本悄无声息，只是无声地对英蓬他们实施包围；这狼叫声突然传来，外围所有运动的蓝色幽光全都停止了，似乎所有恶狼都停下脚步竖着耳朵听这边的动静。

那只恶狼跳到林子中央，身子翻腾着，四只爪子在地上胡乱地抓，嘴里的叫声响彻山林。恶狼在地上蹦跶几下，接着两眼翻白趴在地上不动了。四周的恶狼见此情景，眼中的怒火更盛，全都齐刷刷地看着英蓬，不过它们没有叫。过了片刻，后面的狼群又动了起来，死掉的恶狼空出的位置已经有恶狼补上了。

骞鹤看着那只恶狼的尸体啧啧叹了声："了不得，了不得，你这火焰实在奇特，狼尸上一点儿伤也看不出来，难道都打进了恶狼体内？"

英蓬伸手又招下一道火流，将火焰托于掌上道："我这火焰不同于天火、地火、凡物自生之火，乃是风火。"说着他两手将火焰合抱，接着分开，竟在自己面前拉出一道火线，然后双手一合，又将火焰合于一处，又成了托于掌上的一个火团。

"我号为风魔自然可以掌控周围的气流，我通过掌控气流来掌控火焰，刚才那道火焰已随我的气流打入恶狼体内，我那道气流在它五脏六腑内乱窜，火焰自然也在里面烧了一遍，这恶狼外面看不出什么伤来，可里面都已经被烤熟了，不死如何。"

"妙啊，妙啊，只是不知道你这气流如何打入恶狼体内的呢？"骞鹤好奇道。

"哼哼，这就是我的法术要诀了，别人可不能知道。"英蓬笑了一下，手里的火焰突然朝骞鹤打了过去。

第十一章　御力

世之有力，万物之序。度其所由，盖自阴阳。阴阳之宗，万物之生。万物不一，乃各有差。物之不同，相之不衡。何以持之，唯有力生。力之所至，两物持衡。两物既衡，万物亦衡。万物协衡，阴阳互生。阴阳不竭，力亦无终。

——节选自《寺司百代·云林卷·风物篇》

英蓬将手里的火焰突然甩出，直直地朝骞鹤打去，骞鹤并不惊慌，单手上扬，在自己面前形成了一道冰墙，火焰撞上冰墙瞬间炸开，星火朝周围扩散。

厉烈正站在旁边看两人相斗，不防备火星射来。他刚才听了英蓬的话，知道这火焰厉害，又不敢用手去碰，慌乱之中一下趴在地上。英蓬见他这样哈哈笑了起来。

厉烈大怒，站起来吼道：“笑什么！”

骞鹤突然开口道：“英蓬，你也看看我的手段。”说着，他手上凝成了一个冰锥，只见他翻手一甩，直直地朝一只恶狼射了过去。他这根冰锥尖利至极，速度又快，恶狼根本无法躲开，只见这根冰锥直接从恶狼的颈下打进去，从它后背打出，去势不减，又从后面一只恶狼的身体里穿过，这还不算完，又打在第三只恶狼腹部，直插在那里。前面两只恶狼身上都留下两个窟窿，鲜血早已迸射出来，第三只恶狼的鲜血也顺着冰锥往下流淌。

骞鹤出手突然，冰锥去势迅疾，三只恶狼转眼间变成了尸体，不止如此，三只恶狼的尸体上瞬间结了一层白霜，尸体也变得硬邦邦的。这一次，其他的恶狼没有再停歇，而是很有序地由后面的恶狼递补上来，继续组成一个完整的包围圈。看到这景象，英蓬和骞鹤都皱了皱眉，狼群不愧为森林里最强大的群体，在这种情况下它们竟然还能压制住群体的怒火，继续有组织地进行包围。如果是这样子，那么可以想象得到，当狼群的包围圈完成的时候，压在它们心头的怒火得以施放，它们饥渴已久的獠牙会毫不留情的撕开英蓬和骞鹤的身体，他们的血会流进恶狼的喉咙，用来浇灭恶狼心中的怒火。

狼群就是这样的，它们是纪律性极强的群体，没有进攻的号令它们绝不移动分毫，即使死再多同伴也无法让它们改变既定的战略。但当进攻的号角响起，它们会比任何一个嗜血的恶魔都要疯狂。

看到狼群这样的表现，英蓬和骞鹤都皱了皱眉，只有厉烈见到狼群遭殃哈哈大笑，完全没意识到狼群的怨恨。站在后面的佩音看到这景象心内也是骇然，她跟随厉烈杀过无数的狼，身上也积聚了恶狼的仇恨，狼群如果报复起来，她可没有厉烈那份本事。而且在这种情况下，她还要把布袋夺回来，把紫瞳救下来，对她来说真是难上加难。

她在这里暗自思量，狼群已经发生了变动，外围运动的恶狼逐渐停了下来，近处的恶狼把包围圈逐渐缩小。这些恶狼都挪着爪子把身子向前挤，把四人的活动区域逐渐缩小。佩音朝前走了几步，离英蓬近了些，把短剑紧紧抓在手里。

四人都看到了狼群的变化，不约而同地往一起靠了靠。骞鹤将白豸放到地上，手上凝出一根冰锥，看着四周的狼群皱了皱眉。白豸显然也注意了周围的狼群，伸着爪子挠了挠头，接着四腿绷直，扭头朝四周看了看，双眼似睁似闭，张嘴欲叫，却是没出声响，只是朝天哈了口气。

这一下可不得了，白豸身周的草地瞬间结了一层白霜，冰冷的霜冻沿着地面向四周蔓延，离得最近的狼瞬间被冻住了。这些恶狼身上结出了白霜，直直地僵在那里，一动不动了。后面的狼离得过近，有些也受了波及，身子被冻住了。

“哎哟，宝贝儿，你可不能生气，它们可受不了。”骞鹤心疼地抱起白豸，“你还是老实在我怀里待着吧，好了宝贝儿，别生气了。”

骞鹤摸着白豸的头，好好安抚了一下，扭头一瞧，只见英蓬、厉烈、佩音三人也都僵在了那里，身上结了一层厚厚的白霜。骞鹤忍不住笑了一下，拍了拍白豸的头：“看看，都是你闯的祸。”骞鹤说完，便想要伸手给他们解开，突又想了想，诡异地笑了一下，走到厉烈身边，看了看他身后。

厉烈身后果然挂着五个竹笼，骞鹤看了看，有三个空了，还有两个被他的翅膀挡住了。骞鹤拨开一个翅膀，看见下面的竹笼里关着一个小人儿，这小人儿有一尺来高，蜷在笼子的一角，她身上穿了一身水绿衣衫，上面也结了一层白霜，看来也是冻僵了。骞鹤伸手将笼子摘下来，看着里面的小人儿轻笑道：“看来这个就是从冥界逃出来的人了。”说完，把笼子给了白豸。

骞鹤从厉烈身后摘下笼子，又把笼子扔给白豸，这些狼群全都看在眼里。当紫瞳从它们眼前出现，它们压制的怒火终于得以施放，就听远处的林子里传来一声尖利的狼叫。骞鹤一愣，回头一瞧，就见一只壮硕的恶狼从狼群里跃了出来，张牙舞爪地朝他扑来。骞鹤单手抱住白豸，另一只手推出，尖利的冰锥射了出去。

狼群的攻击开始了。骞鹤转到佩音三人身侧，使出法术，三人身上的霜冻瞬间解了，与此同时，无数的恶狼从后面扑了上来。厉烈身子得了自由，就要飞过来抢竹笼，一只恶狼已经从后面扑住了他的脚。厉烈向来是不怕狼的，他最喜欢狼血了，这只恶狼惹上了他，他体内的暴虐本性就暴露出来了，他转过身去一拳打在了狼头上。他本来打算先把竹笼抢回来，可一想狼群现在是冲着竹笼来的，谁拿着竹笼谁就成了狼群的攻击目标，倒不如先让骞鹤拿着竹笼，等有机会再抢回来。心里打定了主意，厉烈便释放双手，要在林子里开一场屠杀盛宴，他一脚踏住地上的恶狼，伸手抓过狼腿，用力一扯，便将恶狼的一条腿整个扯了下来。此时林子里狼声鼎沸，这只恶狼痛苦的惨嚎声被四周的声响淹没了。

厉烈把手里的狼腿扔了出去，接着大笑起来：“哈哈哈，不长眼的东西，你们的对手在这儿呢！”说完，他双翅疾展，身子一下飞了起来，看准狼群聚积的地方落了下去。他两只手掌如同铁爪一般在狼群中屠杀起来。

此时，林子里的恶狼一波接一波地涌过来，外围还有更多的恶狼向这里冲。骞鹤手里握着一根冰锥，将正面扑来的一只恶狼的身体刺穿，接着反手将恶狼尸体甩脱，迅疾地射出冰锥，将正要扑上来的另一只恶狼钉在地上。现在恶狼如潮水一样向他扑来，它们全都是冲着那个竹笼来的。他打死一只狼，后面就会有无数只恶狼扑上来。

这就是狼群的恐怖之处。为了守卫冥界之门，它们是不畏死的，即使这林子成了尸山血海，最后一只恶狼也会毫不犹豫地冲上来。因为这个，这林子里的人都不愿去招惹门鸠的狼群，当然厉烈除外。

林子里不乏法术高深的神魔，以他们的能力对付狼群是没有任何问题的，但即便如此，如无必要，那些神魔也不会主动去招惹狼群。在满月之夜，当门鸠的狼群出来巡游的时候，大多数的神魔都会选择回避，尽量不去招惹它们，而且几千年来，这已经成了一个不成文的规矩。只有那些初入森林，或是对狼群有特别仇恨的人才会选择在月圆之夜出来。

神魔回避狼群，现在看来似乎有些不可思议，但任何一件看似奇怪的事情都有其必然性。那些大神大魔对狼群退避三舍，是因为几千年来的经验教训告诉他们，任何人惹了门鸠的狼群都会付出血的代价，即使神魔也不例外。

现在狼群已经认定紫瞳就是那个从冥界逃出来的人，它们必须要将紫瞳杀掉，因为职责所在。守卫冥界之门是它们的立身之本，如果无法做到这一点，那么它们就没有存在的意义了。

恶狼接连不断地扑向骞鹤，骞鹤手中的冰锥也是一根接一根地射出去。他面前已经堆积了无数的狼尸，但后面的恶狼仍踏着同伴的尸体冲上来，许多恶狼就在他手边被冰锥刺穿，由于距离过近，飞溅的狼血落到他身上，原本白色的衣衫已经血迹斑斑。英蓬和佩音的情况也差不多，英蓬一手送风，一手送火，风火相济将扑上来的恶狼一一灼杀。佩音就没有这么从容了，她只能用短剑砍杀扑上来的恶狼，之前和厉烈在一起时她都是仗着自己身子灵活，击杀恶狼都是突然出手，杀完即走，像现在这样和狼群打阵地战还是头一次。随着恶狼的进击，她不断地后退，已经退到了英蓬身边。

四人深陷于狼群的包围之中，外围的恶狼仍像潮水一样向这里涌来，看这情形短时间内无法击退狼群。骞鹤伸手从一只恶狼体内拔出冰锥，看了看四周的情势，弯腰把白豸放了下去。白豸懂了他的意思，撒开四爪跑了出去，它身子灵活，身材又比恶狼矮小，四只爪子在地上抓了几下，便从恶狼肚子底下钻了出去。恶狼仍在向里冲击，并没有太在意白豸，待看到白豸嘴里叼着那只竹笼，所有恶狼便都转了方向去攻击白豸。白豸已带着竹笼冲到一棵大树边上，抓着树干就往上爬，只爬了几下，就听见上面树叶“哗啦啦”响，一个硕大的狼头从树丛里探了出来，紧接着巨大的狼身扒着树干就向下爬。

终于出现了，这些会爬树的狼，它们是从更深的森林里冲出来的，它们赶到外围森林就是为了参加这场千年难遇的屠杀盛宴，也不知道它们是什么时候躲到树上去的，看到白豸想抱着树干往上爬，便一只只的都冲了下来。壮硕的狼身倒挂在树干上，四只爪子上的爪尖儿紧扣着树干，如利刃一样刺进树干，将狼身固定住。恶狼倒扒着树干向下爬，嘴里的白牙指向白豸，不止如此，下面的狼也扒着树干想要爬上来，这样一来，白豸便被上下两股恶狼困在了树上，好在下面的恶狼爪尖儿不够长，并不能爬地太高，身子也不能在树身上待得太久，不然的话，这柔弱的白豸早已成了恶狼口中之食。

白豸扒着树干，两眼圆睁，凶恶地盯着上面的恶狼。那只恶狼完全不把它放在眼里，身子快速向下爬。门鸠的狼群果然厉害，这只从森林深处跑出的恶狼牙尖嘴利，靠着又长又利的爪尖儿固定着身子，在树干上也是爬行如飞。眼见恶狼就要扑到白豸身上，就见白豸嘴里突然哈出一口白气，这白气沿着树干蹿上去，直至将上面的树叶也结了霜冻。那只原本向下疾冲的恶狼一下被冻僵在树干上，身上也是一层厚厚的白霜，露着白牙的嘴巴还怒张着，却已经合不上了。白豸哈了这一口气，将上面的枝叶都冻住了，可也苦了待在笼子里的紫瞳，冰冷的寒气全都从她的笼子里经过，让她原本就已冻僵的身子彻底僵直了。这次与刚才不同，刚才她受了寒气只是身体僵硬，这次，寒气透过她的肌肤直入肺腑，几乎将她血液也凝固了，况且她已进入昏迷状态，如果不立即施救只怕有性命之忧。

白豸只想着把竹笼带出去，它可不管紫瞳的死活，此时上面那只恶狼已被冻僵，已没有什么可以阻止它上行。白豸叼着竹笼就往上冲，眼看就要冲进树丛里，一个人突然从旁边蹿出，伸手夺下了竹笼。白豸不防备，让人偷袭得手，慌忙吐出的寒气在树上结成了冰块，扭头一瞧就见厉烈正倒飞出去，手里死死地抓着那个竹笼。

厉烈在狼群中欢畅厮杀，心思一刻也没有离开过骞鹤手里的竹笼，他瞅见白豸叼了竹笼钻到狼肚子下面，便想到骞鹤想把竹笼弄走，心里就怒火突生：奶奶的，老子忙活了一晚上，还能让你浑水摸鱼了不成。他压制住心中怒火，杀了手边几只恶狼，摸到那棵树边上，并未立即出手。白豸身具寒气，而且它身上的寒气比骞鹤还要厉害，这一点厉烈刚才已经领教过了，他见白豸放出一股寒气将上面那只恶狼冻住，便料想白豸体内寒气短时间内无法聚集，大着胆子赌了一把，舍命从白豸嘴里抢下那个竹笼。

他拿着竹笼在空中飞，想直接从上面飞走，这时就听“哗啦”一声响，一只恶狼从树丛里跳了出来。这只狼身躯庞大、爪子尖利，肯定是从更深的密林里出来的。它在树丛里躲了许久，看到竹笼要被厉烈带走，直接扑了出来。它后肢粗壮有力，这一下跳跃竟有两丈远，在空中直接砸在厉烈身上。厉烈被这只恶狼扑住，身子便要往下坠，他身后两个翅膀极力扑打，勉强将身子稳在空中。恶狼扒住厉烈双肩，张嘴就往厉烈喉咙上咬；厉烈一只手拿着竹笼，单手卡住恶狼上腭。恶狼拼了命想要将上、下腭打开，可厉烈的手掌像铁钳一样将它的嘴卡得死死的。厉烈发了狠，张嘴朝着恶狼的喉咙咬了下去。

厉烈是个嗜血的恶魔，他对狼群有特殊的仇恨，每次见到狼群他都会变得疯狂起来，但今天为了抢夺紫瞳，他一直隐忍着。不过厉烈的喉咙也很久没有品尝冰冷的狼血了，当成群的狼出现在眼前，森白的长牙在他面前晃悠，恶狼尖利的爪尖儿抠进他的肩膀，直入心髓的疼痛让他心里的欲念彻底疯狂了。不管了，不顾了，他现在只想好好大杀一场，要在这里杀一个昏天黑地。他的牙咬破了恶狼的喉管，冰冷的狼血灌进了他的喉咙，这给他带来无尽的畅快。

佩音抬头看了一眼，她看到厉烈咬住了狼脖子，正在大口大口地畅饮，身后两个翅膀上下扑腾着。佩音皱了皱眉，她跟着厉烈有一段时间，看到厉烈这样的状态，她知道厉烈已经疯狂了。她不关心厉烈的死活，她关心的是紫瞳。刚才紫瞳被白豸哈了一口气，已是生死难料，现在落到疯狂的厉烈手中，只怕凶多吉少。佩音有心要把紫瞳抢回来，但她被狼群缠住，脱不开身，就算是能杀出去，她也不是厉烈的对手，现在她只能干着急。

厉烈正在欢快畅饮，就见树丛里一个白影跳了过来，是那个失了竹笼的白豸。厉烈抓住狼头，将恶狼从自己身上扯了下来，看准白豸将狼尸直接砸了过去。厉烈这一下扔得极准，白豸跳到半空便被狼尸砸了下去；厉烈使得力量极大，白豸没能逃开，被狼尸压着掉到了地上。

狼尸巨大，白豸半截身子被狼尸压住了，爬不出来。厉烈在空中见了这景象，哈哈一笑，收了翅膀落到狼群里抓住恶狼就杀。现在狼群已经激起了他的杀念，他非要杀个痛快不可。虽然此时紫瞳已经被他抓在手里，他也不想着走了，先杀狼再说。

白豸被狼尸压住了，两只前爪扒着地面想要爬出来，狼尸沉重，它的两只小爪子根本使不上力。周围的恶狼瞧见了，争先恐后地扑上来。这种情形白豸还是第一次遇到，无数恶狼亮着白牙扑上来想要分食它，这些家伙们都瞪着血红的眼睛，身上还带着同类的鲜血，那种凶神恶煞的形象一下把白豸吓住了。由身体里的恐惧鼓动起来的寒气急不可耐地被施放出来，以狼尸为圆心，周围两丈之内的恶狼全部被冻僵。一瞬之间，那些愤怒着疾驰的恶狼都僵在了当地，长牙还外露着，只是上、下腭已经合不上了。

骞鹤见了这边景象，“哎哟”一声叫道：“宝贝儿，别怕，我来了。”说完，身周凝出五根冰锥，如利箭一般直直地朝白豸射了过去。五根冰锥开路，挡道的恶狼全部毙命，骞鹤紧随其后杀了进去。他看到白豸被压在狼尸下面，身体在瑟瑟发抖，看样子十分虚弱。骞鹤一手将狼尸抬了起来，另一只手将白豸抱出。白豸身子抖得厉害，嘴巴虚张着一口一口地哈着气。骞鹤将它搂得紧紧的，不住地抚摸它：“别急宝贝儿，有我呢，你可不能乱生气，这些畜生可不配受你这寒气。”

白豸似乎不再恐惧，把头蜷在骞鹤怀里，接着便不动了。骞鹤把白豸安抚好，回头怒视着厉烈，那个惹到了他的宝贝儿还兀自不知的家伙。四周的恶狼已踏着冻僵的狼尸扑过来，骞鹤单手结冰化锥，以锥为剑洞穿了一只恶狼胸膛，随即将冰锥投出，击杀了后面一只恶狼，一锥掷出，一锥又生，骞鹤手上不断结锥，凭此杀了出去。他虽然不断击杀恶狼，但两眼始终盯着厉烈，身子慢慢地朝厉烈移了过去。

厉烈还自顾自地在狼群里大肆屠杀，他不知道，他招惹的愤怒复仇之火已经熊熊燃烧起来，他已经引火烧身了。骞鹤丢掉手上的狼尸，掌间结出一根冰锥，看准了厉烈就要掷出去，这时就听见林子里传来一声巨大的熊吼。这声吼叫把狼叫声都压了下去。林子里恶狼的叫声稍顿，接着便又嚎叫起来。这时树丛传来“咔嚓”一声响，一个巨熊扒树而出。英蓬见了巨熊，冷笑一声：“熊泰，现在才来吗？”

原来自前半夜英蓬劫走了紫瞳，那些追剿厉烈的恶狼也随着紫瞳离开了。熊泰脱离了狼群的包围，可他怎么能甘心呢！他费了许多力气才把紫瞳从黑甲手里抢回来，倒让英蓬趁火打劫，他不甘心，便带着巨熊在森林里寻找英蓬的下落。可英蓬来无影去无踪，熊泰根本找不到他的踪迹，好在狼群的能耐要比他大得多，当这里的狼叫声响彻了整个森林，熊泰便知道这里发生了什么。

熊泰看见英蓬便心头火起，怒骂道：“英蓬，你把那小姑娘还给我，她是我先找到的。”

英蓬道：“她现在可不在我手上。”

“在哪儿？”熊泰道。

英蓬抓过身边的一只恶狼，扣住喉咙朝厉烈砸了过去：“在他手上，看你有没有本事去抢了。”

“那就是我的了，你可不要再插手。”

熊泰吼了这一句，骑着巨熊从树上跳了下来。巨熊一下落在恶狼身上，立时便有三只恶狼毙命。熊泰从熊背上跳起来，举棒朝厉烈砸了下去。

厉烈杀掉手里的恶狼，不防备一个大棒打在背上，回头一瞧，就见一个手扛大棒的小矮子在恶狼背上来回跳跃。他心头火起，双翅展开，身子疾掠过去便要抓熊泰。熊泰刚才偷袭得手接着便闪开了，没想到厉烈会疾飞过来，拿起手里的木棒照厉烈的脑袋一下子打了下去。厉烈迅速出手，单手抓住木棒，身子突地朝空中蹿去；他想把木棒从熊泰手中抢走，没想到熊泰紧抓木棒不放手。厉烈大叫一声，身后的翅膀不住地扑打，带着身子向上飞，把熊泰带到离地有六尺高的地方。

英蓬已经升起了一个气涡，强劲的吸力突地从气涡中心涌出，这股吸力直指厉烈手里的竹笼。厉烈正全力对付熊泰，就感觉拿着竹笼的手掌突地抓空，竹笼已经被英蓬吸走了。

竹笼在半空中疾速飞行，眼看就要被吸到气涡中，没想到平地冰起，破土而出的冰锥直插入气涡中。冰锥卡入气涡，旋转的气流被搅乱，迅速消散，气涡便即化为无形了。

竹笼没了吸力便掉在地上。四周的狼群全都疯了，这是它们离冥界囚徒最近的一次。紫瞳，这个可怜的丫头，至入夜以来，她一直深陷囹圄，又被这些森林中的妖魔争来夺去。他们为什么要争抢她？她自己完全搞不清楚。

紫瞳刚才受了寒冷之气的侵袭，又被厉烈在手里晃荡了半天，现在是死是活都不知道了，就算她还活着，在几十只恶狼的围攻下，她也必死无疑。毕竟，狼群和英蓬他们不同，狼群的职责便是不让任何一个人从冥界逃出来，它们只想让紫瞳死在这里；英蓬他们想要知道冥界入口的确切位置，他们要让紫瞳活着。

眼见紫瞳就要被它们撕碎，火光下银光闪动，极细的银丝贴地而来，尾端的兽头扣住竹笼，银光再闪，银丝带着竹笼回缩，从一个挨一个的狼腹下收回去。

恶狼的爪子在草地上乱抓，露着白牙的脑袋在下面乱拱，无数的恶狼挤成一团。银丝带着竹笼贴着地面快速移动，四周锋利的牙刀往往离竹笼只有寸许的距离，只要竹笼的移动速度稍有迟滞，紫瞳便会香消玉殒。

佩音抓着银丝用力回扯，将竹笼抓在手里。她看了一眼笼子，紫瞳身子僵直，直挺挺地躺在里面。佩音晃了晃竹笼，紫瞳一点儿反应都没有。佩音皱了皱眉，伸手想把竹笼打开，三只恶狼已经扑了过来。佩音短剑刺出，将一只恶狼杀死，另两只恶狼已经扑到她身上，将她扑倒在地，一只咬她喉咙，另一只咬她手里的竹笼。佩音手里短剑不及回抽，眼见长牙及喉，就听耳畔风响，两根冰锥破土而出，从她脑袋两侧扎向恶狼，紧接着狼血迸射，浇了佩音满脸。

佩音拨开狼尸，回头就见熊泰要扳开她的手掌抢夺竹笼，她拿起短剑就要砍，熊泰见了一下坐倒在地，拿起木棒就打。佩音抢回竹笼转身就走，却正撞见两只恶狼朝她扑来。佩音用嘴咬住竹笼，一手执剑，一手射出银丝，银丝射出，将两只恶狼捆一起，佩音手起剑落，将两只恶狼的身体洞穿。

这时就听上面“哗啦啦”地响，只见四周燃烧的叶子纷纷脱落，这些带着火焰的叶子急速涌向这片空地的中央。在那里，英蓬正翻动手掌，将这些树叶融为一团，转眼间一个巨大的火球已经形成。英蓬双掌轻推，火球成龙，带着浑身的火焰窜了出去。火龙贴着地面疾扫，所过之处草木焦枯，恶狼毙命。

狼群不怕树上燃烧的火焰，可它们怕这些带着风的火焰。这些风火是英蓬独有的法术，以风动火，火中生风，风火相济，遍烧林中生灵。火龙烧死了几十只恶狼，死掉的恶狼在林子里堆起了巨大的尸堆，但后面的狼群仍然朝前涌，攀着尸体翻进来接着撕咬。火龙在狼群里转了一圈，火势转弱，速度也慢了下来。英蓬看到这情形，便运起法术，从周围的树木上吸了无数燃着的树叶，将它们融成团，双掌送出，那条火势转弱的火龙顿时爆燃起来，带着熊熊火焰在林子里乱窜。火龙在林子里肆虐了半天，再度转弱，这次火龙的持续时间比上一次要短，而且火焰也衰弱得十分厉害。

英蓬再度吸来树叶，在掌中结成火团，这一个火团小了许多，火势也不如前两个那样猛烈，由它燃起的火龙只支撑了片刻便即弱了下来。英蓬没有再次运起火团，他只是运起风来带动火龙不断灼杀恶狼，直至火龙的火焰熄灭。火龙消散，刚才窜逃到外围的恶狼又杀了回来。英蓬运不起火龙，只能以风刀击杀恶狼。

佩音被狼群围住了，手中短剑不断刺出，将恶狼一一击杀。狼血溅到她的身上、脸上，使她的容貌都无法分辨。佩音手上乏力，运剑已不像先前那样迅速，短剑刚把身前的恶狼刺死，身后又一只恶狼扑上。佩音回剑不及，想要扭身躲过，便觉腿上乏力，身子一下摔倒在地；恶狼扑在她身上，两只前爪扣住她的肩膀，张嘴就要咬下去。

一根冰锥从后面透胸而过，将恶狼击杀。骞鹤抱着白豸杀进来，将扑上来的两只恶狼杀死，看了一眼被狼尸压在下面的佩音。佩音没有法术，刚才对恶狼一番击杀，身上力气早已用尽，此刻只能任狼尸压着自己，连爬出来的力气也没有了。骞鹤看着她笑道："小姑娘，你都成这样了，还不赶快把笼子给我，不然这些狼会把你吃了的。"

佩音脸上都是血污，她伸手将脸上的狼血抹掉，睁眼看了下骞鹤，将手里的竹笼扔给他，有气无力地道：“先救她。”

骞鹤抓过竹笼，看了看紫瞳，见她面上毫无血色，身子早已僵直，看上去已毫无生气。骞鹤知道白豸吐出的寒气十分厉害，紫瞳受了那一下，只怕是凶多吉少。他把白豸放到脚边，将紫瞳从竹笼里拿出来，将她放在耳边听了听，不觉眉头一皱，心里暗叫不好，正要动用法术，就见三只恶狼跳过来，张嘴就要咬他。骞鹤手上结出三根冰锥，翻手掷出，将三狼射翻在地。

前面三只恶狼毙在当地，后面的恶狼还要前冲，趁这个空当，骞鹤左手运行法术，将紫瞳身上寒气吸走。此时佩音已从狼尸下面钻出，骞鹤离她极近，便将紫瞳交到她手里，开口道：“好好暖暖她，看她能不能活过来。”说完，双手各结出两根冰锥插进扑来的恶狼体内。

佩音听了他的言语，心里莫名地害怕起来，连忙将紫瞳捧在手心里，不断对着她哈气。周围的恶狼想要冲上来撕咬，骞鹤手上不断结出冰锥站在佩音身侧守住了。紫瞳所在的地方就是狼群全力冲击的方向。此刻佩音将紫瞳捧在手心，外面的恶狼瞧见了便疯狂地向里冲。骞鹤手速极快，勉强顶住了恶狼的冲击。他顶得住恶狼的攻击，却无力去阻止其他人的进攻了。熊泰踩着狼尸跳进来，挥棒就要打佩音，骞鹤抓住他的木棒向外扯，厉烈又从空中飞了下来。骞鹤被熊泰分了这一下神，一只恶狼已经扑向佩音。厉烈疾飞下来压在狼身上，一手疾抓，深抠进恶狼体内，伤口处鲜血四溅，弄得厉烈和佩音身上到处都是。

厉烈击毙了恶狼，伸手就要抓佩音。佩音回头瞪视着厉烈，哽咽道：“她都要死了！”

厉烈愣了一下，随即怒道：“管她死活做什么，死了好，大家都抢不到。”说完伸手就要来抓佩音。

骞鹤把熊泰扔进狼堆里，猛地回手抓住厉烈肩膀。厉烈回头瞧见是骞鹤，吓得脸都变了色，转身要抓骞鹤。骞鹤知道厉烈的法术全凭这双手，如果被他抓倒，自己只怕会变得如紫瞳一样矮小，便不等他伸出手来，身上寒气顺着手掌涌进厉烈体内。这股寒气自骞鹤体内生出，涌进厉烈体内，眨眼间将厉烈身子冻得僵硬。骞鹤给了厉烈这一下，后背却被扑上来的恶狼咬住，恶狼拖着他就往外拉。骞鹤身上涌出寒气，瞬间将恶狼冻住，回身结出几根冰锥，将后面要扑上来的恶狼射退。

厉烈身子已被冻僵，直直地立在那里一动不动。

佩音还在不断地对着紫瞳哈气，抬头瞅见厉烈腰间的布袋，便伸手从厉烈腰间摘下布袋放到自己怀里。这一切做好，她又瞧见厉烈脖子上挂的白色手骨，心中转了几个念头，伸手抓了手骨便要扯，没想到手骨上串的绳子十分结实，一下没能扯下来。佩音没敢再硬扯，便回来继续捧着紫瞳哈气。

紫瞳身上的寒气已被骞鹤吸走，身子已经不再僵硬，只是身上没有一点儿生气。佩音见她这样子，心里暗自焦急。她和紫瞳曾相处过一天，知道这小姑娘心地纯真，毫无城府，这种人在这片森林实在是少见。佩音在心底里对紫瞳十分喜爱，现在紫瞳身上又有了关于冥界入口的线索，虽然还不了解到底是怎么回事，不过佩音可不想她出什么事。

佩音见紫瞳还没有醒转的迹象，对骞鹤道：“你快看看，她还能不能活。”

骞鹤杀退一只恶狼，回过身来，见厉烈还僵在那里，便一脚将他踹进了狼堆。周围的恶狼一下子扑了上去。厉烈是狼群的敌人，是门鸠的狼群最恨的人，他以屠杀狼群为乐趣，可从未想过自己会成为恶狼的美食。他现在已经被冻僵，那些燃烧着仇恨之火的恶狼会把他撕碎的。

无数恶狼的利牙就要穿进厉烈体内，这时就听远处的林子里突然响起了一个洪亮的叫声，叫声传过来，所有恶狼的动作都停止了。骞鹤、英蓬、熊泰也都停了下来，抬头望着远处黑漆漆的森林。

林子里一下子静了下来，所有生灵都竖起耳朵，想要确认那个声音，但那声音响过一次之后便再也没有了。骞鹤皱着眉望了望远方，心里嘀咕了一下："难道是听错了。"

当骞鹤和英蓬都开始怀疑自己听错了的时候，远方的林子里突然传来几声喇呜的叫声。

"喇……呜……喇……呜……"

是喇呜，这些让人恶心的家伙也来到了这里。听到这几声叫，英蓬和骞鹤都松了口气，狼群似乎也松了口气，全都嚎叫起来，刚收起来的爪牙又放了出来，带着血渍开始扑咬。

林子里的屠杀要继续了，可是狼群和英蓬他们心存的侥幸毕竟不是侥幸，今夜注定会有更厉害的神魔来到。

不一会儿，远处又传来一声洪亮的叫声，这一次声音比上一次还要响，整个林子都被这声音震颤了。恶狼们直起了脖子，扭着头盯着远处黑漆漆的森林，森林里又没了声响，变得十分寂静。

不，还有一个声音从远处传来。

"咩……昂……咩……昂……"

第十二章　金羊魔神

蹇鹤，人族，冬宫之下神，受命入林，斥察神魔，协衡四时。值鬼门之变，魔府二君之争，其意鸠林之乱，天衡必动，此夺经定纬之时，宜有为，遂以下神行冬宫金牌事。

——节选自《寺司百代·云林卷·神魔列传》

洪亮的叫声从远处传来，这一次不是喇呜的叫声，是一个有些奇怪的声音，一个在森林里很少听到的声音。

狼群停下动作，全都伸着脖子，扭着头看着远处黑漆漆的森林。英蓬和蹇鹤不觉皱起了眉头，那个声音他们以前就听到过，他们当然知道那代表了什么，看今晚这情形，想要从容地把紫瞳带走是不可能了。

“咩……昂……”

叫声再度传来，这一次比上一次还要响，距离也越来越近了。狼群不再安静，全都行动起来，它们一个接一个紧挨着，在火圈内形成一个包围圈，将佩音他们紧紧看住。火圈外的恶狼也掉转了身子，它们紧密相挨，狼头一致朝外，警觉地等待着那个家伙的到来。

英蓬见到狼群这样，转身走到骞鹤身边，看到佩音仍捧着紫瞳不断哈气，扭头对骞鹤道："还有救吗？"

"怎么？你想先走。"骞鹤道。

"我只是不想碰到他。"英蓬看了看远处的森林。

"你想走便走，不过这小姑娘你可不能带走。"骞鹤看了他一眼，冷笑一声。

英蓬看了看紫瞳，心里暗想：自己想带着这小姑娘走实在是不容易，别说有骞鹤在这儿，就是许多恶狼也会死死纠缠住自己，狼群围堵这里，明显是冲着这小姑娘来的，她如果不是从冥界逃出来的，死了也就死了，她若果真是从冥界逃出来的，以她的本事，绝不会这么轻易死掉，现在，许多人都盯上了这个地方，唯今之计也只好先守在这里，等机会抢夺了。

英蓬心里想明白了，便走到佩音身前，探头看了看她手里的小姑娘。佩音把紫瞳捧在手心，警觉地看了英蓬一眼。英蓬见紫瞳面上仍然毫无血色，看上去生死未知，便伸手引下一道火流，在地上结了个圈，对佩音道："先救她吧，待会儿这里只怕要乱套。"说完站起身来朝后面看了看。

内圈的狼群盯着他们，外圈的狼群已经开始移动，在火焰的光亮可以照到的地方，狼群正在朝两边退开。骞鹤朝远处看了看，火光照耀的地方出现了四个黑色的身影，狼群围在它们身边。伴随着那四个家伙不断向前，在它们前面的狼群逐渐散开，散到两边，愤怒地盯着它们。恶狼们显然愤怒至极，它们的喉咙压抑着低沉的怒吼，白森森的长牙上还滴着敌人的鲜血，尖利的爪子正在地上不断地抠挖。它们在隐忍，隐忍着这些家伙身后的那股力量。

骞鹤看着四个黑色的身影在火光里跳跃，它们边跳还边叫着，嘴里“喇呜”的叫声越过狼群传到这里。火光照耀在它们身上，从这里已经可以看清它们身上黑色的皮毛。骞鹤当然认得它们，它们就是最喜欢死尸的喇呜。

四只喇呜朝前跳行，不断吼退试图阻挡它们前行的恶狼。熊泰跳进内圈，见佩音正在对紫瞳施救，英蓬和骞鹤都站在那里看着远处不说话。熊泰顺着他们的方向望过去，四只喇呜正不断驱赶前面的恶狼，他朝地上吐了一口痰：“奶奶的，到底把他引来了。”

恶狼对喇呜极尽忍让，只是四只喇呜实在嚣张至极，有些恶狼退得慢了脑袋上便会留下喇呜的爪痕。恶狼不害怕这些喇呜，它们畏惧的是喇呜引来的苦主。被这些喇呜驱赶，恶狼自然是心不甘情不愿，有几只恶狼忍不住伸着爪子要挠喇呜，吓得喇呜朝后跳开了。

这时，林子里突然传来一串笛声，笛声枯哑，贴着地面传过来，所有脚掌立于地面上的生灵都听到了这声音，他们的脑袋都“嗡”的一声响，接着身子不自禁地颤抖起来。狼群似乎也受了惊扰，离喇呜较近的几只都惊嚎起来，就听见“咔啦”一声响，几只恶狼前面的地面突然裂开，一只黑色的手掌从下面探了出来。

手掌扒着地面，五根黑色的手指抠进土里，手指上的骨节一个个突出来，黑色的皮肤被绷紧的肉筋拱了起来。这个手掌显然使出了极大的力量，凭着手掌的支撑，一个黑色的牛头从裂缝里钻了出来。

紧接着，另一只手掌扒住了地面，两只手掌一齐使力，巨大的身躯从裂缝里爬出来，双脚在地面上一踏，整个身子便如一座小山立在林子里。骞鹤抬头，就看到一个牛头怪物站在四只喇呜身前，伸出胳膊在前面一甩，便将三只恶狼扫倒，接着便迈步向前，两只胳膊轮番甩出，只要恶狼后退稍有迟疑，便会被它抓住扔出去。

熊泰没见过这东西，看见它赶着狼群往这边冲，惊骇地望着英蓬："这，这是什么东西？"

英蓬看了一眼牛头怪，手上送出一股气流，将牛头怪附近的树木催燃了，突然燃起的树木带来了明亮的火焰，火焰的光芒将牛头怪照得分外清晰。英蓬又看了一眼牛头怪，对熊泰道："将尸！"

将尸？熊泰看了一眼牛头怪，他还是第一次听说将尸这种东西。明亮的火光落到牛头怪身上，熊泰借着火光把将尸仔细看了看。这家伙虽然长着一个牛头，却不是牛身，它那身子像人一样，有双手双脚，但又与人身不同，双腿粗短，胳膊奇长，站直身子，双手几乎可以触到地面。此外，它身上长满了厚厚的毛发，这些毛发盖在身上，将下面结实的肌肉给盖住了。

牛头怪身子有一丈来高，两条胳膊少说也有七八尺长。这胳膊长得十分粗壮，甩到恶狼身上，便砸倒一片。恶狼对后面那股力量怀有恐惧，不敢前冲，但总有几只恶狼压不住心中的怒火，怒嚎着扑上去。这些愤怒的恶狼有些被牛头怪扫开，有些扑到牛头怪身上，将尖利的长牙咬进它的身体里。牛头怪双手卡住恶狼的身子，将它们从身体里拔出来，使劲儿把它扔进狼群里。恶狼身子巨大，牛头怪的力气也不小，被扔出的恶狼就像巨石一样，把下面的恶狼砸倒了一片。

牛头怪身上的恶狼被拔下来后，它身上的伤口并没有愈合，伤口就那样张开着，空洞洞、黑漆漆，而且奇怪的是，伤口处一滴血都没有。牛头怪在前面开路，四只喇鸣紧随其后，它们逐渐杀进这个由燃着的树木形成的火圈里来，外围的恶狼已经散开，都散到它们的两侧，在喇鸣后面空出一条通道，一个巨大的身影逐渐走进火光里。

“咩……昂……”

一声大叫过后，远处的黑暗里突然金光闪闪，一只巨大的金羊出现在光线朦胧处。金羊迈着步子缓缓向前，它逐渐走进光芒里，走进了由火焰形成的光圈里。两侧的恶狼纷纷在它身后会合，将它的退路堵死。狼群虽然对这股力量怀有恐惧，可它们不会忘记自己的使命。它们只要盯好紫瞳，不让她活着离开这里就好。

金羊离树木形成的火圈越来越近了，强烈的光芒落在它身上，反射回来成了闪闪的金光，直晃人眼。看到这闪闪的金光，熊泰的身子哆嗦了一下，当喇鸣出现的时候，他就已经想到会把那人引来，可当真看到了这闪闪的金光，他还是无法抑制心中的恐惧，他朝后缩了缩身子，退到英蓬和骞鹤之间。

牛头怪站在火树之下，扭着它那硕大的牛头在火圈里扫视了一下，它看到骞鹤、英蓬、熊泰站在这里，它看到佩音正捧着手不断地哈气，佩音手里拿着的正是它要找的东西。牛头怪奔跑起来，直直地朝狼群撞去。它身子巨大，双腿粗短，身子前倾得厉害，便靠两只手掌支撑着身子。强壮的身子撞到狼群里，将前面拥挤的狼群撞倒一片，牛头怪将前面的恶狼推开。

由于恶狼实在太多，又都堆挤在了一起，凭它两只手掌也推不动它们，牛头怪便踩着那些恶狼爬了过去。有些恶狼张嘴咬它，长牙刺穿它的脚面，把黑色的肉块都顶出来。牛头怪感觉不到疼痛，伸脚甩了甩，将恶狼甩开，继续扒拉着恶狼前行。

牛头怪横冲直撞，将火圈内的狼群撞得七零八落。火圈内的恶狼原本身子齐齐地朝内，狼眼紧紧地盯住紫瞳，牛头怪从它们身后袭来，它们仍不肯掉转身子，便被牛头怪撞开、踩在了脚下。状如小山的牛头怪践踏着恶狼，踉跄着往这边跑。骞鹤手上结出一根长长的冰锥，看准牛头怪的胸膛掷了出去。

“你做什么？”

英蓬吼了一声，一把将骞鹤扯开，但晚了一步，骞鹤的冰锥已经直直地朝牛头怪飞去。

“我倒看看这将尸有什么厉害的。”骞鹤冷笑一声。

英蓬看着冰锥疾如利箭般飞出，心里只是觉得骞鹤此举过于鲁莽，将尸这种东西他早有耳闻，他早就听说这东西很厉害，只是到底如何厉害他也没有见识过。

冰锥去势飞快，牛头怪根本没来得及反应，冰锥如一杆长矛直接洞穿了它的身体。这一根看上去有些透明的冰锥从牛头怪的前胸穿进去，从后心处穿出，如一根长刺挺在牛头怪的后背上，冰锥上冒着丝丝寒气，光芒照耀之下所有人似乎都感到一丝冷意。

牛头怪看了骞鹤一眼，伸手把冰锥从后背拔出，它的手臂奇长，即使反伸到后背也是易如反掌。那根冰锥少说也有六尺来长，牛头怪把它拿在手里，朝骞鹤掷了过来，它手臂长，又粗壮有力，冰锥被它掷出反而比先前还要快。骞鹤看见它突然将冰锥回掷过来，运起法术，一面冰墙在身前破土而出。骞鹤反应迅速，但冰锥来速超乎想象，冰墙尚未完全升起，冰锥已经激射至骞鹤面前，就听见“咔嚓”一声响，冰锥打到冰墙上缘，激起一串冰花。冰锥激射而来，冰墙快速涌起，两者相撞，疾速飞行的冰锥改变了方向，贴着骞鹤的头顶射了出去。冰锥快利，洞穿了远处大树的主干，几片燃着的树叶飘落下来。

挟风而去的冰锥刚从骞鹤头顶飞过，就听“嘭”的一声响，牛头怪已经跳到冰墙上。那家伙趴在冰墙上，伸出两个如蒲扇般的手掌想要来抓骞鹤。两根冰锥从骞鹤身后射出，直接洞穿了牛头怪的手掌。牛头怪动作稍有停滞，双手突地成拳，将插在两掌中的冰锥崩断。

骞鹤的手掌已经贴在冰墙上，只听他发一声喊，冰墙上缘的冰霜顺着牛头怪的双脚漫了上去，转眼间，这一尊黑色的牛头怪便被白霜覆盖。白霜漫过之处，牛头怪身上的肌肉立即僵住。当白霜漫遍牛头怪全身，它便身体僵硬地趴在冰墙上，一动不动了，它的双手还保持着先前的动作，半截冰锥还插在它的手掌中。

骞鹤见将牛头怪制住了，这才松了一口气。刚才牛头怪反击太过迅速，超出他的预料，好在他的反应也不慢，总算将这家伙制住了。骞鹤心中稍安，就听头顶上方“咔啦啦”一声响，无数冰屑飘落下来；他抬头一瞧，就见牛头怪双臂猛挣，双腿蹬直，身上白霜结成的冰冻裂开了，露出里面黑色的肌肤。

骞鹤还想伸手把寒气送到冰墙上去，牛头怪已经从冰墙上跳了下来，直直地朝他砸去。骞鹤身子后撤四尺，牛头怪便如巨石般落在他的身前，骞鹤手上冰锥尚未结出，牛头怪已经攻了上来。它的攻击不是用手，也不是用脚，它用的是它头上的两根角。两根牛角像两根削尖的铁棒，从它的脑袋上弯伸出来，角尖儿直指前方。只见它一拱头，两根牛角直抵骞鹤胸膛。骞鹤伸手抓住两根牛角，被牛头怪抵着向后滑行了三尺。骞鹤正要发力，牛头怪脑袋一甩，巨大的力量由身至颈至头，传递到骞鹤身上；骞鹤就感觉身子被猛地甩了起来，双手抓持不住，他一下被甩了出去。

骞鹤身着白衣，这一下被甩飞出去便如白鸥翻飞一样朝远处的火树砸去。骞鹤瞅到前面大树上火焰闪烁，身子在空中刹住，接着如同羽毛般飘落下来。

下面是挤在一块儿的狼群。恶狼们见到骞鹤从天而降，几只壮硕的恶狼已经跳了起来，张嘴就要扑咬骞鹤。骞鹤手上冰锥射出，将当先两只恶狼打落，身子稳稳地落在地上。周围的恶狼争先恐后地扑上来咬他，他只能不断射出冰锥击杀恶狼。

牛头怪把骞鹤甩飞，调过头来伸手就要拿佩音。佩音此刻正手捧着紫瞳，不断地哈气想要把她的身子暖起来。为了救活紫瞳，从刚才开始她可是一刻都没有间断过。眼看牛头怪就要抓住佩音的脑袋，一股火流突地蹿出，烧向了牛头怪的身子。

牛头怪先前不惧骞鹤的冰锥，此刻火流袭来，它也并不在意，却没想到，这火烧到身上，便有一股气流激荡着向牛头怪体内钻。这火流进到牛头怪体内，在它五脏六腑间乱窜，似已把它内脏烧了个遍，牛头怪并无号叫，只是身子僵在那里，一动不动了。

“英蓬，你烧了我的牛头将尸，你可要找一个厉害的赔我。”

远处火树下的金羊仍然金光闪闪，闪烁的金光晃住了人眼，让人看不清金羊背上坐了什么人。听上去那人嗓音尖细，但语气十分老成。

听到那人声音，英蓬不停手，再送出一道火流到牛头怪身上，火流在牛头怪身周绕了一圈，并未继续往牛头怪身体里窜，只是在它身周不断旋转。英蓬扫了一眼金羊，见那边没什么动静，便运起法术，要将这火流送到牛头怪体内。只见火流上的火焰猛长，成了一个个肆虐的火舌。眼见火舌就要随着火流窜到牛头怪体内，这时就听见一声兽嚎，是那金羊叫了一声。

金羊叫声止歇，旋转的火流突地从牛头怪身周撤回，便如它来时那样又朝英蓬回流过去。英蓬似乎有些措手不及，连忙伸手将火焰托住，火焰在英蓬掌心结成一个火球，在他手掌上跳跃着。英蓬皱了一下眉，伸指想把火球弹出，没想到火球穿透他手背，在他手掌上燃烧起来。

火焰的变化超出了英蓬的预料，他连忙甩手，想要将火焰甩脱，只是火焰在他手掌上燃烧不熄，反而要顺着他的手臂窜到他身上去。英蓬有些慌了神，面色变得通红起来，自手肘处生出一股气旋，沿着前臂旋出，这气旋挟带的气流将手掌上的火焰带出，一下打在地上，将地上的一片草叶烧得焦枯。

“质体不修，强御外力，质识衰竭，外力反噬。英蓬，今天你不要再出手了。”金羊的主人又发话了。

英蓬看了一眼金羊，又扭头看了一眼佩音手里的紫瞳，心里暗恨不已，今夜先是与厉烈战了一场，后又与骞鹤大战，刚刚在狼群中又多次运用风火，风是他第一御力，火是第二御力，由于今晚频繁驱驭风火，现在他已经不能灵活使用风火了。刚才回流到他掌中的火流和先前的火流并无不同，只是他现在质识衰竭，已经不能很好地驾驭第二御力了，所以刚才险些被第二御力反蚀。

金羊的主人一眼便看出英蓬已经不能驾驭风火，便用火流回流来提醒他，今晚这里的事英蓬就不用插手了。英蓬看着紫瞳心内正暗自思量，就觉身旁光芒闪烁，那头金羊已经来到了身侧。英蓬朝一侧闪开，便见到了那越过狼群来到近前的金羊。

此时金羊已远离火树，身上的金光弱了许多。英蓬朝金羊背上一看，那上面坐着一个眉须甚长的男子，正是金羊魔神。

金羊魔神身穿黑色裤子，腰间系的是黑色腰带，上身是一件皂色的短褂，脖子上挂着十几个骷髅头。他跨坐在金羊背上，将在场诸人扫视了一眼，最后将目光定格在佩音身上。

佩音先前一直在对着紫瞳哈气，但她一直注意着周遭的形势，此刻金羊魔神来到近前，她知道这家伙和先前的牛头怪不同，是一个难惹的家伙，便停止了哈气，将紫瞳捧在手心里，抬头看着金羊魔神。

金羊魔神和她对视了一眼，轻笑一下不再看她，转过头去看着僵在地上的牛头怪。他驭着金羊来到牛头怪身侧，伸手在牛头怪背上拍了拍，扭头对英蓬道："你烧了我的牛头将尸，将来可要赔我一个厉害的。"

英蓬只是瞪眼看着金羊魔神，不说一句话。金羊魔神又在牛头怪身上拍了一下，低头对下面四只喇呜说："先埋了，将来还能用。"

他这话说完，四只喇呜像是得了命令，一下窜到牛头怪四周。有一只正好窜到佩音身前，它嫌佩音占了它的地方，扭头朝佩音叫了一声，同时脚上的长刃一下弹了出来，想要把佩音逼退。佩音皱了皱眉，看了一眼金羊魔神，便捧着紫瞳朝后退了几步。她身子朝后稍有移动，后面警戒的恶狼便叫了起来。几只恶狼的爪子抠着地面，想要前冲抢夺紫瞳。这时金羊魔神的坐骑金羊叫了一声，把几只恶狼镇住了，全都住了嚎叫，不甘心地朝后退了几步。

四只喇呜在牛头怪四周各占了一个方位，脚爪上缩进去的爪尖儿都弹了出来，它们的爪尖儿有两寸多长，看上去和刀片一样，只见四只喇鸣一齐行动，各伸着两只前爪在地上扒起来。它们的爪子实在厉害，片片爪尖儿伸进土来，爪尖儿回扣，一捧土便被它们带了出来，加上它们腿短速度快，众人只看到眼前尘土飞扬，一会儿工夫牛头怪周围便出现了一圈土沟。这些喇鸣又一齐挖牛头怪脚下面的土，转眼间牛头怪的身子便落下了尺许，更厉害的是四只喇鸣的动作出奇得一致，带出土的分量也一样多，那牛头怪的身子竟是毫不偏斜，而是直直地往下沉。这样的动作持续了有片刻工夫，一个一丈多深的土坑便挖成了，牛头怪的身子安安稳稳地落在里面。四只喇鸣又调转身子，用后肢将挖出来的土填埋回去，填埋要比挖快多了，不大一会儿，牛头怪便被土盖住看不见了。

就这短短的一会儿，四只喇鸣挖了坑，又埋了个坑，如果不是地面上还有挖出来的土堆在那里，实在难以相信刚才那个庞然大物已经被埋在了地下。以前只是听闻喇鸣这种东西是挖土掏洞的高手，今天一见果然是名不虚传。

四只喇鸣把牛头怪埋完，都跑到金羊旁边，盯着英蓬他们。金羊魔神从金羊上跳下来，紧了紧腰带走到牛头怪埋身之处，伸脚在地面上轻踩两下，接着点了点头，看上去十分满意。此时佩音才注意到，这金羊魔神竟然身不满四尺，如同一个八九岁的孩童一样高，先前在羊背上竟是看不出来。英蓬对此倒并不意外，毕竟他已经不是第一次见到金羊魔神了。

金羊魔神检查完地面便扭头盯着佩音，突地伸手道：“给我。”

“什么？”佩音心里一惊，脱口道，“你要什么？”

“嘿嘿，就不要再装傻了，这大晚上的你们在这里抢什么，别以为我不知道。”金羊魔神上前一步道。

佩音皱了皱眉，身子向后退了一步。这一下后面的恶狼又聒噪起来，想要扑上来撕咬佩音。这一次金羊没有再叫，任凭那些恶狼在后面嚣叫。佩音不敢再向后退，只得在那儿站定了身子，眼看着金羊魔神一步步逼近，心里暗暗着急。

“先等等，我得先把她救活。”佩音乞求地望着金羊魔神。

“不必了，死的活的我都要。”金羊魔神看着佩音说道。

佩音犯难了，如果不交出去，她自己只怕也会死在这里。她犹豫着手已经缓缓递了出去。金羊魔神伸手要来拿紫瞳，佩音已单手回撤，疾如闪电地把短剑拔了出来，挺剑就要刺金羊魔神。金羊魔神没料到她会来这么一下，身子要向后躲，脚下绊了一下，一屁股坐在地上。这一下大出预料，不只是佩音，连英蓬和熊泰都没想到会发生这种事，把他们两个也惊了一下。

佩音完全没想到会是这种结果，她虽然料想金羊魔神十分厉害，自己绝不是对手，但又想一招没出就把紫瞳交出去心里实在不甘心，便想拿剑刺他来做最后一搏。她实在没想到自己这一下会吓得金羊魔神坐在地上。佩音稍有一愣，拿剑就要来刺金羊魔神。这时就听那只金羊叫了起来，这一声叫响彻森林，比先前的叫声大了不少。佩音就感觉一股气流从金羊站立的地方涌出，随着音波荡过来，她的身子难以站立，向后跌倒。

金羊魔神一下从地上跳起来，指着佩音怒骂道：“好不知好歹的丫头，看我怎么收拾你。”说着就上前来抢紫瞳。

这时就听见空中风响，众人回头，就见一个身背双翅的人从空中疾飞下来，伸着手就要来抓金羊魔神。金羊魔神没想到还会有别人，毫无防备，况且那人来得极快，眼看他是要躲不过了，就听见金羊又是一声大叫，极猛烈的气流自金羊身上冲向那人。那人正展开双翅在空中疾飞，被这股气流冲荡，身子一下倒飞出去。

那人在空中转了几圈，总算凭借翅膀稳住了身子。他飞在空中对着金羊魔神道："那人是我的，你休想拿走。"

金羊魔神看着他道："你又是何人，你从哪里来？"

那人道："我是厉烈，我可比你早到这里，你只是没看见罢了。"这人正是厉烈，先前他受了寒气冻僵在地，一直没有缓过劲儿。自金羊魔神现身到现在，他一直都在那里躺着，金羊魔神并未看见他。

厉烈受了寒气，如果凭他自己想要从那寒气中解脱不知道要等多久，但刚才骞鹤被牛头怪甩脱出去，见识到了牛头怪的厉害。骞鹤知道金羊魔神极难对付，凭借自己恐怕打不过金羊魔神，他考虑了一下便决定吸走厉烈身上的寒气，将厉烈放出来，众人合力先打倒金羊魔神再说。

"你这人，你有什么手段，也敢来和我争。"金羊魔神看着厉烈怒道。

"嘿嘿，我的手段多着哩！你要不要试试。"厉烈笑道。

"我可没工夫。"金羊魔神冷笑一下，从腰间拿出一个短笛。这支笛子是灰白色的，长不过一尺。金羊魔神把它放在嘴边，鬼魅的笛声便被他吹奏出来。

这笛声已经不是今晚第一次响起了，先前已经响起过一次，那一次招来了牛头怪，这一次又会是什么呢？

笛声过后，林子里静了一下，紧接着地面"咔啦"一声裂开了。英蓬他们对此早有预感，金羊魔神的将尸只怕都是从地底下钻出来的吧！

裂开的地面形成了一条宽约两尺，长约两丈的缝隙，这道地缝裂得过快，有只恶狼没能躲开，掉进了地缝里。就听见地缝里传来一声凄惨的狼嚎，一股狼血迸射上来，紧接着地缝里传来“吧嚓、吧嚓”的声响。这声响由小到大，逐渐清晰，感觉有什么东西正在往上爬。众人正凝神细听，突然就听“啪”的一声响，一只爪子从地缝里伸出来搭在了地面上。

这只爪子并不是狼爪，倒有点儿像鸟的爪子，共有四趾，三趾在前，一趾在后，每个趾头上的爪尖都是又长又弯，被爪子用力地扣进土里。这只爪子在土里扣了一下，地缝里便探出一个蛇头来。这蛇头和先前的牛头一样，也是黑色的。蛇头上的两只眼睛毫无神采，扭动的蛇头就靠这两只眼睛朝四周看了一下，将另一只爪子拿上来扣进了地面，两只爪子一齐使力，这家伙便从地缝里跳了上来。

蛇头怪将狼尸扔在地上，在地面上站直了身子，此刻借着火光细看，才发现蛇头怪原来是蛇头人身，它自头颈以下，除双手双脚以外，它的身子看上去倒似一个成年男子。蛇头怪身上穿着一件绿色衣衫，两条胳膊裸露在外，裸露在外的这两条胳膊，上面的皮肤和牛头怪一样也是黑色的。

蛇头怪有一人来高，它站在地上左右张望着。金羊魔神指了指厉烈，蛇头怪便朝空中看了看。厉烈飞在空中，看着这个从地下钻出的怪物。他还不晓得金羊魔神的这些将尸有多么厉害，先前牛头怪在这里肆虐的时候他还被冻在地上，此刻面对蛇头怪他毫无畏惧。

蛇头怪盯着厉烈看了一会儿，突然伸直脖子吐了吐蛇信，一口蛇涎自它口中吐出，吐出的蛇涎如飞箭一样直直地朝厉烈打去。厉烈身背双翅，在空中动作极为灵活，借着双翅的力量朝后翻身躲过了蛇涎。蛇涎在空中飞了一会儿失去了力量，掉了下去，正好落在狼群里，两只恶狼被它射中，同时惨嚎起来。厉烈朝下面一看，就见那两只恶狼身子紧紧地挨在一起，一只向左挣扎，一只向右挣扎，却无法将彼此分开。它们似乎已经粘在一起，无法分开了，看这样子，多半是蛇涎造成的。

厉烈心神未定，蛇头怪又一口蛇涎吐了过来，这一次速度比前一次还要快。厉烈已经见识到了这东西的厉害，躲起来有些手忙脚乱。蛇头怪吐出了这口蛇涎，身子便如弹丸一样从地上弹射起来，隔着四五丈远的距离直窜到厉烈下方。

蛇头怪这一下冲击速度极快，但这四五丈的距离它无法一次跃过来，中间在一只恶狼身上借了力才弹过来。因为它刚才动作实在太快，众人都没有看到。它在厉烈下方站定了身子，那只被它借力的恶狼才惨嚎一声，身上喷出两道血箭倒在了地上。蛇头怪的脚趾上长有弯刃似的爪尖儿，刚才抓了那一把，直接在恶狼身上掏了两个洞，恶狼受了这一下直接毙命了。

蛇头怪处在厉烈的正下方，抬头就是一口蛇涎，厉烈躲过了正面的蛇涎，这下面的一击正好打在了他的翅膀上。厉烈发觉右翅上一阵剧痛，紧接着便发现自己无法扇动翅膀了。这样厉烈就只有一只翅膀可用，身子在空中打着转就要落下去。蛇头怪一下从地上弹了起来，它弹这一下有三丈多高，两只手扣住了厉烈脚踝，趾端弯刃似的爪尖儿随即弹出，刺穿厉烈的肌肉，紧扣在他的踝骨上。

厉烈再也不能在空中坚持了，他的身子被蛇头怪直直地拉下去，被狠狠地掼在地下。旁边两只恶狼想要扑上来咬厉烈，蛇头怪疾如闪电地跳起来，两只手掌上的刃尖儿同时弹出，如弯刀一样将两只恶狼的喉咙割破。狼血迸射出来，洒了厉烈一身。厉烈伸手擦了擦脸上的狼血，就觉身上一痛，双手收紧，一道绳索已套在了自己身上。厉烈低头一看，就见自己胸口上积了一摊蛇涎，这滩蛇涎变成了一道半透明的绳索。这道绳索像水一样在自己身上流动，竟将他的双臂和身子紧紧地捆在了一起。蛇涎多半是厉烈刚才擦脸的那一瞬间蛇头怪吐出来的。如今厉烈双翅和双手都不能动，彻底被蛇头怪制住了。

蛇头怪一脚踩在厉烈身上，伸着脖子朝金羊魔神叫了两声。它的叫声十分尖利，吓了众人一跳。

金羊魔神听到这叫声，知道已经把厉烈搞定了，便满意地点了点头，朝厉烈所在的地方走了过去。前面还有成群的恶狼守在那里，见他走过来，想要扑上来咬他；金羊在后面叫了一声，狼群受惊，纷纷让出了一条通路。

金羊魔神得意地一笑，快步朝厉烈走过去，嘴里道："倒要看看你有什么本事。"

厉烈看到金羊魔神要冲过来，只怕是来取自己性命的，他有些慌了神，见蛇头怪的脚踩在自己胸口，便试着把手掌往上够了够。他虽然胳膊被捆住了，可手掌还可以活动一下，手腕都快弯折了，终于摸到了蛇头怪的一根脚趾。厉烈连忙催动法术。他的法术也实在厉害，法术刚刚运起，那一人多高的蛇头怪转眼间变成了不足一尺的小人儿。

厉烈手指拨了一下蛇头怪的脚，将它拨倒，蛇头怪落到厉烈手边，厉烈出手把他抓住了。金羊魔神正往这走，见蛇头怪身子缩成一尺来高，把他惊住了，他看着厉烈奇道："你这法术真是奇特。"

金羊魔神刚说完这话，厉烈已经痛得叫起来，握紧的手掌一下松开了，蛇头怪从他手掌中跳了出来。原来蛇头怪被厉烈紧抓在手中，它手脚上的弯刃可都弹了出来，对着厉烈的掌心一阵乱削，直至厉烈受不了疼痛松开了手。

蛇头怪摆脱了厉烈掌心，从他身上弹开，想要窜到金羊魔神身边。一只恶狼斜里冲出来，挡住了它的去路。蛇头怪落到狼背上，手上的弯刃刺进恶狼体内。它现在身不满尺，手上的弯刃连狼皮都刺不破。恶狼叫了一声，晃了晃身子，想要将它甩下来，蛇头怪却紧抓住狼毛不放。旁边一只恶狼冲过来，伸爪把它拍到地上。蛇头怪从地上弹起来，还想从狼腹底下蹿出，那只恶狼一爪把它按在地上。

如今形势逆转，蛇头怪已经不是恶狼的对手，那只恶狼按住蛇头怪的身子，伸嘴下来，直接把蛇头怪的头咬了下去。恶狼嚼都没嚼一下就把那脑袋吞到了肚子里。

金羊魔神看见了，踮脚往这儿跑，嘴里大骂起来："我的蛇头将尸，你还我蛇头将尸。"

恶狼哪里管他，低着头把蛇头怪的身子咬了几下也吞下肚去了，不过也是奇怪，蛇头怪被恶狼这样撕咬，身上竟然一滴血也没有流出来，看来果如传言，这些将尸是一些早已死亡的尸体，别看它们手段厉害，却都是一些没有灵魂的东西。

第十三章　盘坛大尸

金羊善行尸，常驭十数尸潜行，其尸有大小，大者如熊罴，小者如蝼蚁，皆以红绳系颈，此为金羊法门。金羊夜掘坟，常驱喇呜为先进，见能尸而系之，弃庸尸为腐脔，喇呜则食之。金羊爱尸如癖，尝抱尸夜宿腐墓，枕尸鼾歌，异类少近。

——节选自《寺司百代·云林卷·神魔列传》

等金羊魔神跑过来的时候蛇头怪早就进了恶狼的肚子。金羊魔神痛心至极：“还我蛇头将尸。”伸手就要去揪恶狼的脖子。

恶狼回头就咬他。金羊魔神吓了一跳，他没料到恶狼敢还击。这些恶狼自金羊魔神来到这里以后就一直压抑着心中的怒火，它们一直没有对金羊魔神发动攻击，一是因为它们了解金羊魔神的能力，如果发起攻击会付出惨重的代价；二是因为它们是门鸠的狼群，它们了解自己的职责所在，更懂得用最合适的方式去完成使命。

虽然如此，恶狼的凶残本性可是骨子里带来的，金羊魔神这样上去揪它的脖子，它体内压制许久的怒火哪里还压得住，张嘴就要咬金羊魔神。

这时，就听金羊在后面叫了一声，气流随它的叫声涌过来，将那只即将暴起的恶狼轰倒。恶狼在地上滑出去七八尺远，又撞倒了五只恶狼才停下。金羊魔神要冲上去杀那只恶狼，就听后面传来一声恶狼的痛叫，他回头一瞧，就见刚才站在英蓬旁边的小矮子拿着根木棒从狼身上跳了过来。

金羊魔神刚才只顾看英蓬和佩音，对熊泰并没在意，此刻没想到熊泰竟然敢来袭击他。熊泰早就听闻金羊魔神的名头，知道他手段厉害，自他出现开始便在旁边观察形势。刚才金羊魔神被佩音和恶狼接连攻击，金羊魔神的表现让人大感意外。看到那等情形，熊泰便动起了心思，他觉得金羊魔神除了可以招几个将尸出来，再就是他那只金羊让人忌惮，别的便没有什么厉害的了。

熊泰心里想明白了，便起了轻视之心，抡着大棒便冲了过来。金羊魔神感到有些意外，他没想到这个不起眼儿的家伙敢来偷袭他，难道他就不怕自己的坐骑金羊吗？

熊泰都要攻过来了，金羊怎么还没有发出吼叫。金羊魔神抬头一看，就见一只一丈多高的巨熊从树上跳下来，挡在了金羊之前。这个如山丘一样的家伙横在金羊前面，使它无法来救金羊魔神。熊泰早就算好了，只要把金羊困住了，这金羊魔神便不足为惧。巨熊站在金羊前面，伸出熊掌卡住了金羊的羊角，臂上使力，想要将金羊掀翻。金羊的身子十分沉重，巨熊的两脚都陷进地里也没能将金羊掀离地面。这两个大家伙抵在一起，就听金羊突地叫了一声，汹涌的声浪拍打在巨熊身上，推着巨熊向后移动。

巨熊抓着羊角不放，手臂上传来的巨大力量扯得金羊痛叫了一声。

那边熊泰早就跑到了金羊魔神身边，抡起棒子就要打他；金羊魔神冷笑道："猖狂至极。"说完，他扯下腰间黑色腰带朝熊泰身上一抛。他的腰带也是一个法宝，他这么往空中一抛，不偏不倚，正好套在熊泰身上。腰带上了身便如枯藤绕树，在熊泰身上绕了几圈，随即收紧，熊泰的手脚立时便不能动了。熊泰的身子刚从狼背上跃起便又跌落下去，重重地摔在地上。狼群全都围上来，张着嘴露着牙盯着熊泰，准备上来分食他的肉。金羊魔神抓住熊泰的脚将他拖过来，这时金羊的那一声痛叫正好传过来，金羊魔神见巨熊死抓住金羊角不放，怒骂起来："你这个灰毛畜生，敢动我的金羊，看我不把你的皮剥了。"说着拖着熊泰朝巨熊冲了过去。

恶狼见熊泰被金羊魔神拖走，不敢上去抢，便都扑向了倒在地上的厉烈。厉烈身子被蛇头怪的蛇涎捆住了，这蛇涎也实在是古怪，被它捆住的这一会儿，厉烈也曾想把身子变小了把它摆脱掉，只是厉烈身子变小了，蛇涎也跟着缩小，试了几次不成，厉烈也只好放弃了。狼群见他躺在这里便要上来咬他，就见一圈冰锥破土而出，将几只扑上来的恶狼全部刺死。骞鹤可不能让厉烈死，现在最难对付的人是金羊魔神，而且紫瞳现在身不满一尺，要想变回来还得靠厉烈。

金羊魔神将熊泰拖到巨熊身边，拉住腰带上绣有白羊头的一端，用力一扯，将熊泰甩出去，直直地砸向巨熊。巨熊还抓着金羊角不放，见自己的主人砸过来，撒开手就去接熊泰。

金羊魔神见状，"嘿嘿"一笑，把手里的黑腰带又抛了出去，这腰带果真是个宝贝，它被抛到空中，又变成了一个环形的索子，落下来正将巨熊和熊泰两个套住，腰带上身，随即收紧，将巨熊和熊泰捆了个结实。

金羊魔神看他俩倒在地上，伸脚上去踹了一下，骂道：“不知天高地厚。”金羊魔神说完看了一眼巨熊，转而惊奇地道：“少见，少见。”

金羊魔神蹲下身子，在巨熊脑袋上摸了一下，又在巨熊胸口摸了一下，还要去摸巨熊的四肢。巨熊突地一声吼叫，吓了金羊魔神一跳。看着巨熊那满嘴的白牙，金羊魔神有些气恼地在巨熊脑袋上拍了一下。巨熊被腰带捆住了，身子在地上乱晃，不断发出的吼叫震得林子里沙沙直响。金羊刚才被巨熊扯住了羊角，憋着一肚子火，听到这几声熊叫，愤怒地朝巨熊叫了一声。这一声叫声更大，弄得整个林子都震了一下，直接把巨熊的叫声压了下去。听了这声巨大的羊叫，巨熊不敢再叫，但身子还是不住地乱晃。

金羊魔神看着巨熊，点了点头：“好大熊，好大熊，倒可以做一个熊头将尸。正好我那蛇头将尸刚刚被不长眼的恶狼给吃了。有这只大熊在，可以弥补蛇头将尸的损失。”

熊泰听见这话心里突然恐惧起来，金羊魔神要把他的巨熊变成将尸，变成那种只听命于金羊魔神的东西，那样的话巨熊相当于死掉了。他可不能让这样的事情发生。这只巨熊虽说是他的坐骑，可他与巨熊在林子里游荡，长久以来相互为伴，甚至可以说是相依为命。如果这只巨熊被杀掉，以后在这林子里，他可就孤孤单单了。想到这些，熊泰高喊起来：“你不能动我的巨熊。”

金羊魔神看也不看他，抬腿朝佩音走了过去。佩音和英蓬并排站在那里，手中短剑斜指身前，见金羊魔神走过来，身子朝后缩了缩。金羊魔神走到佩音身前三尺处，把手一伸：“拿来。”

佩音抿了抿嘴唇，皱了皱眉，心中千思百转，她自然知道金羊魔神要什么，今晚到这里的所有人都是为紫瞳而来，为了从这个小姑娘的口中获取冥界入口的具体位置。虽然佩音不相信紫瞳是从冥界逃出来的，可围在这里的狼群明白无误地告诉众人，紫瞳就是从冥界逃出来的人。现在金羊魔神来讨要紫瞳，佩音犯难了，给还是不给？

佩音当然不想给，无论紫瞳是不是从冥界逃出来的人，可是这个金羊魔神手段也太厉害了，在场的诸人，熊泰和厉烈已经被他制住，骞鹤和英蓬刚才也被他击退，以佩音的能力绝不是金羊魔神的对手。

佩音还没想明白，身前的草皮翻动了一下，草丛里探出一个白色的脑袋，是白豸。这个白色的小东西从刚才就一直不见它，不知道这会儿怎么从这儿钻了出来。白豸的身子从草丛里钻出来，抬头看见金羊魔神，小嘴微张，一股寒气从它嘴里吐出。寒气沿着地面呈扇形喷出，直至一丈多远的地方才停下。金羊魔神杵在白豸正前方，这股寒气他如何能躲得掉。

金羊魔神被这股寒气上了身，直直地僵立在那里，手还往前伸着。白豸从草丛里跳起来，跑到金羊魔神跟前叫了两声。佩音看见金羊魔神被制住了，便想上前击杀金羊魔神，心里刚动了这个念头，扭头看了看英蓬。

英蓬只是站在那里看着金羊魔神，他没有任何动作，他可比佩音了解金羊魔神，这家伙绝不会这么容易就被制住的。英蓬虽然不受魔都号令，但他身为风魔，魔国的事他还是了解的。魔国有魔头无数，但魔神只有十三个，金羊魔神能位列其中，其手段绝不简单。仅凭白豸这样一只小小的异兽就想把他制住，实在是小看了金羊魔神。

佩音见英蓬没有动，她便也不敢行动了，只好把手里的短剑握得紧紧的，双眼紧盯着金羊魔神。金羊魔神身上结了一层白霜，和先前那只被冻住的恶狼一样，身子僵直在那里一动不动。金羊在远处看见了，迈着步子缓缓地走了过来。它走到近前，朝着站在地上的白豸叫了一声。白豸看到金羊，心里已经恐惧，听了这声叫，身子便颤抖着趴伏下去，接着朝后退了两步，抬眼看着金羊，眼中都是惧怕之意。

金羊又朝它叫了一声，白豸退到金羊魔神脚边，朝着金羊也叫了两声，不过这叫声听起来倒有些像悲戚之音。白豸似乎有些怕金羊，身子也抖得厉害。骞鹤从狼群里冲杀出来，看到这情景，手上结出的冰锥朝金羊射了过去。

金羊对此浑不在意，任那几根冰锥射到身上，冰锥及身，就像是打在岩石上一样，疾射而来的冰锥全部裂开，变成无数碎冰。

金羊仍然紧盯着白豸，嘴里的叫声大了许多。白豸被它的叫声吓住，身子缩在草丛里瑟瑟发抖。金羊似乎有些不耐烦了，突地张嘴大叫了一下，这一声叫把林子都震动了。白豸受了惊吓，“腾”的从地上站起来，猛地吸气，地面上刚才由它所发的寒气迅速回收过来。转眼间刚才还覆盖在地面上的一层白霜便消失不见了，只剩下巴掌大的一块缩到了白豸脚下。

白豸抬眼看了看金羊，眼中都是恐惧；金羊抬头看着金羊魔神，哪里还看这个小东西。白豸像是脱了禁制，撒腿跑开了，朝正往这边走来的骞鹤跑了过去。骞鹤一把抱住白豸，感觉到它身子还在发抖，便将它紧搂在怀里。白豸是骞鹤的宝贝，谁把它吓着了可都没有好结果。

骞鹤看着在他怀里发抖的白豸，心里也跟着难受起来：可恶的金羊，它怎么可以这样做；白豸这个可怜的家伙，它可从来没受过这样的委屈；不行，我的白豸不能白白受了这样的欺负。

金羊魔神活动了一下手掌，扭头看见骞鹤将白豸搂在怀里，嘴里忍不住赞叹起来：“好异兽，好异兽，又是一个做将尸的好尸材，今晚出来一趟果然没有白忙活。”他看着白豸不住地点头，站在后面的金羊看不下去了，冲他叫了一声。他回头看了看金羊，走过去摸了摸金羊的羊角，“嘿嘿”笑道：“当然比你差远了。”

骞鹤把白豸安抚好，抬头看着与金羊站在一起的金羊魔神，他皱了皱眉，心里升起了熊熊怒火。他把白豸放好，从腰间解下了插在那里的白色棍子。这根棍子一直别在他腰间的绸带里，他原本以为今天不会用到这个东西，现在看来金羊魔神强大得超乎想象。

骞鹤把棍子拿出来，握住了棍子的两头，用力一转，棍体便由中间裂开，变成了两根细长的锥子。白色的棍子材质奇特，非木非石，看上去倒像是玉质，再被分开变成两根锥子，经火光一照，似乎是透明的。骞鹤两手拿了锥子，看准了金羊的位置，如疾风一样冲了过去。

金羊魔神听到身后一阵风响，未及回身；金羊却瞅到骞鹤拿着两把锥子直直地杀过来，它反应迅速，身子往旁边侧开，就见一道白光袭至，尖利的锥子直插进金羊的左后腿上。剧烈的疼痛由伤口处传来，金羊惨嚎一声，身子一下蹲坐在地上。

金羊的身子坚硬如铜墙铁壁，刚才几根冰锥打到它身上它都毫不在意，现在这根白色的锥子一下便扎进它的后腿，这锥子到底是什么材质，竟比铜铁还要坚硬。

金羊魔神听到金羊那一声惨嚎才反应过来，骞鹤这迅如疾电的一击大出他的意料，他没想到此时此刻还有人敢向他动手，他更没想到骞鹤竟然能让他的金羊受此重伤。看到插在金羊腿上的锥子，金羊魔神心中的怒火“腾”的一下蹿了起来。他冲上去扯住骞鹤的衣襟，用力向后推他。骞鹤一把将金羊魔神推倒在地，接着把冰锥从金羊身上拔出，一股血箭从金羊腿上射出，射了骞鹤一身。

骞鹤本来穿了白色的衣衫，鲜血洒在他身上，犹如无数红花在身上绽开，在火光下看起来增添了许多妖媚之色。金羊魔神双手撑地坐在地上，看着无数血花在骞鹤身上漫开，心里怒火更盛，伸手指着骞鹤咬牙道："你好大胆子，敢伤我的金羊，你是不想活了。"

骞鹤拿锥子指着金羊魔神："你这金羊不知好歹，我让它长点儿记性。至于你，本事也用得差不多了吧，看我怎么收拾你。"

金羊魔神气得从地上跳起来，指着骞鹤骂道："我看你才是不知好歹，就算你那冬宫的主人来了也不敢这么跟我说话，你好大的口气。"

骞鹤把锥子放下，皱眉道："你知道我是冬宫的人？"

"看你这手段也知道了。"金羊魔神怒道，"阴险卑劣，除了冬宫还会有谁。"

骞鹤："我凭的是法器，用的是真本事，你不服也就罢了，还在这里口出污蔑之词。"

金羊魔神冷笑道："就你自己有法器，别人便没有了。"说完，他从脖子摘下那一串骷髅头。

他脖子上挂了这么一串骷髅头，自他来时众人便已见到，先前还以为只是用来装饰，为金羊魔神增加一些恐怖气象，此刻见他把骷髅拿下来，难道这还是一个法宝不成。这一串骷髅串了有十几个骷髅头，每一个骷髅头都有拳头般大小，像这样大小的骷髅头，绝不是正常人的头骨，如果不是天生怪胎，那么这些骷髅头便都是出生不久的婴儿的头颅。为了弄到这一串骷髅头，金羊魔神要杀多少新生婴儿？既然这一串骷髅头是法宝，那么这每一个骷髅头都是绝不普通的。

金羊魔神把那一串骷髅抓在手里，拇指按着一个骷髅头拨弄着，这个骷髅头和相邻的骷髅摩擦着发出“咔啦、咔啦”的声响，声音不大，但在黑夜的林子里传出了很远。

骞鹤听见这声音，双眉一皱，拿起锥子便要刺金羊魔神。金羊魔神嘿笑一声，把那串骷髅朝骞鹤身上一抛。这串骷髅结成的环往骞鹤身上一罩，便像是精钢制成的圈、牛筋做成的绳，一下把骞鹤牢牢地捆住了。骞鹤原本跳起来拿锥子刺金羊魔神，身至半空被这串骷髅困住了，身子立时便失了力量，从空中跌落到地上。

金羊魔神走过去，一脚踏在骞鹤身上，哈哈笑道：“让你知道我魔国厉害，不是你神廷可比的。”

金羊魔神笑声未停，就听见骞鹤身上的骷髅头全都“咔啦、咔啦”地响起来，接着那串骷髅头的绳子一下子收紧了，十几个骷髅头全都狠命地往一块儿挤，把骞鹤身上的肉都夹了起来，况且骞鹤身子并不粗壮，这一串骷髅要想把骞鹤捆紧了，非把骞鹤的骨头挤碎了不可。

见此情景，金羊魔神哈哈笑道：“还想动用法术，我这宝贝制住了你的身子，便让你动不得法术。”说着从骞鹤手中抢下锥子，一下抵在骞鹤胸口，“今天便让你知晓与我为敌的下场。”

金羊魔神说完这话，挺锥便要刺下去，就觉身后风响，一股强劲的气流自脚底上来，使他的身子失去重心。金羊魔神身子不能自持，被那股气流刮到半空，金羊魔神的手脚在气流中一动也不能动了。

“英蓬，你好胆子，连我也敢动。”金羊魔神瞪眼看着英蓬怒道。

“魔神，你我同属魔国，但今天的事我可不能让你，我一定要把小丫头带走。”英蓬说道。

英蓬的第二御力火已经不能使用，可他的第一御力“风”却丝毫没有减弱。刚才英蓬一直没有出手，是因为他对金羊魔神有些了解，这家伙看上去没什么能耐，可身上的法宝却是一件接一件，这些法宝一个比一个厉害，随便一个拿出来都会令森林里的妖魔心惊。刚才厉烈、熊泰、骞鹤接连出手，又接连败在金羊魔神手下，可以说全都中了金羊魔神的法宝。英蓬一直在旁边观察，见到金羊魔神身上的法宝都使完了才决定出手。现在金羊魔神身上还有那支骨质短笛，这东西可以将地下的将尸召唤出来，但此刻金羊魔神被他的旋风缠住，手脚不能活动，想要以笛声召唤将尸已是不能。刚才骞鹤那一下将金羊伤得不轻，现在它躺在地上，也无法再解救金羊魔神了。英蓬此刻已是稳操胜券。

英蓬看了看四周，所有强敌都已经倒在地上，只有狼群还围在外围，这些狼群从刚才便一直很安静，只是围在外面并没有向前冲击。英蓬还以为它们是惧怕金羊魔神，现在金羊魔神已经被他制住了，这些狼群仍然是毫无动作。英蓬也无心关心狼群，狼群没有行动倒好，他还少了麻烦，现在他有更重要的事情去做。

英蓬心里有了想法，还未行动，一支短剑已从后面削了过来。佩音的心思可比英蓬机变多了，她料到英蓬接下来要来抢夺紫瞳，便抢先下手要将英蓬击杀。

英蓬是什么人，是风魔，他可以感受到周遭气流的变化。佩音短剑刚刚出手，英蓬身上便涌出一股气旋。气旋疾速上了佩音的身，巨大的绞力旋至佩音的手腕；在短剑使出，削而未至的这短短一瞬，绞力作用之下，佩音五指松脱；短剑飞出，旋转着砍进了远处树干上。

英蓬回身看着佩音："你反应倒挺快，胆子也不小。"

佩音甩了甩手腕，身子朝后退了一步。英蓬并不向前，站在那儿开口道：“那丫头活过来了？”

佩音并不答话，英蓬见她这样子便又道：“她在哪儿？把她给我。”

佩音仍是不说话，这时就见她胸口的衣襟颤了颤，一个小脑袋从她怀里探出头来，正是紫瞳手扒着襟口朝外张望。刚才紫瞳被白豸的寒气冻伤，佩音把她捧在手心暖了半天才将她救活。佩音不敢声张，只是偷偷地把紫瞳藏在怀里，想着找机会带她逃出去，但是那些恶狼围在周围，又有这些神魔在这里厮杀，她一个凡人又怎么能逃得出去。

现在紫瞳探出头来，正好被英蓬看见。英蓬上前一步，手上结出气涡，便要将紫瞳吸过来。英蓬刚有行动，就感觉到脚踝一紧，一股力量缠上他的脚踝。他低头一看，是佩音一直缠在手腕上的那道银丝。

佩音在拔剑之前早就将银丝埋在了草丛里，她就等着英蓬自己迈进去，现在看到英蓬上了套，她立即收紧银丝，将英蓬拉倒在地。

英蓬被佩音制住了，心里懊恼不已，不过他随即反应过来，手上气流突地放出，在掌前形成一个气涡，气涡中心形成的吸力直指佩音胸前。佩音发觉胸口遭到外力袭击，紧接着便觉襟口一松，紫瞳已经被那股外力吸走了。

紫瞳落到气涡中心，英蓬伸手把她抓住。英蓬看着佩音哈哈笑道：“姑娘，你太大意了，你这法宝虽然可以制住我的身体，却并不能限制我的法术，嘿嘿，还不是落到我手里。”

佩音生气地跺了下脚，她这法宝虽然厉害，无论你是有形之体还是无形之风都能被它困住，却不能限制被困之人的法术，这一点它就比不上金羊魔神的那一串骷髅头，任何被那串骷髅头困住的人，想要使用法术都会遭到那串骷髅更有力的捆绑，给被困之人带来加倍的痛苦。佩音见到紫瞳被英蓬抓走，一开始心里有些慌乱，不过随即便镇定下来，站到英蓬身前五尺处，想了一下开口道："我放了你，你把她还给我。"

英蓬看了看四周，对佩音道："这可不是划算的交易，我现在虽然被你制住了，可弄死你还是易如反掌。"

佩音皱了皱眉没说话，英蓬说的不假，佩音可破不了他的法术。英蓬不再看佩音，拿过紫瞳到眼前，笑道："小丫头，跟我走吧，他们可都不是好人。"

紫瞳回头看了看，伸手指着佩音："我要跟她走。"

"不行！"英蓬五指收紧，把紫瞳紧紧抓在手里，"你只能跟我走。"

紫瞳双手按住英蓬拇指，身子往外挣了挣，英蓬五指如铁钳，紫瞳挣了半天，身子仍卡在英蓬的掌心。紫瞳有些着急，使劲儿在英蓬拇指上捶了捶，气道："你把我抓疼了。"

紫瞳中了厉烈法术，身不满尺，再加上她身子柔弱，英蓬如铁钳一般的手掌抓着她，她可受不了。英蓬见紫瞳难受，五指略微一松，他可没想到，紫瞳这个单纯的小姑娘这会儿却使了点儿小计谋。紫瞳趁他五指松开的刹那，手按住英蓬拇指从英蓬掌心跳脱出来，转身站到了英蓬手腕上。

英蓬大吃一惊，翻手想要抓紫瞳，紫瞳借他手腕翻动之时从他手上跳了下去，拼命地朝佩音那边跑。英蓬手上迅速结出气旋，还没送出去，就见一个黑影如迅雷般冲了过来。

黑色的爪子踩断了绿色的草叶，如弯刃一般的爪尖儿带出了潮湿的土壤。悄无声息奔行而来的黑色凶兽把它缩进体内的前肢如机簧般弹出，它这一下又准又快，一下打在紫瞳身上，将紫瞳弹飞出去。

紫瞳被抛上半空，英蓬随即掉转手掌，气旋还未对准紫瞳，就见一道黑电跃上半空，这道黑电张嘴把紫瞳咬住了，落地之后便衔着紫瞳在地上疾跑。

佩音反应极快，手腕转动，接着回扯，便将缠在英蓬脚上的银丝收了回来。英蓬脚上没了束缚，身子“腾”的从地上旋起，化成一道旋风朝那只衔走紫瞳的凶兽扑了过去。

四只喇呜灵活配合，英蓬化成的风还没有卷上来，一只喇呜便甩头把紫瞳抛了出去，另一只喇呜扑上来把紫瞳衔住。衔住紫瞳的喇呜撒开爪子便要往狼群里跑。这时候，先前那些一直静候在旁边的狼群躁动起来。它们不再隐忍了，或许是因为金羊魔神已经被英蓬制住，或许是它们酝酿已久的行动终于得以实施，总之，它们全都把利牙亮了出来。

两只恶狼跳了起来，扑到那只喇呜身上，一下把喇呜扑倒在地，利牙插进喇呜的喉管，锋利的牙刀割破喇呜颈中的血管，鲜血喷射出来，浇了一地血红。喇呜可不会就这样死了，它那弯刃一样的爪尖儿弹出来，一下插进恶狼的肚子，不知道那些弯刃是如何在恶狼的肚子里搅动的，恶狼惨叫了一声倒在地上。

后面那只恶狼扒着狼尸爬过来，看到紫瞳正从喇呜嘴里滚出来，它叫了一声，后腿一蹬扑了上去。恶狼和喇呜不一样，喇呜是跟着金羊魔神来的，它们要把紫瞳活着带走，它们刚才只是用嘴衔着紫瞳，并未把嘴咬死。可恶狼就不同了，门鸠的狼群是冥界之门的守护者，它们已经认定了紫瞳是从冥界逃出来的人，它们的嘴里只有锋利的獠牙，紫瞳这样瘦弱的身子，只需一下就会被恶狼咬碎吞进肚子里。

紫瞳刚刚从地上站起来，就看到恶狼露着獠牙朝自己咬了下来，吓得她抱头蹲在那里。这时一股旋风袭来，裹着恶狼到了空中，旋风疾速地旋转，以极大的力量将恶狼从空中甩到地上，直接将恶狼摔死。

紫瞳见那只恶狼没有咬自己，撒腿从狼尸身边跑开了。这个笨丫头，她现在身不满尺，随便一只狼出来都可以把她踩死，她这样跑出来，在一马平川的草地上乱跑，将自己置于狼目睽睽之下，是全不管自己的死活了吗？

周围的恶狼看见紫瞳跑出来，全都扑了上来。佩音大叫不好，手中银丝射出，将一只恶狼掀翻，随即撤丝又打另一只恶狼。英蓬的气旋由上而下卷了下来，将几只恶狼卷飞，但紫瞳、佩音与恶狼全都搅在了一起，将要将紫瞳单独吸出却是难以办到了。

金羊魔神还被英蓬的气旋控制在半空，他在上面看到自己的喇呜死了一只，心里气恼，紧接着又看到下面乱作一团，知道冥界入口所在的小姑娘被那些凶恶的家伙抢来抢去，随时都有丧命的可能。看到这些他可沉不住气了，他如果再不出手，今晚这一趟恐怕就要白跑了。

骞鹤中了金羊魔神的法宝，身子被捆住了躺在那里，看着那些恶狼一只接一只从他身上跳过；他正暗自心惊，就听见身侧传来一串“咔啦、咔啦”的声响，他低头一看，就看见捆在自己身周的十几个骷髅头，其中一个的下颚突然动了起来。骷髅头的下颚一上一下地动着，下面的牙齿与上面的牙齿碰在一起，发出瘆人的声音。

那声音穿透骞鹤的衣衫，沿着他的身体传到他的耳朵里，让他感到毛骨悚然。随着上、下颚的每一次碰撞，骞鹤都能感到肌肤上传来的牙齿咀嚼般的震颤，这震颤就像是敲在骞鹤的骨头上，在他的脑袋中形成巨响。

骷髅的下颚动得越来越快，仿佛是连串的鬼叫声在林子里奏响。骞鹤恨不得捂上自己的耳朵，他受不得这样的折磨，可他的双手被束缚了，他只能强忍这样的磨难。可是林子里的其他人都没有注意到这里发生的事情，狼群和喇呜纠缠在一起，佩音和英蓬还在草丛里寻找着紫瞳，他们没想到，更加凶恶的家伙将会来到这里。

一声响雷令整个林子都震颤了，所有的狼都停止了嚎叫，所有的喇呜都趴在了地上，所有的人都捂上了耳朵。响雷过后，天空中还有接连不断的轰隆声响，震得周围火树上的火苗乱晃。火光不稳，林子里明暗交错，骞鹤借着混乱的光线扫了一眼自己身上的骷髅，那个不断咬合下颚的骷髅不动了，林子里只剩天空中轰隆隆的巨响。

林中生灵还处在震惊之中，天空中的巨响突然止歇，一个黑影从半空中落了下来。那东西落在林子中央，将未来得及跑开的几只恶狼砸死了。林子里一时间又没了声响，激荡的火苗也安稳下来，由光、影、声、血腥味带来的躁动也渐渐平息下去，所有的眼睛都盯着林子中央的那个大家伙。

那东西站直了身子，朝左右吹了一口气，它这口气实在厉害，和英蓬的旋风不相上下，将两侧的恶狼吹得东倒西歪。它还要再吹，金羊魔神在上面叫了起来："先把我放下来。"

那东西抬头朝上面看了看，半空中一股旋风裹着草叶把金羊魔神束缚住了。那东西知道是自己的主人被困住了，张嘴便要吹气，想把金羊魔神放下来。英蓬怎么会让它得逞，他的身子化成一股疾速旋转的气流，如波涛一样将那东西围住。英蓬运起法术，将旋风死命地转起来，这旋风的中心形成了一个气涡，气涡带来了向上的吸力，这股吸力要将那东西抛出去。但那东西身子巨大，比十几只恶狼加起来的重量还重，英蓬无法像抛恶狼那样随意了。

这东西面对英蓬的旋风一点儿也不畏惧，只见它张开大嘴朝四周猛地吸了一口，周围的风便像是水流入穴一样进了它的嘴里。英蓬见它这样，大吃一惊，他还没见过这样的妖物，这东西敢吸他的风，但不知它能吸多少呢？

英蓬有心要和这东西斗一斗，他为风魔，运用风力自然是极为自如；这东西能用大嘴吸风，看样子是专为克制英蓬而来。

风速扩大了一倍，范围也外延了一丈，疾速旋进的气涡带动周围的气流，动起来的气流像刀子一样刮在人脸上，让人感到一阵生疼。狼群全都退了出去，退到气旋的外面。

那东西嘴巴大张着，将四周鼓荡的气流吸到它的肚子里。这东西的肚子也实在是厉害，它吸了这半天，肚子竟然还是那般大小，毫无鼓起的迹象。英蓬也不甘示弱，运用风魔的法术不断地在地面上生出气旋，真可谓平地生风。

那东西吸了半天，见身周的气流不见小，似是十分奇怪，扭头朝两边看了看。它似乎不晓得这风是英蓬化成的，只是以为是山间寻常的风，还以为吸一会儿便没有了。它吸了这么一会儿，看风势不见小，它便闭了嘴巴。

英蓬看见这个大家伙把嘴给闭上了，还以为这家伙服软认输了，便想催动气涡把这东西吹走。没想到那东西的嘴巴突地张开，猛地大吸了一口，这一下就和先前不一样了。如果说先前的情形是水流入穴的话，现在就成了大河决堤，它的大嘴成了填不满的无底洞，身周的气流一股脑儿地灌进它的嘴里。这一下大出英蓬预料。英蓬的身子化成了在周围旋转的气流，被它这一口猛吸，也随着那些风都灌进那东西的嘴里。英蓬看情势不对，迅速现出本体来，却正巧把脑袋卡进那东西的嘴巴里。

第十四章 红 瓦

山间水洼，蒿草掩围，不可近之。岸淤有异兽，虚腹张口，待来者而吞之，此为瓦兽。瓦兽身如熊而圆，首如马而肥，躯大而少动，常卧泥中。然其口大，肚腹宽广，虽是虎豹，亦可吞之。瓦兽双属，红绿分之，绿瓦或可见之，红瓦极难觅也。瓦兽能吞，绿瓦之吞，十屋不足填也，红瓦之吞，十绿不足填也。

——节选自《寺司百代·云林卷·风物篇》

那东西见自己嘴里正咬着一个人头，就要把嘴巴合上。英蓬反应极快，伸手卡住它的上下颚，两脚在它肚皮了撑住了，身子一下倒飞出去。

英蓬身子尚未落地，那东西张嘴一吐，先前被它吸进肚子里的风又一下被吐了出来。刚才被那东西吸进去的风不少，都存在它的肚子里，那些风在他肚子里蓄积了强大的力量，这时被它一下吐出来，十分厉害。吐出的气流如汹涌的波涛打到英蓬身上，气流化成气旋将英蓬卷住，他这号为风魔的人也被这风吹走了。

风力汹涌，又是猝不及防，英蓬被风裹挟着撞到树上，着火的树叶被风吹得掉落下来，随着风卷到了后面的大树上。后面的大树被吹来的火苗引燃，瞬间燃起了冲天的大火。大火从一树到另一树，转眼间就在森林里蔓延起来，这场由战斗带来的事故变成了整个森林的灾难。

先前大树上燃烧的火焰都是英蓬的风火，它们由英蓬控制的气流来控制火焰的燃烧程度，所以那些火焰只是在周围这一圈大树上燃烧，并未向外围的树木蔓延，可是那东西吐出的风把火焰带到了外围的大树上，这已经不是英蓬能控制得了的了。冲天的大火在森林里肆意流动，转眼间周围已是一片火海，这一片汹涌的火焰把天空都照亮了。

所有人都被眼前的景象惊呆了，谁也没有料到会发生这样的事。英蓬从地上站起来，看到这幅景象也是大吃一惊，他连忙送出一道气流，将周围这一圈树木上的火焰控制住了。外面的火焰进不来，他控制住了周围这一圈树木，他们在里面便不会受到火焰的威胁。至于外面的火焰，火势太大，已经超出了他的能力范围，他也无能为力。

狼群看到大火在森林里蔓延，全都引颈叫了起来。它们不惧怕火焰，它们害怕的是火焰烧掉森林，森林是它们的家，是它们生存的地方，没有了门鸠的森林，又哪里会有门鸠的狼群呢！

这片森林孕育了无数的生灵，可是只有门鸠的狼群以此为家。那些妖魔都是为了寻找冥界的入口才来到这里的，他们从来都不关心这片森林，他们只关心他们的欲望能不能达成，他们只关心冥界能不能给他们带来无尽的寿命，他们还关心自己能不能从冥界活着回来。为了弄清楚这些他们不择手段，搬山填海，毁林掘穴，把这片森林搞得一片狼藉，他们就是要穷天究地地把冥界入口找出来。

狼群才是正常秩序的维护者，可是它们不讨人们喜欢！

现在森林里燃起了大火，四周升腾的热气汇到一起，全都向中间这块无火的地方冲来。金羊魔神还在半空中，身周旋转的气旋无法阻挡四周热浪的侵袭。金羊魔神在上面受不了了，冲着那东西叫了起来。

那东西吹跑了英蓬，听到金羊魔神在上面叫喊，便张开大嘴朝空中猛吸了一口。这东西的肚皮实在是厉害，离着金羊魔神身上的气旋有两丈多远，竟也能把气旋吸下来，片刻间便将那个气旋吸完了。金羊魔神从空中掉下来，身子在草地上站住。周围的恶狼在林子里快速移动，刚才因为躲避旋风而混乱的阵型又变整齐了。

金羊魔神走到那东西身边，在它肚子上拍了拍，然后把耳朵贴上去听了听，一切如常，他才点了点头，转身朝金羊走了过去。金羊魔神蹲下身子在金羊的伤口上看了看，看到金色的羊毛上沾满了鲜血，金羊魔神心头怒火“噌”的一下蹿了起来，转身跑到骞鹤身边，一脚踹在骞鹤身上，卡着腰便骂了起来：“不长眼的东西，连我的金羊也敢伤。”说了这句，他看见骞鹤的锥子扔在地上，拿起来就要扎骞鹤。这时白豸从骞鹤身后跳出来，站到骞鹤身前，身子前趴，露着小白牙朝金羊魔神叫。

金羊魔神刚才领教了白豸寒气的厉害，身子连忙向后退，手拿锥子指着白豸：“你别过来，红瓦，红瓦快来救我。”

金羊魔神话音刚落，站在后面的那个大家伙便跑了过来，白豸张嘴想要喷吐寒气，红瓦张嘴猛吸，一下把白豸吸到了肚子里。金羊魔神见状哈哈大笑起来：“哈哈，和我作对，这就是你的下场。”说完，拿着锥子又要过来刺骞鹤。

骞鹤看到红瓦吃了白豸也是大吃一惊，但更让他感到惊讶的是红瓦的名字，他脑中灵光一闪，惊道：“这是只瓦兽。”

“错，是只瓦妖。”金羊魔神在骞鹤身前站住了身子。

瓦妖？骞鹤朝红瓦看了看，只见它身高一丈，体型如山，肚如圆鼎，腿如粗木，这样看来倒是有了人形，但它那张人脸却像河蛙一样，眼小嘴阔，双耳张于脑后，而且它上身宽大，双手粗短，背上布满了体肉外突形成的疙瘩。它又身穿黑裤，腰间系着红巾，如肉塔一样站在那里，看上去像是一个半人半兽的怪物。

瓦兽这种东西骞鹤是听说过的，这种东西在世间并不常见，传闻它们一生大多时候都生活在大山深处多水的地方，不过有时在宽阔的江底也能见到它们。它们不喜动，经常趴伏在泥沙之中，或者是岩穴的底部，喜欢以猛兽为食。瓦兽这种东西食量很大，一餐能吃掉几千斤的食物，不过它们吃一餐之后好几年都不会再进食。这种东西不常现于世间，关于它们的记载多来自传闻。曾有一个传闻，说有人见过一只发怒的瓦兽吞掉了半湖的水，这不知是真是假。

这种东西不常见，能修成妖怪而显大名于世间的就更少了。虽然是这样，可骞鹤就听说过一只瓦妖，他曾在一本古籍上见过那只瓦妖的记载，那段记载上说几百年前有一只瓦妖在森林里为乱，不过后来不知怎么的就不知所踪了。

金羊魔神走到红瓦身边，看了看骞鹤：“算你识货，为了找到这只瓦妖的尸体，我翻遍了十座大山，掘了不下三百个坟墓，又费了几年的时光才炼成这尊盘坛大尸。今天让你开了眼，好好看看。”说着，他伸手指了指挤在周围的狼群道：“红瓦，把它们都吃了。”

红瓦张开大嘴，朝那些恶狼猛吸了一口，如果是先前的样子，此时应该有一股气流将几只恶狼卷起来送到红瓦的嘴里，但情况并非如此。红瓦猛吸了那一口，身前并无气流旋起，肚子里也没有东西进来。金羊魔神见这情况，感到十分意外，伸手在红瓦肚子上拍了拍，没想到红瓦像是受了重击一般，退了两步倒在地上。

红瓦两手捂着肚子在地上打滚。金羊魔神看到它这样子，大叫不好，跑过去跳到红瓦肚子上，狠狠在上面踹了两下。红瓦已经疼痛难忍，被金羊魔神踹了两下，就觉一个肉球从肚子里滚到了喉咙处，先前吸进去的风还在它肚子里，它把那股风向上一送，便将那东西顶到了嘴里。肉球在它唇舌之间，红瓦的两排牙齿立即就要咬合起来，突然就感觉两腮僵硬，一股寒气将它的唇舌给冻住了。红瓦已是妖兽，不是未得灵识的山间野兽，它反应极快，将肚子里的那股风直接送出。风卷着那个肉球被喷到空中，众人抬头一看，就见一个白色的灵兽从空中落下来，正是刚才被吸进去的白豸。

原来白豸被红瓦吸进去后并未死掉，它落入一个黑暗闷热的环境中，内心变得极度恐惧，恐惧之下便开始乱喷寒气，将红瓦的肚皮都给冻住了。如果不是金羊魔神上去跺了那两下，只怕红瓦的肚皮最后非得变成冰块不可。

白豸落到地上，撒腿朝骞鹤跑过去。金羊魔神见它跑动如常，显然并没有受一点儿损伤，忍不住赞道："好灵兽，难得，难得。"他嘴里这样说着，心里已经打定了主意，要把这灵兽抢过来，到时候再做一尊极厉害的盘坛大尸。金羊魔神从红瓦肚皮上跳下来，要去捡刚刚扔到地上的锥子，就见火光之下，一个小东西被压在了狼尸下面，正薅着狼毛往上爬。金羊魔神心里一乐，伸手捏住她的后领将她提了上来，哈哈笑道：“你自己倒送上门来了。”

紫瞳被金羊魔神捏住了后领，身子被提在半空，两手上举想要扳开金羊魔神的手指，只是以她的力量怎么能办到？

金羊魔神见她这样，笑道：“你还是别费力气了，今天你就要跟我走，他们谁也阻拦不了。”

“我不跟你走。”紫瞳怒道。

“不跟我走？那你要跟谁走。告诉你，只要我一松手，你就成了这些恶狼嘴里的食物。”金羊魔神道。

“我，我要跟她走！”紫瞳指着站在外围的佩音道。

金羊魔神顺着她指的方向看了看，眼睛半眯着笑道：“那你就去找她吧！”

金羊魔神说完这话，脸上笑意全无，一下变成了阴狠之色，两指松开，紫瞳便直直地落下去。眼见紫瞳就要落到地上，金羊魔神伸脚托住，随即横弹，将紫瞳踢飞出去。

金羊魔神阴险至极，虽然他把紫瞳踢向了佩音，但飞行高度只有三尺高，佩音身前还挤着十几只恶狼，这些家伙怎么会放过紫瞳，金羊魔神这是要把紫瞳往狼嘴里送啊！

一只恶狼身子前扑，张嘴把紫瞳叼住了，如锯齿般的獠牙眼看就要咬下去。银丝飞来，将恶狼脖子缠住，猛地一收，如快剑般将狼头削了下来。恶狼都没来得及叫一声便丢了性命，只见狼血飞溅，狼头在地上滚了几下停住了。后面的恶狼扑上来要咬紫瞳，英蓬的气旋由上而下在紫瞳上方炸开，飞射的气刀打在恶狼身上，在它们身上打出了几个血洞。急驰而来的恶狼前肢弯折，身子滑到紫瞳身周，在那里堆成一堆。

气涡当头罩下，形成的吸力将紫瞳从死狼嘴里拔出来，紫瞳旋转着被吸到气涡中央。英蓬手指弹动，要将那个气涡收回来。红瓦正坐在地上，看见紫瞳要被英蓬带走，张嘴大吸一口，那个气涡周围突地升起了一股气浪，这股气浪裹挟着气涡兜兜转转地飘向红瓦。

英蓬见状，手上又结出一个大气涡，正想送出，抬头看到金羊魔神斜倚在红瓦身上，脸上带着笑意。英蓬心中犹豫了一下，便收了手上的气涡，又看了看金羊魔神，那家伙仍是那副样子，英蓬觉得那笑容诡异至极。

红瓦把紫瞳吸过来，金羊魔神一把把紫瞳抓在手里，哈哈笑道："小姑娘，我说过的，今天谁也带不走你。"说这话时，他将在场诸人扫视了一遍，现在这里还能与他为敌的只有英蓬和佩音了，这两个人都不是他的对手。

"我不跟你走。"

紫瞳说完在金羊魔神手背上抓了一把，金羊魔神只是笑了笑，看也不看她。紫瞳心里着恼，见金羊魔神兀自得意，心里更是来气，便抓过金羊魔神手掌，在上面狠狠咬了一口。这一下便十分疼痛了，金羊魔神痛得叫了一声，将紫瞳狠狠地扔在地上，嘴里怒道："不知好歹。"说完，抬脚就要踩紫瞳。

紫瞳见他一脚踩下来，心想这下死定了，吓得连忙捂住了眼。金羊魔神脚至半途，心中怒火被压制住了，看到紫瞳吓得蜷在那里，便叹了一声，把脚又收了回来，双眼瞪着紫瞳也不说话。

紫瞳等了一会儿，金羊魔神的脚没有踩下来，她便拿开了手掌，见金羊魔神正站在那里瞪着自己，她心里害怕，站起来想跑，没想到身子不稳又一屁股坐在那里。紫瞳伸手到自己背上摸了一把，就觉一股疼痛直入心髓，眼泪忍不住流了下来。

金羊魔神压住心中怒火，冷声问道："怎么了？"

紫瞳眼中噙着泪水，气道："你把我摔疼了。"

金羊魔神冷哼一声："别说这点儿疼痛了，今天我要是狠下心来，就连你的性命也别想有了。"说完，他又指了指四周的狼群："你如果不跟我走，这些狼眨眼间便会把你吃掉，他们这些人哪个能救你？"

紫瞳捂着自己的后背，朝四周了看，英蓬和佩音都处在狼群包围之中。此时狼群还没有行动，待会儿如果狼群发起攻击，英蓬脱身应该没什么问题，可紫瞳不想落到他的手里，她想要跟佩音走，但以佩音的能力想要活命都很难。其他人都被金羊魔神制住了，更没有指望了。

紫瞳抬起头来，倔强地道："反正我是不会跟你走的。"

"那你是打算葬身狼腹。"

紫瞳抿了抿嘴，若有所思地道："不会的，离皇哥哥会来救我的，他一定会来的。"

"离皇？"金羊魔神愣了一下，随即哈哈笑了起来，"离皇，你说的是那个离皇？"

紫瞳疑惑地看着金羊魔神："哪个离皇，自然是我的离皇哥哥呀！"

金羊魔神哈哈一笑，从腰间拿过那支笛子，他将笛子放到唇边，鬼魅的笛声飘荡出来，金羊魔神边吹边脸带笑意地看着紫瞳。紫瞳不知道他要做什么，可是其他人知道怎么回事。在今天晚上，笛声已经响过两次了，分别召唤出了牛头怪和蛇头怪，这一次又会有什么出现呢？

笛声在林子里飘荡，在颤动的火苗上，在断折的草叶下，在躁动的狼腿间来回穿绕，似一种无形的力量贴着地面穿行，顺着土壤间的空隙穿到泥土的下面，将地下沉睡的恶魔唤醒。

笛声在林子里并没有响太久，很快便停了下来。当笛声止息，渗透到地下的声音终于唤来强大的力量，这股力从底下涌出，将地面裂开了一道口子。所有人都瞪大了眼睛，等着看看这个即将出现的恶魔。

一只手掌从裂开的口子里伸出来，它抓住地面上的野草，用力一拉，身子从地下蹦了出来。那人站在地面上，朝四周一看，见到环伺在周围的狼群，眉头一下皱了起来，回头看着金羊魔神："你把我带来这里做什么？"

紫瞳已经跳了起来，挥着手叫道："离皇哥哥，离皇哥哥我在这里。"

这个从地下钻出来的人就是离皇了，他听到了紫瞳的声音，可他并没有看到紫瞳，直到有人扯了扯他的袍子，他才低下头去，看到那个身高一尺的小人儿扯着他的袍子，满眼兴奋地望着他。

离皇蹲下身子，看着她在草地上蹦跳着，火光下，这姑娘衣衫破败、容颜憔悴，显然这两天没少吃苦。虽然是这样，可凌乱的发髻下那两颗明亮的眸子仍是无比清澈。

看到紫瞳这样子，离皇心里是又欢喜又自责，他没想到会在这里遇到紫瞳，这两天他在森林里拼命地寻找紫瞳，可最终一无所获，中途还落到金羊魔神的手里，他以为再也救不回紫瞳了，没想到却在这里意外重逢。见到紫瞳他心里自然欢喜，可看到紫瞳这个样子，就知道她这两天经历了多少危险，受了多少罪，而这一切都是因为他没有保护好她。他把她从树屋里带出来，却让她遭受这样的磨难，他心里实在是自责。

离皇将手掌放到地面上，紫瞳明白他的意思，跳上去坐了下来。离皇将她举到自己面前，好好看了看她："你，你怎么变成这样子了。"随即又道："厉烈把你变成这样的是不是？"要说把别人变大变小这种事，也只有厉烈能办到。离皇可是在厉烈手上经历过这种事情的，他一看到紫瞳缩小的身躯便想到是厉烈所为。

紫瞳点了点头："离皇哥哥，你快带我离开这里吧，这里有好多狼，它们要吃我。"

离皇点了点头，便要把紫瞳放到怀里，这时一股气流袭来，将紫瞳卷着倒飞出去，离皇伸手抓了一把，没能抓到。金羊魔神将紫瞳抓在手里，看着离皇道："离皇，想在我手里抢人，你也不想活了。"

离皇抢上两步，跑到金羊魔神身前："你抓她做什么，她什么也不知道，你想知道的东西都在我这里。"

离皇此言一出，所有人都吃了一惊。离皇可不知道紫瞳此时的身份已经由懵懂无知的少女变成了冥界潜逃者，现在所有人都想要从紫瞳的嘴里知道冥界入口的位置。离皇这几句话说出来无异于承认自己也是从冥界逃出来的。

金羊魔神看了看紫瞳，又看了看离皇，眼珠转了一下，笑道："好，你带我去找到冥界入口，找到了我自然放了她。"

"冥界！"离皇吃了一惊，连忙摆手道："什么冥界入口，我不知道。"

金羊魔神嘿笑一声，指了指紫瞳："你不知道，可是她知道啊。你说我能放她吗？"

离皇听闻这话，整个人如遭雷击，僵在当地，过了片刻摇头道："不可能，这绝不可能。这些日子她和我在一起，我很清楚，她绝不是从冥界出来的。"

“你清楚，还是狼群清楚？”金羊魔神冷言道，“这么多狼都是冲她一个人来的，狼群是不会犯错的。”

离皇朝四周看了看，所有的狼都紧紧地挤在一起，它们组成了一个包围圈，把所有人都围了个结实。这些狼都露着尖牙，目带凶光地盯着紫瞳，看它们的样子是想把紫瞳给吃掉。离皇想起了那个和紫瞳分开的晚上，他们也遭到了狼群的围攻，难道狼群真是冲着紫瞳来的？

离皇好一会儿没有说话，他也搞不明白狼群的这些举动，可他相信紫瞳绝不会是从冥界出来的人。他想了一下，对金羊魔神道：“你把她给我，我带你去找玄铁葫芦，这样她也不会跑掉。”

金羊魔神想了想，他这次出来是为了找回自己的玄铁葫芦，能在这里碰上紫瞳实属意外。玄铁葫芦是他炼尸用的宝贝，可不能丢了。不过现在看来紫瞳似乎更加重要，毕竟关于冥界入口的线索并不是什么时候都能有的，但没了玄铁葫芦他就再也炼不出盘坛大尸，没了盘坛大尸他还怎么在林子里立足。金羊魔神越想心中便愈加纠结，这两样东西他都难以割舍，实在是难以抉择，正纠结处，脑中突然灵光闪现，一巴掌拍在脑袋上，笑了起来：“我真是笨啊，我把他们都抓住不就完了，这两个人都没有法力，我抓他们易如反掌。”

想到了这个主意，金羊魔神暗自得意，可令他没有想到的是，狼群一晚上的隐忍，暗自筹谋的行动终于在这个时候发动了。

野火横烧，气浪涌动的森林里传来一声狼叫，这声狼叫离这里很远，它是在远方的森林里响起的，可它来得很快，只一会儿工夫，叫声就来到了附近。它在周围熊熊的烈火中对着黑暗的天空啸叫，它这一声嚎叫持续的时间很长，中间没有停歇。周围的狼听到了这声音，全都收起了爪子，藏起了獠牙，引颈朝着天空叫了起来。

看到这情形，所有人都皱起了眉头。金羊魔神听到狼叫声，心里暗觉不妙，伸手便要将紫瞳往怀里放。紫瞳死抓住他的襟口就是不往他怀里进。金羊魔神大怒，伸过另一只手抓住紫瞳的手掌往下拽，可是紫瞳就是不松手。金羊魔神大怒："好，这条胳膊便不要了，反正少条胳膊也死不了。"说着伸手就要去扯紫瞳的胳膊，此时就见寒光一闪，一柄短刀朝他面门砍来。

金羊魔神伸手去挡，就听那人身后风响，那人已身不由及倒飞出去，正被红瓦伸手抓住了。原来离皇见金羊魔神要对紫瞳动手，便拿着短刀上来阻止，可站在后面的红瓦岂能让他得逞。红瓦的两只手掌压在离皇肩膀上，离皇感觉有如两座小山压下来，身子不支一下坐在地上。

金羊魔神怒火中烧，气冲冲地跑过去在离皇肚子上踹了一脚，怒道："吓死老子了，老子的手差点儿废在你手上。"正气愤不过，看到离皇的短刀掉在地上，弯腰捡起来，挥刀就要砍离皇。

"住手，你要做什么？"紫瞳见他要行凶，惊叫起来。

"做什么？当然是杀了他了。"金羊魔神道，"你说他可以带你离开这儿，我看看他有没有这份本事。"

金羊魔神说完，一刀扎进离皇肩膀，接着拔出刀来，鲜血便从离皇肩头迸出。金羊魔神微微一笑："看来他没这份本事。"

紫瞳看到离皇肩头流下的鲜血，吓得脸色苍白，带着哭声道："你杀了他，你杀了他。"哭着在金羊魔神手背上咬了一口。

金羊魔神被她咬过一次，有了经验，这一次便忍着疼不再松手，见到紫瞳满脸泪水，便道："急什么，还没死呢。不过白毫就要来了，没有时间了，这次便真的杀了他吧！”

“不行。”紫瞳叫道，“他如果死了，我……我是决不会告诉你冥界入口在哪儿的。”

闻听此言，离皇和金羊魔神同时一惊，他们可不会想到紫瞳会为了救离皇将自己陷于万劫不复之地，此刻群狼环伺，紫瞳这样亲口说出来，只怕狼群绝不会让她活着离开。

金羊魔神哈哈一笑：“你还威胁我，不怕，对付你我有的是手段。”说完，拿刀就要刺离皇。

紫瞳抓住金羊魔神手指还要咬他。金羊魔神手掌一翻，便将紫瞳倒抓在手里，紫瞳再想翻身上来抓他手指已是不能。金羊魔神哈哈笑道：“好好看着，我先把这小子宰了。”说完，挺刀就刺离皇，这时身后风响，一支弩箭从后面射来，直刺金羊魔神后心。

红瓦看到弩箭射来，张嘴呼出一口气，这口气化成一道强劲的气旋朝短箭卷去。只是红瓦看上去有些蠢笨，它忘了金羊魔神站在他身前，正在气旋的路径上，一下便将金羊魔神和弩箭卷在了一起，虽然弩箭失了方向，可金羊魔神也被卷倒在地。

金羊魔神跳起来就要骂红瓦，却听到身后风响，连忙侧身闪开，就见一支弩箭“嗤”的一声打进地里。金羊魔神回过头，正看见燕牙从刚才裂开的坑里跳出来，便怒道：“燕牙，你也不想活了。”

燕牙把短弩拿在手中，瞄准了金羊魔神：“把他们两个放了。”

金羊魔神哈哈一笑，撒开腿就跑，燕牙一支弩箭已经射出，金羊魔神眼见躲不过，便在地上滚了一下。燕牙这短弩果然厉害，金羊魔神在地上滚了这一下，抬头就见那支弩箭擦着他的鼻尖打进地里。金羊魔神大叫一声："我的妈呀！"站起来撒腿就跑，边跑边拿过腰间的短笛，放到嘴边没命地吹起来。

他现在情势危急，吹奏毫无韵律可言，只听见尖利的笛声自笛子里跑出来，竟比周围的狼叫声还要尖利。燕牙知道他在召唤尸体，便不敢停歇，弩箭一支支发射出去，只是金羊魔神太过灵活，每次弩箭与他都是差之毫厘。

燕牙取出三支弩箭，准备三箭齐发，正要扣动弩机，就感觉脚下的地面震了一下，一个如小山一般的家伙跳到了他的后面，挥掌便来扫他。燕牙身子朝前一滚，躲开这一下，回头一瞧，就见一个牛头怪物正从自己刚才出来的坑里爬出来。他知道这便是金羊魔神召唤出来的尸体了，便将弩上三支弩箭全发了出去。

燕牙的三支弩箭来速极快，牛头怪竟然毫不躲闪，三支弩箭射在它身上，全都被弹开了。此时站在外围的英蓬看到这个牛头怪更是大吃一惊，这个牛头怪刚刚被英蓬的风火烧死，被那几只喇呜埋到地下才不大会儿的工夫便又活了过来，看来金羊魔神的驱尸之法果然有些门道。

见燕牙被牛头怪缠住了，金羊魔神才松了口气，这时他听到周围的狼叫声愈发尖利，他快步跑到红瓦身前，见离皇还被红瓦压在那里，朝红瓦道："还管他做什么，把他扔到狼堆里。"

他说完这话，便觉掌心刺痛，低头一看，就见紫瞳拿着一个棘刺扎他，也不知道这根棘刺是从哪里来的，多半是他刚才倒在地上的时候紫瞳从地上捡的。林子里草木丛生，生有棘刺的树木不在少数，草丛里有不少这种东西，紫瞳能拿到也不奇怪。金羊魔神知道情势紧急，又被紫瞳扎了一下，心中愈加着恼，劈手夺过那根棘刺，对紫瞳道："也让你尝尝这滋味。"

说着，拿起棘刺便扎进了紫瞳身体。

紫瞳“哎哟”了一声，鲜血已从伤口渗了出来。她现在是一个身高一尺的小人儿，被这一下扎进去她怎么受得了。金羊魔神忘记了紫瞳身体变小，和自己自然是不一样的。

金羊魔神刚才在气头上，这一下扎进去，只怕伤及了紫瞳内脏，这一会儿再看，紫瞳已经气若游丝，面色苍白如纸，鼻翼微张，已经是出气多进气少了。

离皇并未看见紫瞳动作，只看见金羊魔神在紫瞳身上扎了一下，紫瞳便身子绵软，瞬间没了生气，又看到紫瞳衣衫大部都被鲜血染红了，离皇的身子便像是受了霹雳，一下子僵住了，过了好一会儿才颤声道：“她……她怎么了？”

金羊魔神看了一眼离皇，笑道：“死了。”说完便把紫瞳扔到了地上，只见紫瞳身子歪倒在地，鲜血染红了她大半个身子，脸上已经毫无生气。看到紫瞳这样子，离皇便觉心里一痛，眼泪就要夺眶而出，抬头又看到金羊魔神脸上笑意盈盈，心里的怒火哪里还压得住，身子一挣便想要站起来，红瓦的两只手掌稍一加力便把他又压了下去。

金羊魔神见状，笑道：“生什么气，刚来这里没几天吧，死人再正常不过了，慢慢会习惯的。”

离皇听不进金羊魔神的话，他现在只有奋怒，充血的双眼如同着了魔一般死死地盯着金羊魔神。他身子使劲儿往上挣扎，每挣一次，红瓦便往下压一次，每压一下，便可以听到离皇身上的骨头“咔咔”作响，他这是在拼了命地往上挣扎，连骨头都要被红瓦压断了。离皇的两条腿不断地在地上蹬，想要支撑起身体，但红瓦的两只手掌带来如山岳般的力量，使他的一切努力都变成了徒劳，地面都被他蹬出了两个坑，可离皇的身子仍无法挣脱红瓦的压制。

金羊魔神见他这样子，开口道："别挣了，况且人都死了，你出来干啥，出来送死啊！"

离皇听不见金羊魔神说什么，他也不知道自己挣脱红瓦要干什么，他的心里现在充满了悔恨、自责和愤怒。他想他不该去打扰紫瞳的生活，紫瞳这样一个单纯的姑娘应该安安静静地待在树屋里，他把她带到这个危险而邪恶的森林里做什么呀，她根本不属于这片森林，她不该为此送命。

金羊魔神见离皇仍在拼命挣扎，心想要找到玄铁葫芦还得靠他，但他这样子，留着也是个祸患，与其如此倒不如把他去喂狼，反正还有一个燕牙在，找到玄铁葫芦应该不难。正想到这里，金羊魔神就觉脚踝收紧，低头一看，双脚已被一道银丝缠住。佩音从狼群里滚出来，扯住银丝一拉，将金羊魔神拉倒在地，接着伸手便去抢紫瞳。佩音刚才见金羊魔神躲避燕牙弩箭十分笨拙，便料到金羊魔神只是法宝厉害，再就是召唤所谓的盘坛大尸，自身能力并不怎么强，她心中有如此猜想，便要偷袭金羊魔神，没想到一下便将金羊魔神捆住了。

佩音伸手去拿紫瞳，金羊魔神大喊一声："红瓦。"

红瓦双手压住离皇，张嘴吐出一口气，这气又化成疾风，落到佩音身上将她卷飞出去。佩音虽然制住了金羊魔神，可没有考虑到更难对付的红瓦。眼见这道疾风要将佩音送到熊熊的火焰中去，那火焰片刻间便可以将佩音烧成灰烬。英蓬手上结出一个气涡，气涡中间的吸力将那道疾风引下来。

金羊魔神拿起紫瞳的尸体，冷笑道："连尸体也来抢，我就偏偏不给你。”说完，金羊魔神把紫瞳的尸体往上一扔，喊道：“红瓦，接着。”

红瓦张嘴把紫瞳接住，在嘴里嚼了嚼，吞下肚去了。离皇看到这一切，身子如遭雷击，一下瘫坐下去，一刹那，全身各处的疼痛一起涌上来，身体和心理的双重打击让他昏了过去。

迷迷糊糊中，离皇感到自己心里的某个地方裂开了，一种似曾相识的感觉在心底生出。那是一种面对失去无能为力的愧疚感，这种感觉让他想起了以前的许多事。

那时候他还没有进入这片林子，他和一个女孩儿正度过他们的快乐时光，那是他生命中最快乐的时候，他们的世界里充满了鲜花、云朵，还有阳光，和这里的世界完全不同。

离皇的脑海中是他们在花海中徜徉的画面，但是这画面很快就被另一种景象取代，那是阴暗房间里的病榻，那个美丽的姑娘已经病入膏肓。她的脸上失去了往日的色泽，她的头发已经全都变成了白色，她的手指瘦如枯枝。离皇紧抓住她的手，放到自己脸颊上，如果可以，他希望把自己的生命通过手掌传递给她。

离皇的眼泪落到了姑娘的手上，美丽的姑娘睁开如黑夜般的眼睛，那里面曾经是星辰大海。她看着他，嘴唇动了一下，想要说些什么，离皇摇了摇头，把手放到她的额头，整理了一下落下来的乱发，他想吻她，吻在她的额头。

可是，变了，又变了，躺在病榻上的是那个跟他从树屋里出来，心地单纯的姑娘，她是她，还是紫瞳，或者她们都是，都是离皇要失去的姑娘。不，绝不，离皇绝不接受这样的结果，他打开房门冲了出去，可外面又有什么呢？外面是无尽的荒野，是阴暗的天空下屹立着的塔楼，是翻滚的黑云笼罩下的孤独男子。

离皇站在荒野上，远远地看着那个被狂风扯碎的模糊黑影，他已经知道那是什么了，那是一个高高的塔楼，一个长满了野草，被黑云笼罩着的塔楼，它屹立在那里很久了。在过去的梦境里，离皇有好几次都差点儿看清它的样子，但又总是在即将揭晓答案的时候清醒过来，这其中似乎有某种力量阻挡着他探究塔里的秘密。

今天，离皇不想去探究什么，他裹紧袍子坐在草地上，看着天空中翻滚的黑云。这些黑云层层叠叠，相互碾压，似乎在遮挡着后面那股隐秘的力量。浓重的黑云在天空中涌动起来，如汹涌的波涛搅起了无数的黑浪，荡开的云朵在周围炸开，又变成层叠堆积的黑云，加入到涌动的波浪中去。

终于，一道闪电划破了天空，如一道利剑将满天的黑云斩断，天地瞬间一片光亮，一刹那，离皇感到眼前一片清明，他看到那座塔楼好像从底下裂开了。

第十五章 裂开的塔楼

熙琴乃苍穆之友，性洁，喜居水侧。其发甚长，必以清泉浣之，尤忌金丝绾发。其身具异能，生类近之，皆为其术所制，或为木石，或为金铁。其为人族，然匿藏金牌，世人少知。

——节选自《寺司百代·云林卷·神魔列传》

金羊魔神双脚被佩音的银丝缠住了，身子倒在地上无法移动，他抓住银丝上的兽头猛扯几下。银丝没有松开，反而越收越紧，已经勒进皮肉里了。金羊魔神不敢再扯，暗骂了几句。此时他才发觉狼叫声停止了，刚才啸叫不止的恶狼都停下了。他正奇怪，就听见“哗啦”一声响，漫天花火从火树上冲荡下来，一个巨大的身躯从树上跳下来。

那家伙是以巨大的力量从火树后面冲出来的，它那强壮的身躯将火树上的枝干都撞断了，燃烧着的枝干落到地面上，带着火焰朝四面飞射。那个跳下来的大家伙身子一落地两只前爪便探了出去，借着两只后爪的力量直直地朝牛头怪扑去。

燕牙正在牛头怪背上，手拿弩箭使劲儿地扎牛头怪，就见一只巨兽伸着两只前爪扑了上来，爪子上亮着爪尖儿。那家伙来得很快，从正面扑到牛头怪身上，燕牙就感觉牛头怪的身子晃了几下，接着便向后退了几步。燕牙暗叫不好，转身从牛头怪身上跳下去。

燕牙跳到地上，回头再瞧，就见一只身材壮硕的恶狼扑在牛头怪身上，狼嘴里的牙又尖又长，比先前见过的所有狼都要凶厉。那家伙将尖利的长牙伸到牛头怪脖子上，要将这噬魂夺命的牙插进牛头怪的血管中。牛头怪的手掌一下扇过来，势大力沉，打在恶狼头上。恶狼晃了晃脑袋，张嘴咬住牛头怪的胳膊，将嘴里的长牙贯进去。

这一下十分凶残，任何人都难以忍受，但牛头怪只是一具将尸，它没有痛感，这一切对他毫无作用。燕牙站在远处看到了这血腥的一幕，拿起短弩要射牛头怪。燕牙还以为现在的大敌仍是牛头怪，却不知更加凶残的恶兽已经来到这里。燕牙的手指正要扣动弩机，身旁那些蓄势已久的恶狼终于扑了上来。这些凶残的家伙一晚上都在隐忍，现在它们终于可以放任饥渴的爪牙去饱饮人类的鲜血了。

整个狼群都疯狂了，所有的狼都向附近的人冲去，今晚，它们一直受着金羊魔神的压迫，不能畅快地杀戮，而现在，是它们反攻的时候了。漫天的花火是进攻的号角，不断炸开的火树唤醒了它们内心的嗜血欲望。周围的火树上又跳下几个大家伙，它们直接扑向牛头怪。牛头怪一手支着地爬起来，刚把先前的一只恶狼顶翻，紧接着扑上来的大家伙又把它压倒在地。这些恶狼身躯沉重，如山岳般把牛头怪压住。牛头怪的手脚在地面上撑了半天也无法把它们掀翻。一头恶狼卡住了牛头怪的脖子，尖牙已经刺进牛头怪的喉管，可是并没有鲜血流出来。牛头怪是金羊魔神的将尸，它早就是一具尸体了，它怎么会有代表活体生命的鲜血呢。喉管被咬断了，可并不能让牛头怪停止反抗，它的手掌还在扳扯恶狼的爪子，另一只恶狼跳到牛头怪前面，张嘴咬住了它的脑袋，死命向后扯，就听见“咔嚓”一声，牛头怪的脑袋掉了下来。这一下没了脑袋，牛头怪终于停止了挣扎。

金羊魔神看到那几只恶狼在牛头怪身上撕扯，吓得尖叫起来：“红瓦，快带我走。”

红瓦放开手下的离皇，伸手抓住金羊魔神放到肩上。金羊魔神拍着红瓦的肩膀催促起来：“快走，快走。”此时，一声痛苦的叫声传来，金羊魔神抬头一看，就见一只壮硕的恶狼正扑到金羊身上，张着嘴撕咬金羊。金羊身上的羊毛有如铠甲一样，一般恶狼的尖牙是无法咬穿的，就连骞鹤的冰锥都无法穿透金色的羊毛，可是这只狼的尖牙刺进了金羊的身体，这只狼的左耳上有一撮白毛。

金羊魔神看到那只恶狼的左耳上有一撮白毛，它们是白毫，它们是从更深的森林里出来的，它们是更加恐怖的恶魔，它们是门鸠不轻易派出的屠杀军团。现在，它们来到了这里。

金羊魔神催促着红瓦快点儿过去，他得去救自己的金羊，没有了金羊他还是金羊魔神吗？他看着恶狼咬牙切齿：“你们这些可恶的家伙，以为我金羊魔神没有法宝了吗？”他伸手去摸腰里的短笛，这一摸却是大惊失色，笛子不见了。他摸了摸左边，又摸了摸右边，都没有。他四下张望着，肯定是刚才倒在地上，不小心掉了。他现在没有工夫去找了，指着恶狼对红瓦道：“快吹，快吹。”

红瓦大嘴一张，一口大气从它嘴里吐出来，这口气化成猛烈的旋风朝那只恶狼卷过去。旋风罩住恶狼的身子，气旋的中心产生极大的升力，可是恶狼的身子却稳如磐石，直至强劲的气旋散去，恶狼的身子都没有移动，仍是咬住金羊不松口。金羊魔神惊呆了，这，这就是白毫吗？它们根本不把旋风放在眼里。

燕牙射倒前面的恶狼，听见身后风响，一只想要扑上来的恶狼被人扯开。燕牙回过头去，就见一个紫衣女子正卡着狼头将脖子扭断，她朝燕牙道：“站在一起。”

燕牙没明白她的意思，就觉一股气旋从上面罩下来，在自己周围形成数道强劲的气刃，将附近的恶狼全部打倒，接着一个男子从风中化身出来，对紫衣女子道：“靠过来。”

三个人靠在一起，英蓬的手上结出一个更大的气旋，双手横托送出，气旋带着风刃在周围旋开，风魔对风的掌控已至化境，从他手上涌出的每一丝气流都是无坚不摧的利剑，被气旋上的气刃刮到的恶狼要么倒地，要么撒腿跑开。随着气旋的扩张，外围的气刃开始向四周飞射，可是，有几只恶狼不但没有后退，反而迎着气旋走上前来。

那几只恶狼已经落进气旋的范围内，它们的前行毫无阻滞，英蓬的风对它们不起作用。三个人都吃了一惊，他们还没有注意到，更加凶恶的狼已经加入到这场屠杀中来，那就是白毫，是狼群苦等了一晚上的杀戮凶兽。

英蓬在手上结出更加强劲的气旋，他将这气旋抛出去，气旋翻滚着如一枚不断旋转的巨石落到一只恶狼身上。急速旋转的气流产生的强劲升力笼罩了恶狼全身，但在英蓬的眼中，他只看到随风乱摆的狼毛，恶狼的身躯在地上稳如磐石。

眼前的景象把英蓬惊呆了，他愕然道："这，这是怎么回事？"他又盯着恶狼看了半天，当他看到恶狼左耳上那一撮醒目的白毛，他惊呼起来："这，这是白毫。"

燕牙把手里的短弩对准了一只恶狼，三支弩箭激射出去，三箭并行，直射狼首。燕牙的弩箭速度飞快，但恶狼的反应更快，它并不躲闪，只是甩了一下狼首便将三支弩箭全部拨开。

"它们不是普通的狼。"英蓬道，"它们是白毫。"

"白毫？"燕牙看了一下英蓬，"白毫是什么？"

英蓬看着穿过气旋走过来的白毫道："那是一种生活在森林深处的恶狼，它们是门鸠的狼群中极为凶残的一支。因为它们的左耳上有一撮白毛，所以人们称它们为白毫。这些白毫和普通的恶狼不同，它们都是门鸠自久远的过去便开始精选的异种。要对付它们一般的法术只怕不起作用，平常的武器也伤不得它们。"

"那怎么办？"燕牙问道。

英蓬想了一下，掌中气旋从地上卷了一片燃着的树叶上来，手掌一晃，在掌心形成了一团火苗。英蓬将这团火苗送出去，火苗化成了一道火线，在那只白毫身上缠了一圈。火线并未在白毫身上燃烧，而是随着裹送它的气流钻入白毫体内，风火入体，那只白毫突然从地上跳起来，嘴里惨嚎着。白毫叫了几声，接着趴在地上，身子不断翻滚，显然十分痛苦。但白毫和先前的恶狼不同，它并没有死掉，它在地上翻滚了好一会儿，然后又站了起来，顶着风要穿到气旋里面来。先前那些恶狼如果受了英蓬风火的攻击早就死掉了，可这只白毫只是翻滚了几下，并没有死掉。

英蓬咬了咬牙，又从地上卷了一片树叶上来。他已经确信，他的风火可以灼伤白毫，现在他要操控更猛烈的火焰，将这些白毫一网打尽。英蓬的手上炸开了一朵赤热的火花，那上面红色的火苗不断跳动，火焰周围的气旋急速旋转，带着外溢的火苗翻动起来。英蓬运起了法术，要将这火苗催动得更大，更加红艳。可是英蓬忘了刚才金羊魔神的话“质体不修，强御外力，质识衰竭，外力反噬”，今天晚上他已经过度催动第二御力，他的身体已经无法承受第二御力带来的反噬，如此猛烈的风火，英蓬还如何驾驭得了。

火苗顺着英蓬的胳膊烧到了他的肘部，甚至还要沿着胳膊烧到他的肩膀那里。英蓬看到不断上行的火焰，猛然想起了金羊魔神的话，他连忙收了掌中的气旋，火焰随即小了下来，但并未熄灭，残留的火焰还在英蓬掌中燃烧，甚至烧透了英蓬的手掌。

英蓬额头开始滴下豆大的汗珠，显然，这些火焰已经不受他的控制了，它们开始在英蓬的身体上游走。英蓬变掌为拳，将火焰一下握在手里，拳外又由气流旋转形成了一个气涡，英蓬猛地一甩，气涡带着手里的火焰飞了出去。

英蓬解决了这个麻烦，还没来得及松口气，几只白毫已经突破了他身周的气旋，猛地扑了上来。如今，火用不了，风又不起作用，英蓬只能徒手和恶狼相搏了。一只狼爪横向拍来，英蓬举手相格，狼爪上重力传来，英蓬险些被它拍出去，扭头一看，佩音和燕牙都已被拍倒在地，两只白毫扑到他们身上要撕咬他们。英蓬撇开身前的白毫，身子化成风卷起佩音和燕牙就走。

金羊魔神被红瓦扛着奔跑，红瓦一路横冲直撞地跑到金羊身边，一拳将咬住金羊的白毫打倒。白毫不愧为狼中异种，受了红瓦这一下重击，身子只是趔趄了一下，紧接着站直了朝红瓦扑上去。金羊魔神看到白毫扑到红瓦身上，红瓦的身子晃了一下，险些将他晃下来。金羊魔神知道红瓦身子极重，那个如铜鼎一样的肚子少说也有几千斤重，白毫的一次扑击竟能使它身子不稳。金羊魔神现在知道红瓦的风为何吹不动白毫了，这些白毫的身子只怕也得有几千斤重，要想吹动它们，红瓦必须在肚子里好好酝酿酝酿，不过它现在可没时间去酝酿了，又有两只白毫扑了上来。三只白毫扑在红瓦身上，尖利的长牙抵在红瓦身上，想要刺穿它的身子。金羊魔神趴在红瓦肩上，被它们几个挤来挤去，早就大叫起来。

此时就听一声兽嚎传来，震动了整个林子。金羊魔神大叫起来："好金羊，快来救我。"

只见那只受伤的金羊勉力站起来，朝着红瓦身侧的白毫叫了一声。金羊的叫声有如实质般打在白毫身上，那只白毫直接被击飞出去。白毫在地上翻滚了几下，身子滚出去好远。白毫趴在地上，过了好一会儿才晃了晃脑袋站起来。它掉转身子盯着金羊低吼着，嘴里的血从白牙间滴落下来。白毫两眼像是要喷出火来，爪子在地上拨动着，身子慢慢移到金羊侧面，金羊正要扭过身来，后面的火树突然星火四溅，一只白毫从树上跳下来，一下扑在金羊背上，金羊惨嚎一声，两只前肢从地上弹起来，想要将背上的白毫晃下去，没想到受伤的后肢支撑不住，身子一下倒下去，被白毫扑倒在地。正移动到侧面的白毫后肢发力，身子弹到金羊身上。两只白毫在金羊背上开始啃咬。

金羊魔神看到自己的金羊在地上痛苦地挣扎，一下就急了起来。此时旋风从天而降。英蓬将佩音和燕牙放下来，自己化成人形，看着几只白毫正围着红瓦撕扯。他看着趴在上面的金羊魔神道：“魔神，还不快将盘坛大尸放出来，不然大家都会死在这里。”

金羊魔神趴在红瓦肩上，被几只白毫围攻，早就急得叫了起来：“臭丫头，还不快把我脚上的东西解开，要不大家一齐死在这里。”

佩音闪身躲到燕牙身后，探头看着金羊魔神道：“你先把紫瞳放出来，我就放了你。”

“紫瞳？什么紫瞳，我不知道。”金羊魔神可不知道今晚所有人抢夺的小姑娘就是紫瞳。

“她在你那只红瓦的肚子里。”佩音指着红瓦道，“你刚才让它把紫瞳吃了。”

金羊魔神愣了一下，随即道：“那丫头已经死了，你还要她做什么。况且她已经被红瓦吃了，只能等变成粪便排出来。”

佩音听他这话，心里一怒，突然收紧金羊魔神脚上银丝，痛得金羊魔神大叫起来：“臭丫头，你干什么，快松开啊！”

佩音不管他，只是皱着眉，心里暗自琢磨，她刚才看见紫瞳被红瓦吃了，也料想紫瞳生还无望了，但刚才她看见白豸被红瓦吸进肚子里，又从红瓦嘴里逃了出来，便想红瓦可能是金羊魔神的一个储物容器，金羊魔神把紫瞳给它吃了，便是想趁机把紫瞳带走，但现在金羊魔神这样说，佩音一时也拿不准金羊魔神说的是真是假。金羊魔神在红瓦背上痛得哇哇大叫，身周几只白毫在红瓦身上撕扯，红瓦身上已经出现了几处伤口。虽然红瓦力大无穷，但这几只白毫身躯沉重，红瓦只能勉强将它们推开，推开一只另一只又会扑上来，实在是顾此失彼。金羊魔神看到红瓦的惨状，心里暗自琢磨，盘坛大尸炼制不易，不是那些一般的将尸可比的，再放出一只来自然容易，但这些白毫也极难对付，须得放出一只专门克制这些白毫的盘坛大尸才行。他心里有了主意，但并没有立即召唤盘坛大尸。他想以此为筹码做交换，让佩音把脚上的银丝解开，不然的话，就算把狼群击退了还是会受制于佩音。

金羊魔神心里盘算好了，正打算同佩音讲，就听见林子里突然飘起了轻柔的歌声，歌声轻微，却听得清清楚楚。那歌声夹杂在鼎沸的狼叫声中，四处飘荡，虽然轻微，但并未被叫声淹没。如果说狼叫声是不断翻滚的污浊河水，那么这突然出现的歌声便是由清泉流出的涓涓细流，它流入这沸腾的污水中，但不同流合污，清者清，浊者浊。任凭一个个污浊的暗泡在四周炸开，那股清流随波而行，依势而进，在污水的阻隔与助推中流到每一个人身边，化成美妙的音符贯进每个人的耳朵里。

听到歌声，所有人都愣住了，这歌声来自哪里？又是谁在歌唱呢？佩音看了看英蓬，英蓬也是满脸疑惑。看来，今晚还有人来参与这里的抢夺，不过他似乎来晚了，因为紫瞳已经死了。

狼群并没有停止攻击，撕咬还在继续，但外围突然传来了恶狼的惨叫声。惨叫声来自燃烧火焰的树林。从这里望过去，只能看见熊熊大火，里面什么情况完全看不到，但恶狼的惨叫不断传来，在外围的森林里肯定发生了什么。

歌声仍然在森林里回响，不知道和外围恶狼的惨叫有没有关系。接连几声惨叫传来，让人感觉白骨悚然。白毫也停止了攻击，全都站直了身子，抬头盯着狼叫声传来的方向。

所有人也都跟着白毫望过去，那个方向是一片火海，站在这里全都被火焰的光芒遮住了眼，什么也看不到，但听那叫声，已经离这里越来越近了。显然，那个家伙正在往这里赶来。

就听那叫声越来越近，然后又看到无数的恶狼从外围的火海中退出来，在两株大树之间让出了一条道路。树上的火焰还在乱晃，两树之间都是红色的火苗，将后面的事物遮住了。那东西应该就在火焰后面，他来到这里应该也是追随狼群而来，他肯定也听到了林子里的传闻，有人从冥界逃了出来，而狼群正在追捕。今晚，这里的狼叫声这么响，周围的人都应该听得到，那些有大法力者可不会错过这个机会。现在，来自森林更深处的白毫也来到这里，加上之前的恶狼，狼群现在可是最难对付的。后来者们恐怕要先解决这个大麻烦。

所有人都盯着狼群让出来的那条道路，想看看这个即将出现的家伙是什么样子，看看他是有三头六臂还是金刚之躯。不过不管是什么样子，他应该没有料到白毫会待在这片中心区域，它们和外围那些恶狼不同。解决外围的恶狼并不能让白毫臣服，解决掉里面的这些家伙们才有资格去参与抢夺。

所有人盯着那里看了好一会儿，晃动的火苗没有任何变化，站在前面的几只白毫压着喉咙嘶叫着，身子朝前探了探。这时，在林子里飘荡的歌声突然停止了，两株大树上的火苗突然一灭，中间的区域便空了出来，一个身穿白衣的女子站在两树之间。

那女子一身白纱，身后是燃着熊熊火焰的树林，红色的光芒透过白纱照过来，显出女人曼妙的身姿，与这样的身姿相称，还有她清丽的容颜。她的容貌算得上绝色，只是和这片森林并不相称，一个如出尘仙子般的女人在这样一片充满杀戮的森林里，让人看来显得格格不入。这样一个女人站在那里，有谁又能将她和刚才的惨叫声联系到一起呢，这样美丽的女人，她应该亲和、善良，手上不可能有鲜血。但狼群十分惧怕她，看见她向前走来，所有的恶狼都朝后退开。这有些不可思议，一个美丽绝伦的女人会让凶恶的狼群害怕，那这个女人会有什么样的能力呢！

女人从火树下走了进来，抬头朝这片中心区域看了一下。此时众人才注意到她那漆黑的头发，如黑瀑般散于白衣之上，黑白相映，身上没有一丝烟火气。

女人看到了燕牙他们，便朝这边走过来。前面的恶狼都退开了，可白毫不会后退，它们是极凶残的家伙，今晚它们来到这里就是要毁灭这里的一切，不允许任何人把紫瞳带走，现在紫瞳被红瓦吞进了肚子里，可是那股来自冥界的气味还在，还没有从这世间消失，所以刚才它们才会疯狂进攻红瓦。现在这个女人也参与到这场抢夺中来，而且看样子她还有什么奇异的法力，不然外围的恶狼不会让她闯进来，但白毫不会让她为所欲为。刚才，白毫通过自己的凶残已经将这片区域的人都压制住了，可以说已经控制住了场面，这个初来乍到的女人恐怕还没有了解白毫的恐怖，这个女人既然想要蹚这趟浑水，就要承受住白毫的攻击。白毫可不会想那些杂七杂八的，有人不把狼群放在眼里，它们就会上去直接来上一爪子。

一只白毫的后肢突然发力，身子一下从地上弹起来，它这一下跃起有一丈多高，身子凌空，两只前爪朝女人抓了过去，眼看就要抓到女人身上。也没见到那女人如何动作，身子便像是飘了起来，一下就转到了白毫的侧面。这一下把众人都惊到了，她如果是动作快捷、身法迅速，一次闪避躲过白毫的攻击也就罢了，可她身形未动，位置突变，身上的衣服连晃也没晃一下，就像是她没有动过一样，这样看上去实在鬼魅。

白毫一下扑空，身形不及回转，就见那女人伸出手来在白毫身上摸了一把，看似不轻不重的一下却让白毫惨嚎起来。白毫一下扑倒在地，身子在地上翻滚了几下，接着趴在地上一动不动。周围的狼都散开了，惊恐地看着那只白毫。

看到这情况，燕牙他们都皱起了眉头，这到底是怎么回事，连弩箭和旋风都奈何不得的白毫竟然被那女人轻轻一下打倒在地。

天空中飘下几片燃着的树叶，将白毫照亮了许多。佩音抬头朝那里看了看，在即将消逝的火光中，佩音看到那只白毫的身体正在发生变化。

白毫身子僵直地躺在地上，其他的恶狼站在四周，恐惧地看着它身上的变化，那个壮硕的身子现在趴在地上一动不动，只有喉咙里还有痛苦的嘶吼，它的身子僵直，不，不是僵直，是僵硬，白毫的整个身子都僵硬了。火光下，原本起伏的身躯一动不动，随着身躯起伏而颤动的狼毛也都变得硬挺了，白毫的下半身变成了木质的，就像周围那些树木一样。这种木质变化正从白毫的下半身向前蔓延，很快就到了白毫脖子上，紧接着白毫的嘶吼消失了，白毫的身躯完全变成木质的了。

金羊魔神在红瓦肩上看到了这一切，他皱了皱眉，心里暗道：这女人的法术还是第一次见到，如果待会儿有什么冲突倒挺难对付。几只白毫看到躺在地上的木质白毫，又抬头看着那女人，怒吼了一声。白毫们并没有冲上前去，它们见识到了那女人的法术，而且也清楚，以它们的能力根本无法应对这种法术，它们只能紧盯着女人，却并不能发动攻击。

这实在是一个有意思的事情，就在刚才，狼群还掌控着整个林子里的局势，转眼间便要形势逆转了。不得不说，狼群今晚又犯了错误，它们原本以为从森林深处调来更加强悍的白毫，便足以完成任务，击杀紫瞳，它们没有想到今晚会有法术更加高深的人出现。此刻形势逆转，它们只能围在女人周围，静观其变了。

女人见白毫不再进攻，便敛裙朝这边走过来。这一次，白毫也不得不让开道路了。女人走到红瓦身前一丈处便停住了身子，把在场诸人扫视了一遍，皱了皱眉："紫瞳在哪里？"

佩音和燕牙对视了一眼，没有说话。金羊魔神叫道："被狼吃了，你来晚了。"

女人抬头看了看金羊魔神："我认得你，你是金羊魔神。你不在山里待着，跑出来做什么？"

金羊魔神"嘿嘿"一笑："你这不是明知故问吗？你来这里做什么，我便来做什么。"

女人看了看金羊魔神脚上的银丝笑道："连你都被制住了，看来这里还有高手。"

"高手个屁！"金羊魔神怒道。

女人看了看四周又道："连白毫都出现了，看来林子里的传言多半是真的了。来来，让我看看，哪个是从冥界逃出来的。"

"我刚才说过了，被狼群吃了。你快把这些狼都杀了吧！"金羊魔神喊道。

"被狼吃了？"女人沉吟了一下，"你说的是紫瞳，紫瞳是从冥界逃出来的人？"

"不然还会有谁？"金羊魔神道。

"不不不，绝不可能。"女人皱着眉道，"紫瞳怎么会是从冥界逃出来的呢？这里面肯定有什么差错。"

女人对这件事情想不明白，但她知道紫瞳绝不是从冥界出来的人。她在很久以前就认识紫瞳了，那时候林子里还没有关于冥界潜逃者的传言，至于现在为什么大家都认定紫瞳是从冥界出来的人，她就想不明白了。这中间肯定出了什么差错。

这个美丽的女人站在那里想着心中的疑团，没注意到一个小东西滚到了她的脚边。那东西倚着她的脚背坐直了身子，冲着她叫了起来："熙琴，快来救我。"

女人正陷于沉思之中，听到叫喊，低头一瞧，就见一个背生双翅的人倚在自己脚边。她蹲下身子看着那人，半天才醒悟道："你是厉烈，你怎么会在这里。"

"先别问这么多了。"厉烈急道："熙琴，你先救我。我知道你要找的人在哪里。"

厉烈刚才被蛇头将尸的蛇涎困住了，幸好有骞鹤的冰锥护住了他才没被恶狼攻击。但白毫出现以后，骞鹤的冰锥全都被白毫打烂，狼群拼了命地撕咬他，厉烈为了活命只能把身子变小，找了个地方躲了起来。这一会儿熙琴突然出现，厉烈和她打过交道，便跳出来央求她救自己一命。

熙琴看着厉烈道："你这是怎么了？我又怎么救你？"

厉烈道："你先退后几步。"

熙琴闻言，便起身朝后退了几步，站定了身子看着厉烈。厉烈见熙琴离远了，便晃了晃身子，就见他的身子从一个一尺来高的小人儿慢慢长大，直至有七尺来高才停住。他回头看着熙琴道："快将我身上的东西割断。"

熙琴走到厉烈身边，看了看白色的蛇涎，伸出手指在上面轻轻点了一下，随即把手撤回来皱着眉道："这是什么东西，看着让人好恶心。"

"哈哈，当然恶心了，那是毒蛇嘴里的涎水，你说恶心不恶心。"金羊魔神大笑道。

熙琴闻言，脸上显出厌恶之色，朝后退了两步转过身去，道："我不弄，你让别人弄吧！"

厉烈惊道："你不帮我，还有谁帮我。"

"我来帮你吧！"燕牙说道。

燕牙说着就要往前走，佩音伸手扯了他一下，燕牙一愣，见佩音在那儿摇头。佩音在厉烈手上吃了不少苦，对厉烈自然十分厌恶，她正要厉烈吃些苦头，可不想燕牙去帮忙。

厉烈见燕牙被佩音扯住，便怒道："佩音，你刚才暗算我，我还没有找你算账，看我出来怎么收拾你。"

燕牙看着厉烈道："我来帮你就是了，你也别为难她，否则我也不管你了。"

厉烈道："好好好，你如果放出我来，我便不找她麻烦，大家都没有麻烦，很好很好。"

燕牙见他答应了，便走到厉烈身边，从身后拿出一支弩箭，以箭尖为刃来切割那道蛇涎。厉烈法术高深，如果他出来，这林子里又起一大变数。但当前狼群仍是最大的难题，况且厉烈出来并不足以威胁到英蓬和金羊魔神，所以他们两个并没有阻止燕牙去救厉烈。

蛇头将尸的蛇涎虽然可以随厉烈的身子变大变小，但无法经受利器的切割，燕牙拿弩箭在上面划了几十下，那道蛇涎便断开了。厉烈感觉身上蛇涎断开，身子飞到空中，双翅在空中展开，如飞鸟一样扑到佩音身前，一脚将佩音踹倒在地。

燕牙见状，拿起短弩就要射他。厉烈已经收了翅膀站在地上，抓过佩音的脚就把她往狼群里扯。熙琴疾速闪到厉烈身前，怒道："你做什么？"

厉烈看了看熙琴，冷哼一声，将佩音的脚松开，双翅又展开，伸手去抓金羊魔神。金羊魔神见他飞来，笑道："无知狂徒，以为我被缚了双脚便对付不了你了？"

厉烈疾飞过去，眼看就要抓到金羊魔神，红瓦突然大嘴一张，一股旋风从嘴里吐出，这股旋风卷到厉烈身上，将他吹得倒飞出去。厉烈在空中转了几个转，才凭借双翅在空中稳住身子，他杀佩音不成，又抓金羊魔神不得，便气得"哇哇"大叫起来。

熙琴见他这样便道："厉烈，你到底要做什么？"

厉烈指着红瓦对熙琴道："你要找的人被它吃了，我是要杀了它的主人来替你消气。"

"什么？"熙琴惊道，"这个东西吃了紫瞳。"

熙琴看着金羊魔神道："他说的是真的？"

金羊魔神嘿笑一声："吃都吃了，你还想怎么样？"

熙琴神色一暗，扭头看见那只金羊趴在地上，便走到金羊身边，回头对金羊魔神道："听说这只金羊是你的宝贝，你之所以叫金羊魔神便是因为这只金羊。"

金羊魔神闻言大惊失色，看着熙琴道："你要做什么？"

熙琴道："我是来救紫瞳的，你的怪物把紫瞳吃了，我也只好夺你一件宝贝了。"说着，伸手在金羊脖子上摸了一把。金羊原本受了伤，已经气息奄奄，被熙琴在脖子上摸了一把，施了那恐怖的法术，连惨号也没有一声，便从羊头开始木化了，转眼间，刚才还浑身闪着金光的一只金羊一下子变成木头的了。

金羊魔神见状气得大叫起来："熙琴，你还我金羊。"

熙琴走到红瓦身前，看着金羊魔神道："是这个大怪物吃了紫瞳吗？"

"你，你还想怎么样？"金羊魔神见熙琴看着红瓦，突然心生恐惧，"你还要杀我的红瓦不成。"

熙琴轻笑一下，伸手就要摸红瓦，金羊魔神大叫起来："红瓦，快走。"

红瓦听了主人的号令，身子朝后连退了五六步，也没见熙琴如何动作，身子便如影随形一般跟着红瓦，那晶莹如玉的手指离着红瓦的肚皮始终只有两寸的距离，但这样却吓得红瓦慌乱逃窜。

这时候，就听见两声恶狼的惨嚎传来，把所有人都惊住了，熙琴停下身子回头一瞧，就见两只白毫的身子重重倒在地上，其中一只白毫的脖子被人扭断了，那脖子上趴着一个身披黑袍的青年男子。熙琴见过他，他就是紫瞳口中的离皇哥哥。

离皇把白毫的脖子扭断，身子从狼尸上翻坐下来，这一幕把所有人都惊呆了。这些人刚才都和白毫交过手，白毫身躯粗壮坚硬，可以说是刀枪不入，就连英蓬的风刃也奈何它们不得，可是离皇仅仅凭借着两只手掌便将白毫的脖子扭断了，这样的能力太不可思议了。离皇的能力他们都见过，刚刚还被红瓦压在身下，这一会儿的工夫怎么就发生了这样大的变化。

他们当然不知道原因，就连离皇自己也不知道。他只记得，在梦境里，那个狂风肆虐的原野上，在天地之间立着的那个孤零零的塔楼，它裂开了。